あゝ！　あたしはとうとうお前の口に口づけしたよ、
ヨカナーン、お前の口に口づけしたよ。
——オスカー・ワイルド〈サロメ〉

初出「オール讀物」二〇一五年五月号〜二〇一六年十一月号
（二〇一六年三月号を除く）
単行本　二〇一七年一月　文藝春秋刊
DTP制作　エヴリ・シンク

作中に記述した〈サロメ〉は、『サロメ』ワイルド著／福田恆存訳
（岩波文庫）から引用しました。

本作は史実に基づいたフィクションです。
架空の人物に特定のモデルは存在しません。

サロメ

プロローグ

二〇××年　九月上旬
サヴォイプレイス　ロンドン

やわらかな霧雨がヴェールになってしめやかに街を覆っていた。

タクシーの後部座席で揺られながら、甲斐祐也《かいゆうや》は、ターナーの描いた風景画のように水蒸気でくすんだテムズ川の様子を、ぼんやりと眺めていた。

あれはいつのことだったか――たしか東京国立近代美術館の研究員になりたての頃、ロンドンへ出張でやってきたとき、同行した美術課長が、何気なく口にした言葉――タクシーに乗るとロンドンに来たと感じるんだ、というひと言が、ふいに脳裡に蘇る。

一時停止するたびに、ドッドッドッドッ、と湧き上がるような音と振動がシートの下から突き上げてくる。ディーゼルエンジンならではの音と振動は、たしかにロンドンタクシー独特のものだ。屋根の高い車体は、その昔、山高帽を被った紳士が帽子を取らずに乗り込めるようにと工夫されたものらしい。タクシーが初めてロンドンの街中を走ったのは一九〇一年。技術の進歩で車はめざましく改良されてきたにもかかわらず、エンジン音と振動と山高帽に合わせた車高は継承されてきた。つまり、ロンドンっ子は、かれこれ百年以上もの長きにわたってこの音と振動に親しんできた、というわけだ。

この街は、つくづく不思議な街である。新旧さまざまなものがせめぎ合いながら、肩を寄せ合って共存している。建築、芸術、風景、そして人間。古いものと新しいものが、互いに潰し合うことなく生き長らえているのだから。

十九世紀末から二十世紀初頭にかけてのロンドンにおける新興美術と、画家オーブリー・ビアズリーを専門に研究している甲斐であったが、百年まえのロンドンと現在のロンドンとを比較するとき、えも言われぬ気分にとらわれることがある。専門書のページを繰っている最中などではなく、こうして街中をタクシーで移動しているとき、ノッティング・ヒルにあるアパートへ帰る道々などに、ふと、不思議な街だ、との思いが胸に浮かぶ。

古いものに固執し続けるイギリス、そして新しい価値観のハンマーで古い価値観をたたき壊すのもイギリスである。なにしろこの国は、シェークスピアを生み、その四百年後にザ・ビートルズを生んだ国なのだ。

タクシーは、ストランド通りからサヴォイ・シアターの角を曲がって、細い車道に入っていった。突き当たりは、イギリス屈指の名門ホテル「ザ・サヴォイ」の入り口で、「SAVOY」とグリーンのネオンサインがしっとりとした光を放っている。

タクシーを降りて、運転席の窓越しにドライバーに料金を払うと、甲斐は、鈍く光るウォールナットの回転ドアを押して、ホテルのロビーへと入っていった。

艶やかに磨かれた白と黒のパターンの大理石の床、ウォールナットの壁、エレガントな色調のソファやテーブル。世界中から集まる裕福な顧客のために、品よく演出され、最上級のもてなしで出迎える。一八八九年にオープンしたこのホテルは、以来、何度か経営者を変えつつも、世界のリーディング・ホテルとして認識され続けている。

甲斐にとっては縁遠い場所である。ちょっとした好奇心でロビーをのぞきに来たことはあったが、もちろん泊まったこともなければ、「サヴォイ・グリル」で食事をしたこともない。

ただ、このホテルの名前が気になってはいた。——オーブリー・ビアズリーが一八九六年にアート・ディレクターとして加わった芸術雑誌「サヴォイ」のネーミングが、このホテルから取られたことはよく知られている。ビアズリーの研究者を目指す者としては、ひと目見ておくのも悪くない。そう思って、ロンドン大学に留学したての頃、おっかなびっくりのぞいてみたのだ。居心地が悪くて、三分と経たずに退却してしまったのだが。

その後、留学を終えるまでここを再訪することはなかったし、東京国立近代美術館の研究員になってからもたびたびロンドンへ出張に来たが、ついぞ立ち寄る用事に恵まれなかった。

そしてこの四月に、ヴィクトリア・アンド・アルバート博物館（Ｖ＆Ａ）へ客員《ヴィジティング》学芸員《キュレーター》として赴任してから約半年のあいだにも、やはりティーサロンで一服する機会すらなかったのだった。このホテルに用も縁もない人間にとっては、ウォールナットの回転ドアはまるで侵しがたい結界のようにも感じられた。

約束の時間より十分早く到着したのだが、ロビーで時間を潰すのもなんとなくいたたまれない気がした。甲斐は足早にロビーを突っ切って、奥へと進んでいった。

待ち合わせ場所は、ホテル一階のティーサロンだった。中央にくすんだ緑色の小さなドームがあり、ガラスの天井からはやわらかく自然光が入るようになっている。ドームを囲むようにしてソファとテーブルが並び、いかにも優雅なアフタヌーン・ティーを楽しめるサロンである。

「こんにちは、お客さまはおひとりですか？」

入り口で、案内係の女性がにこやかに話しかけてきた。

「いいえ、ふたりです。待ち合わせをしています。ミス・マクノイアはもう来ていますか」

自分の名前で予約をしている、と今朝届いたメールにあった。案内係は、端末でチェックすると、「まだお見えではありませんね。こちらへどうぞ」と、甲斐をサロンの中へと案内した。

テーブルの上にメニューが広げられたが、それは見ずに、甲斐はジャケットの内ポケットからスマートフォンを取り出した。メールの履歴をさかのぼって、再読する。

ユウヤ・カイさま
初めてメールを差し上げます。私はジェーン・マクノイア、ロンドン大学大学院近代文学史のジョン・バーキンス研究室所属の研究員です。現在、十九世紀イギリス文学、主にオスカー・ワイルドの研究を手がけています。

目下調査を進めている資料があり、十九世紀末のロンドンにおける美術の動向に詳しい研究者の協力を得たいと考えて、V&Aのイライザ・ハイスに相談したところ、あなたを紹介されました。オックスフォード大学発行の美術史学会誌に発表されたオーブリー・ビアズリーに関するあなたの最新の論文は、私も大変興味深く拝読していたので、あなたのお名前は存じ上げていました。

なるべく早い機会に、ぜひお目にかかりたく願っています。その際に、私が目下調査を進めている資料について、詳細をお聞かせしたいと思います。セキュリティの都合上、メールではなんら具体的に申し上げられないことをお許し下さい。

あなたが本件にご興味を持たれることを願っています。

ジェーン・マクノイアPh.D.

ジェーン・マクノイアから最初のコンタクトがあったのは、一週間まえのことである。

V&Aのキュレーター、イライザ・ハイスから、一通のメールが転送されてきた。『私の知り合いでロンドン大学の研究員から、あなた宛にメールがきました。対応お願いします』とメッセージが添えられていた。

一読して、甲斐は首を傾げた。目下調査を進めている「資料」について相談したい、とにかく会いたい、という焦りが感じられたが、それにしてもどのような資料か、なぜ会ったこともない自分に相談したいのか、詳しいことは一切書かれていない。

ただ、オスカー・ワイルドの研究者である彼女が、ビアズリーの研究者である自分の力を借りたい、と願っているところに、好奇心がくすぐられた。

オスカー・ワイルドは、いわずと知れた十九世紀末のイギリスを代表する作家である。彼の登場は、イギリスの文学史上、最大のスキャンダルであった。同時に、ワイルドの作品、そして生きざまは、その後の世界の文学の動向にひとかたならぬ影響を与え、世紀末の頽廃的・耽美的な気配を一身にまとった芸術家として、いまなお多くの崇拝者を集めている。

ワイルドが遺した作品は、さほど多くはない。代表作は、児童文学でもある〈幸福な王子〉、小説〈ドリアン・グレイの肖像〉、そして戯曲〈サロメ〉。しかし、世紀末の時代性を色濃く反映したこれらの作品が、文学者としてのワイルドを決定的にしたことを思えば、やはり一種の天才であったといえるだろう。

しかしながら、ワイルドは、文学者というよりはむしろ芸術的「トリックスター」として、派手な言動とルックスで、当時その名を世界に轟《とどろ》かせていた。世界、というのは大げさではない。ワイルドは興行主に招かれてアメリカ合衆国にも出向き、全米で講演会を行って、賛辞と罵声の両方を浴びていたのだ。日本に来るという計画もあったという。もしそうなっていたら、日本の近代文学史の地図も変わっていたかもしれない。

彼がトリックスターといわれる背景には、その特殊な性的嗜好と強く絡みついた芸術至上主義、そしてセルフプロデューサーとしての手腕がある。

ワイルドは男色家であった。そして彼は、そうであることを戦略的に利用していたふしがある。

セクシャリティの自由が社会的に認知され、受け入れられるようになってきた現在においてもなお、同性愛者に対する偏見は残っている。十九世紀のイギリスにおいて、男色は、宗教的観点からはもちろんのこと、法律で禁じられていた。つまり、男色家とは、犯罪者の同義語であったのだ。

ワイルドは、男色家であることを公言こそしないが、そこはかとなくその気配を漂わせ、すれすれの境界線上に自らを位置づけていた。あやうい立ち位置にいる自分に世の中の注目が集まるのを十分意識し、「あらゆる芸術は不道徳なものである」などと嘯《うそぶ》いていた。

ワイルドに関しては、ひと通りかそれ以上の知識を甲斐は持ち合わせていた。なぜならば、甲斐が研究しているビアズリーとワイルドのあいだには、けっして切り離すことのできない関係性があったから。ワイルドを知らなければ、ビアズリーを知ることはできないからである。

オーブリー・ビアズリーは、十九世紀末のイギリスに忽然と現れた、まさしく彗星のごとき画家である。

画家として初めて作品を発表したのは一八九三年、二十歳のときのことだ。発表の場は、アカデミー主催の展覧会でも貴族のサロンでもなく、一冊の雑誌――「ペル・メル・バジェット」であった。後世の芸術家たちに多大な影響を与えることになる小説の「挿絵画家」として、ビアズリーは登場したのである。

カンヴァスに油彩で描かれた絵画《タブロー》を制作することが画家の王道であった時代に、ビアズリーが最初に、そして最後まで手掛けたのが、紙にペンとインクで描かれた挿絵《イラストレーション》であったことは、彼が当初いかに泡沫であったかを物語っている。並外れた才能と画力が備わっていなければ、彼は一瞬にして消え失せる運命だったはずだ。

ビアズリーは幼少期から病弱で、結核を患っていた。読書に耽《ふけ》り、絵を描くのが好きな少年だった彼は、小説や詩を創作しながら、いつの日か画家になることを夢みつつ成長する。が、経済的な事情と健康上の理由から、美術学校に本格的に通うことはなく、十六歳で事務員となる。

彼の尋常ならざる画才を最初に見抜いたのは、行きつけの書店の店主だった。この店主の口利きにより、安い報酬で〈アーサー王の死〉の挿絵を描いてくれる画家を探していた出版社に起用されることとなったのだ。

その後、いくつかの作品をやはり挿絵というかたちで制作したが、結核に蝕《むしば》まれ、二十五年の短い生涯を終える。ビアズリーが「画家」として活躍したのは、わずか五年間のことだった。

そして、その短い活動期間に、ビアズリーはオスカー・ワイルドと出会い、彼の作品に挿絵を提供することとなる。

それこそが〈サロメ〉。ワイルドとビアズリー、双方の代表作となる一作であった。

ビアズリーの研究を始めてかれこれ二十年近くになるが、甲斐はいつも、ビアズリーとオスカー・ワイルドの邂逅《かいこう》に思いを馳せるとき、その奇跡に感謝せずにはいられなくなる。

ふたりがロンドンで出会ったのは一八九一年七月、ワイルド三十六歳、ビアズリー十八歳のときのことだ。ふたりのあいだにいったい何が起こり、どんなプロセスを経て、ワイルド渾身の戯曲に、画歴の浅い弱冠二十歳の若者が挿絵を描くことになったのか、後世になってさまざまに研究され、発表されているが、そこのところは甲斐の研究対象ではない。

ただ、やはり〈サロメ〉があったからこそ、ビアズリーはその名を広く知られることになったわけだし、彼の作品には永遠の命が与えられた、というべきだろう。

その逆もいえる。つまり、ビアズリーの挿絵があったからこそ、〈サロメ〉は永遠に人々の記憶に残るものとなった、と。

まったく、ビアズリーは、ただの一枚もタブローを遺していない。彼が描いたのは、印刷に適した黒と白、モノクロームの絵がほとんどだ。挿絵に過ぎない。それなのに、どうだろう、彼の圧倒的な才能ときたら！

おそろしいのだ、彼の絵は。——おそろしいほどに、蠱惑《こわく》的なのだ。

〈アーサー王の死〉のトリスタンとイゾルデも、〈髪盗み〉のベリンダも、〈サロメ〉のヘロデ王も、ヘロディアも、そしてサロメも——細部にわたって偏執的に描き込まれた背景、複雑に、また華麗に絡み合った文様、異形の神、エロティックな妖精、小人やピエロ。彼の描き出す世界とその住人は、隅々まで妖しい光を放っている。色彩がないこと、それがいっそう画面を引き締め、かつ、不思議な奥行きをもたらしている。

甲斐が初めてビアズリーの絵を見たのは、かれこれ三十年近くまえ、十歳のときのことである。

甲斐の父方の祖父は、名の知れた洋画家であった。同居していた祖父の影響もあって、子供の頃から絵を描くのが好きだった甲斐は、ある日、祖父の留守中に入ったアトリエで、デスクの上に広げられていた〈イギリスの画家たち〉という画集を何気なく手に取った。その中に、〈サロメ〉がいた。

暗い池の水面の上、ふわりと空中に浮かんだ妖しい女の姿。燃え上がるような黒髪と、天女の羽衣のごとき純白の帯が空中を漂う。男の首——いましがた刎《は》ねられたのか、したたり落ちる生血は白い帯となって、水面にとろけ落ちている——を掲げ、陶然とそれに語りかける妖女の邪悪な顔。——そのページに、少年だった甲斐は釘付けになった。

奇妙で、どこかそらおそろしく、強烈な磁力を発する絵。けっして見てはいけないものを見てしまったような、けれどどうしても目を逸らすことのできない、メデューサの魔力がその絵にはあった。

あの日、あのとき、もしも祖父のアトリエにこっそりと入らなかったら、そしてあの画集がデスクの上に広げられていなかったら……ひょっとすると、自分は、いまこうして、「ザ・サヴォイ」のティーサロンで、ワイルド研究者の到来を待っている、なんていうことにはならなかったかもしれない。

そうだ。間違いなく、ビアズリーは……ビアズリーとワイルドの邂逅は、百年以上ものちの世に日本に生を受けた一少年の運命を変えたのだ。

「こんにちは……ミスタ・カイですか?」

声をかけられて、はっとした。

顔を上げると、目の前に、白いシャツと黒いタイトスカートのすらりとした長身の女性が立っていた。きっちりと結い上げたブロンドの髪。青い瞳がまぶしげにこちらをみつめている。年の頃は三十歳前後だろうか、思ったよりも若い。甲斐はあわてて立ち上がった。

「はい、ユウヤ・カイです。ジェーンですね？」

「そうです。はじめまして」ジェーンは、差し出された甲斐の右手を握った。「お目にかかれてうれしいです」

向かい合わせに座ると、ジェーンは、少しこわばった笑顔を作った。そして、

「ここへは、よくいらっしゃるんですか？」

と質問した。甲斐は思わず苦笑した。

「残念ながら、まったく来る機会がなくてね。今日がほとんど初めてといっていいくらいです。けれど、あなたがここを待ち合わせ場所に指定したのは、きっと……」

「ええ、その通りです」と、ジェーンはようやくごく自然に頬をゆるめた。

「……ワイルドとビアズリーに敬意を表して」

ロンドン市内在住のジェーンは、このホテルに泊まったことはないが、彼女の友人が泊まったところ、ベッドサイドテーブルにワイルドのポートレイトのポストカードが飾ってあったという。「その昔ワイルドがここに泊まったことがあるのだと、自慢げなメッセージがそのカードに記されていたそうです」とジェーンが言うので、甲斐はまた苦笑した。

「ザ・サヴォイ」は、一八八九年のオープン直後から社交の場として大いににぎわった。新しいもの好きなワイルドがこのホテルに投宿したことも知られている。もちろん、ひ

とりで、ではなく、彼の恋人だった「絶世の」美男子、アルフレッド・ダグラスとともに。そして結局、その事実が、のちのち彼を牢獄に追い込むことになったのだ。

「何かひと波乱ありそうですね。このいわくつきの場所でのミーティングとは」

ほのかに愉快な気分になって甲斐が言うと、

「ええ、まちがいなく」ジェーンが応えた。

香り高いアールグレイの紅茶を飲みながら、ジェーンは、ひとまず自己紹介をした。

ジェーン・マクノイアはロンドン生まれ、ロンドン育ちの生粋のロンドンっ子である。高校の国語教師だった父の影響もあって、本が大好きな少女だった。ロンドン大学で十九世紀イギリス文学を専攻、その後同大学院に進み、三十歳のときに博士号を取得。同大学院のジョン・バーキンス教授の研究室のフェローとなり、母校で非常勤講師として教鞭を執りつつ、書評や文学評論を雑誌などに寄稿する文芸評論家でもある。

オスカー・ワイルドに興味を持つようになったきっかけは、意外にもその作品ではなく、リヒャルト・シュトラウス作曲のオペラ〈サロメ〉をロイヤルオペラハウスで観たことだった。ハイ・スクールの学生だったジェーンにとって、それが初めてのオペラ鑑賞だった。楽曲や歌手の歌にも感激したのだが、聖書に取材した猟奇的で耽美な物語を生み出した作者に対して、何よりも興味をもった。

オスカー・ワイルドの名前はもちろん知っていた。彼が男色家であったことも、それがもとで投獄されたことも……。芸術家にして犯罪者である、そのただならぬ立ち位置が、十六歳のジェーンの好奇心をとらえた。

「それっきり、ワイルドに捕まってしまって……いまとなっては、腐れ縁で彼と付き合い続けたアルフレッド・ダグラスの気持ちもわかってきました。厭《いや》だ厭だと思いながらも、どうしても引き戻されてしまう。抗《あらが》い難い魅力がワイルドにはあるんです」

そう説明しておきながら、ジェーンは、「ほんと、どうしようもないやつなんだけど……」とつぶやいた。愛すべき旧友を語るような口調に、甲斐は思わず微笑した。

「おそらく、世界中のワイルド研究者が、同様な感情を抱いているんでしょうね」

甲斐の意見に、「そうかもしれませんね」とジェーンは同意した。

「けれど、ユウヤ、十九世紀末のイギリスの芸術、というカテゴリーの中でも、あなたが興味を持ったのは、幸運にもワイルドじゃなくて、ビアズリーのほうだったんですね」

「幸運かどうかはわからないけどね」甲斐は笑って応えた。

「しかし、僕がビアズリーに興味をもったきっかけも、やはり〈サロメ〉だったんです」

甲斐は、少年時代の思い出——画家だった祖父が持っていた画集の中にビアズリーの〈サロメ〉の挿絵をみつけたことを打ち明けた。会ったばかりの年若いワイルド研究者に、自分の少年時代の思い出を話すことになろうとはついぞ想像しなかったが、ジェーンには、なんとなく心安くさせる雰囲気があった。世紀末のイギリスが生んだ異端の文学者を研究しているとはとても思えない、おだやかな空気をまとっている。もっとも、ワイルド気取りで胸ポケットにグリーンのカーネーションを挿したいかつい男性の研究者がこの場に現れたとしても、それはそれでおもしろかったに違いないのだが。

「あなたがどれほどビアズリーの〈サロメ〉に深く傾倒しているか、先だってのオックスフォード大学美術史学会誌で発表された論文を拝見して、よくわかっています。だからこそ、今回、ご相談しようと決めたのです」

甲斐が自らのビアズリーとの運命的な出会いについて語るのに耳を傾けていたジェーンは、ようやく本題を切り出した。

「ひとつ、質問なのですが……ユウヤ、あなたは……〈サロメ〉は、誰によって書かれたと思いますか?」

突拍子もない質問に、甲斐は目を瞬かせた。

おかしなことを訊くものだ。ワイルドの研究者のくせに、〈サロメ〉が誰によって書かれたか、などと……。

「それは、もちろん……ワイルドでしょう」

面食らいつつも、甲斐は生真面目に答えた。

しかし、ビアズリー研究者として本音を言うならば、〈サロメ〉の真の作者はビアズリーだ、と主張したいところではある。なぜなら、戯曲〈サロメ〉はイギリスで出版された当時、そのタブーと言える内容もさることながら、ビアズリーの挿絵こそがセンセーショナルだったからだ。

ビアズリーの挿絵なくして、はたして〈サロメ〉がそこまで注目されただろうか。また、のちのちまで人々に読み継がれ、上演され続けることになっただろうか。

まちがいなく、ビアズリーの絵は〈サロメ〉を〈サロメ〉たらしめた。と同時に、〈サロメ〉は、ビアズリーをビアズリーたらしめたのだ。

〈サロメ〉は一八九一年、ワイルドが訪問先のパリで、フランス語で書き下ろした一幕物の戯曲である。

なぜパリだったのか。そしてなぜフランス語だったのか。一八九〇年代という時代に、その答えがある。

当時、パリではロンドン以上に演劇の上演が盛んで、サラ・ベルナールのような人気女優が話題をさらっていた。演劇ばかりではなく、美術、音楽、娯楽など、あらゆる分野で、パリはヨーロッパの文化の中心であった。

美術界では印象派の画家たちが人気を博し、パリ万博が開催されて日本美術が紹介され、ジャポニスム旋風が巻き起こるなど、芸術面でのさまざまな新しいムーヴメントがパリにはあった。ワイルドは、ポール・ヴェルレーヌ、エミール・ゾラ、アンドレ・ジッド、ステファァヌ・マラルメ、エドガー・ドガなど、フランスの作家や芸術家と盛んに交流し、頻繁にパリを訪れていた。

パリで新しい芸術の風が巻き起こる中で、聖書に登場する「サロメ」に取材した小説や絵画が次々に発表されていた。マラルメの〈エロディアード〉、ギュスターヴ・モローによる水彩画〈出現〉。ユイスマンス〈さかしま〉、フローベール〈ヘロディアス〉など。世紀末を生きる芸術家たちにとって、禁断の恋に狂った舞姫・サロメのエピソードは、創作意欲を掻き立てる「運命の女《ファム・ファタル》」として、格好の素材となったのだ。

サロメのエピソードは、新約聖書の聖マタイ伝や聖マルコ伝に記述がある。ごく短い記述で、実は「サロメ」という名前すら出てこない。しかし芸術家たちは、この短い記述に少女サロメの魔性を読み取って、自分たちの創作に移植したのである。

ユダヤのヘロデ王は、兄弟の妃であったヘロディアを娶《めと》ったが、これに意見した預言者ヨハネ（ヨカナーン）を牢につないだ。ヨハネに、ヘロディアは殺意を抱くが、ヨハネが聖人であると知っているヘロデ王はそれを許さない。ヘロデ王の誕生日に、ヘロディアの娘が踊りを披露し、喜んだ王は、なんでも褒美をつかわすと約束する。娘は母と相談して、ヨハネの首がほしいと言う。衛兵が獄中のヨハネの首を刎ね、盆に載せて娘に差し出す——というのが、聖書の中の記述である。

獄につながれた預言者、彼を恐れる王と殺意を抱く妃、年若い姫君のダンス、そして少女が聖人の首を所望する異常性。——世紀末の頽廃主義者を標榜するオスカー・ワイルドが、いかにも好みそうな素材だ。

ワイルドは、サロメのエピソードを戯曲化するにあたって、聖書の記述からエッセンスを抜き取り、自己流に味付けした。美貌の預言者と、彼にひと目惚れするサロメ、義理の娘であるサロメに性的なアプローチをする父王、娘を利用して預言者を殺させようとする母。

牢獄につながれた美貌の預言者ヨカナーンをひと目見て、サロメは恋に落ちる。しかしヨカナーンはサロメを拒絶し、彼女に不吉な言葉を吐きかける。恋する相手に受け入れられないと知るや、サロメは自分に色目を使う義理の父・ヘロデ王の前でエロティックなダンス「七つのヴェールの踊り」を披露し、「なんでも褒美をとらせる」と王に言わせる。褒美としてサロメが望んだのは、恋する男、ヨカナーンの首。ヘロデ王は躊躇《ちゅうちょ》するが、約束通りにヨカナーンの首を刎ねさせ、銀の皿に載せてサロメの前に持ってこさせる。サロメはヨカナーンの首にくちづけし、「ああ！　私はとうとうお前の口にくちづけした」と、陶然となる。これを見たヘロデ王は「あの女を殺せ」と命じ、兵士の楯がサロメを押しつぶしたところで、物語は終わる。

ワイルドの〈サロメ〉には、宗教的観念と道義に縛られ、秩序と道徳を重んじたヴィクトリア朝イギリスにおけるタブーが、これでもかというほどに盛り込まれている。男色、近親相姦、少女愛、聖人を殺害してその首にくちづけするという究極の残忍性とエロス――。まさしく稀代のトリックスター、オスカー・ワイルドの独壇場である。

それまでに、ワイルドは〈ヴェラ〉〈パドヴァ公爵夫人〉〈ウィンダミア夫人の扇〉など、戯曲をいくつか書き上げてニューヨークやロンドンで上演し、興行も成功していた。興行の売り上げの何パーセントかが自分の懐に入ってくる印税制度を用いていたので、当たる脚本を書こうという意欲もあった。〈サロメ〉をフランス語で書いた背景には、サロメ役にサラ・ベルナールを起用し、イギリスとフランス、両方で上演して当ててやろう、という目論みがあった。

しかしながら、ワイルドの計画は不発に終わる。サラ・ベルナールはワイルドの脚本を読むや、自分がサロメを演じると即答した。が、聖書に取材した演劇――しかも預言者が斬首されるというショッキングな結末――を上演することは、イギリスでは許されなかった。ワイルドは、どれほどくやしがったことだろう。〈サロメ〉の上演を禁止されるなら、自分はいっそフランスに帰化したいとインタビューで語った記録が残っている。芸術に対して実につまらん判断をする、こんな国の人間でいたくないと。

上演できないならばせめて出版しよう、とワイルドの執念がかたちとなり、一八九三年二月、フランス語版〈サロメ〉が出版された。このときは挿絵なしで私家版として出版されたが、一年後の一八九四年二月、英語版〈サロメ〉が出版人ジョン・レインによって刊行される。英語版の翻訳は、ワイルドの恋人、アルフレッド・ダグラスが手掛けた。そしてオーブリー・ビアズリーが挿絵を提供したのである。

英語版〈サロメ〉の刊行は、直後から大変なセンセーションを巻き起こした。ワイルドにいっそう注目が集まるかと思いきや、人々がその才能に驚嘆し、神をも恐れぬ大胆さに恐れおののいたのは、なんの前触れもなく現れた、弱冠二十一歳の名もない若者、ビアズリーのほうだった。

〈サロメ〉の作者は、まちがいなくオスカー・ワイルドである。しかし、戯曲本編と同等に、むしろ本編以上に話題をさらった挿絵を提供したビアズリーは、「共著者」といってもいい。いや、「共犯者」というべきか——。

「『〈サロメ〉の真の作者は、ビアズリーだ』……あなたの心の声が聞こえてきたわ」

テーブルの向こう側で、甲斐の様子を見守っていたジェーンが口を開いた。

「ビアズリーの存在なくしては、〈サロメ〉はあれほどまでに話題にならなかった。たしかにそう。なぜって、英文の本編……ダグラスの翻訳は、ほんとうにひどいものだったから、読者は、戯曲のほんとうの面白さを感じることができなかったんじゃないかしら。いっそワイルドが自分で翻訳すればよかったのに、彼はその当時、オックスフォードを落第して絶望していたダグラスに何か仕事を与えたかった。だから、そうなってしまったわけです。……ただ、幸運にも、ビアズリーが挿絵を提供したことによって、〈サロメ〉はまったく別次元のものに昇華したのだと、私も思います」

甲斐は、口をつぐんだまま、ジェーンの青い瞳をみつめた。

話がよく見えない。——つまり、彼女も〈サロメ〉の真の作者はビアズリーだと言いたいのだろうか。それを証明したいがために、わざわざ自分をここに呼び出したのか？

「……あなたに、お見せしたいものがあります」

ややあって、ジェーンが言った。少し熱を帯びた声で。

甲斐が何か言葉を発するまえに、ジェーンは、傍らに置いていたトートバッグからパラフィン紙に包まれた紙挟《バインダー》みのようなものを取り出した。そして、無言で甲斐の目の前に差し出した。

——なんだ、いったい？

手に取っていいものなのかどうか、甲斐は躊躇した。そこはかとなく不穏な気配が包みから立ち上っていた。妖気のような気配が。

「これは……？」

戸惑いながら訊くと、ジェーンは、思い詰めた声色で答えた。

「〈サロメ〉です。——未発表の」

甲斐は、包みの上に落としていた視線を上げて、ジェーンを見た。まっすぐに甲斐の目をみつめ返して、ジェーンが言った。

「ひと月ほどまえ、とある舞台俳優が私の研究室に持ち込んだものです。彼が出演している演劇が上演された、パリの劇場『ブフ・デュ・ノール』で……撤収するとき、舞台装置をばらしていたスタッフが、床下で偶然みつけたと。古い台本かと思って、なんとなく面白そうだから、そのスタッフが持ち帰ったそうです。それを見せられた俳優が、これはただごとではないと気がついて……知り合いの紹介で、私のところへ」

甲斐は、息をのんだ。どうしたらいいのか、なおもわからなかった。

「……開けてみてください」

ジェーンに言われて、甲斐は、ようやく手を伸ばした。注意深くパラフィン紙をひらく。指先が、かすかに震えている。

黄ばんで薄汚れたバインダーの無地の表紙が現れた。厚めの紙。角に指をかけ、息を殺して、そっとめくってみる。

「これが、ほんとうの〈サロメ〉だとしたら……新発見、いえ……『事件』です」

目の前に現れた一枚の絵。

まごうかたなきビアズリーの絵、〈サロメ〉のクライマックス・シーンである。

暗い池の中から浮かび上がるようにして、宙に舞い上がる妖女サロメ。燃え立つような黒髪と、天女の羽衣のごとき軽やかな帯が空中にたゆたう。いとおしそうに、彼女が両手で掲げ、いましもくちづけようとしているのは、男の生首。サロメが恋してしまった預言者、ヨカナーンの首――のはずだった。

甲斐は、目を見開いた。

これは……この首は。

頭に包帯を巻きつけ、やつれて恍惚としたその顔。

違う。ヨカナーンじゃない。

誰だ。――これは、いったい、誰なんだ?

一八九八年　三月上旬
マントン　フランス

――ごとり。


何かが、落ちた。

重たくて、丸い、湿り気のある何か。

熱をもった南国の大きな果実が、荒々しい風に吹きつけられて、弓のようにしなる枝からふいに落下した。――そんな音がした。

メイベル・ビアズリーは、毛布にくるまってベッドに横たわっていた。物音に気づいて目を覚ましたわけではない。その日、風が強まっているせいか、ことさらに潮騒がうるさく感じられて、なかなか寝つけなかったのだ。だから、目を閉じてはいたが、ちっとも眠ってなどいなかった。

メイベルは、闇の中で上半身を起こした。じっと目を凝らしてみる。

窓の外側、閉じた鎧戸《よろいど》越しに、なめらかな月明かりが差し込んでいる。うっすらと青白い光が、自分と母、それぞれのベッドのあいだの床の上に落ち、複雑に絡み合った植物文様が一面に広がる絨毯の上を濡らしている。メイベルは、目を見開いて、月明かりに照らされた絨毯の床をみつめた。

このホテルにやってきて三ヶ月、絨毯に織り込まれたつるばらの文様は、もはや壁のしみのように室内の風景の中に溶け込んで、目につかなくなっていた。が、月明かりにぼうっと浮かび上がったそれは、まるで魔女メデューサの首にぬらぬらと絡みつく何百匹もの蛇のように見えた。

絨毯の文様から、母が横たわるベッドへと視線を移す。毛布にくるまれて、母が眠っている。

よほど疲れているのだろう、まるで棺に納められた骸《むくろ》のような眠り方だ。寝息が聞こえてこなかったら、ただちに揺すり起こすところだ。お母さま、どうしたの、死なないで――と、メイベルは本気ですがっただろう。ここのところ、母の疲労は頂点に達していた。眠りながら突然逝ってしまったとしてもおかしくないほどに。

――どうして神様は、こうまで私たちをいじめるのかしら。

それが、最近の母の口癖になっていた。

――あの子がいったい何をしたというの。……まだ二十五歳、あの子はこれからじゃないの。

ええ、そうですとも。あの子は、まだまだ活躍するはずなのよ。もっともっと、描けるはずなのです。それなのに……。

おお、神様。どうかそんなにも早く、私の息子を遠くへと連れていってしまいにならないでください――。

メイベルは、息を潜めた。そして、耳を澄ましてみた。

遠くなったり近くなったりする潮騒の音。そして、母の寝息。そのほかには、どんな音も聞こえてこない。

ベッドから足を下ろして立ち上がると、裸足のままで、ゆっくりとドアのほうへと歩いていく。隣室へと続くドアは、いつもかすかに開けられていた。そのドアのすぐ向こう側のベッドに横たわっている弟が、真夜中に発作を起こすかもしれないからだ。

次に大きな発作がきたら、そのときは――神様に無理やり手を引かれて、弟は天国へ逝ってしまうかもしれない。

その瞬間を、どんなことより、母とメイベルは恐れているのだった。

ぶつぶつ、ぶつぶつ、ドアの隙間から、低く弱々しい囁《ささや》きが漏れ聞こえてくる。ランタンの灯火が細長い帯になって、メイベルの爪先をぼんやりと染めている。

ぶつぶつ、ぶつぶつ。繰り返される文言。聖書の言葉、ヨハネの福音書の一節――。

――初めに言葉ありき。言葉は神とともにありき。言葉は神なりき。この言葉は、初めに神とともにありき。

すべてのものは、これによりてできぬ。されば、できたるもののうち、ひとつとしてこれによらざるものはなかりき。

この言葉に命ありき。この命は人の光なりき。光は闇の中に輝かむ。されば、闇はこれに勝たざりき。

ここにひとりの人ありき、神よりつかはされし人なりき。その名はヨハネと言ひし者なり――。


ぎい……と鈍い音を立ててドアを開ける。同時に、つぶやき声がぴたりとやんだ。

「……起きているの？　オーブリー」

メイベルは、囁き声で呼びかけた。

「こんな時間に……体に障るわ。早くお休みなさい」

傍の小卓の上で、ランタンの炎が揺らめいている。ベッドの上にごろりと横たえられている朽木のような身体――メイベルの一歳下の弟、オーブリー・ビアズリーである。

子供の頃から結核を患っていたのだが、半年ほどまえに体調が著しく悪化したため、昨年末、気候のいい保養地、南仏のマントンへと、ロンドンから転地療養に来た。

初めは母だけが看護のために付き添っていくと言っていたのだが、母はあまりフランス語も話せないし、何かと自分がいたほうが役に立つだろうからと、メイベルも一緒にやってきたのだった。

マントンに到着後、三人は、ホテル・コスモポリタンにとりあえず投宿した。メイベルは弟をサナトリウムへ預ける手続きをしようとしたのだが、施設に入ってしまったら自由に絵が描けなくなる、ここから動きたくない、とオーブリーは言い張った。

そのとき、三人を支えていたのは、母方の大伯母が遺してくれたいくばくかの遺産だけだった。経済的に余裕があるとは言い難かったが、このさきどれほど生き長らえられるかわからないオーブリーを、無理やりサナトリウムに入れるのは忍びなく、蓄えが底をつくまで好きなようにさせてあげましょうと、母とメイベルは相談して決めたのだった。

クリスマスと新年をさわやかな海辺の町で迎えたオーブリーは、ロンドンにいた頃にくらべてずっと顔色もよくなり、発作も少なくなった。

ロンドンの霧深く陰鬱な気候と、工場が排出する煤煙で汚れた空気は、健常な人間の気分をも憂鬱にさせる。マントンの陽光と清澄な空気は、ひょっとすると弟に再び健康を取り戻してくれるのではないか、とメイベルはほのかに期待を募らせた。

実際、年が明けてしばらくのあいだ、オーブリーは絵を描き続けた。

その頃、オーブリーは、シェークスピアと同時代の詩人で劇作家のベン・ジョンソンの作品〈ヴォルポーネ〉のための挿絵を手がけていたのだが、その緻密で優雅この上ない画面を見れば、類まれな才能を持った弟が死の病に冒されているなどとは、メイベルにはとても信じられなかった。

ひょっとすると、オーブリーは、このまま描き続けられるかもしれない。弟が熱心にペンを動かす様子をたのもしく眺めて、メイベルはそんなふうに考えた。

ええ、そうよ。……きっと、そう。

確かに、オーブリーは表舞台からいったん降りなければならなかった。

短いあいだに、信じられないくらい、いろんな災難があの子の身の上に降りかかってしまって……。

ふつうの人が何十年もかかって経験するようなことを、あの子は、ほんの五年で体験したのよ。

でも、それはすべて、あの子が「特殊な存在」だったからこそ。

特殊な存在だから、あそこまで注目を集めた。あんな事件に巻き込まれてしまった。嫉妬され、憎まれ、世間から追い出されたのよ。

みんな、怖いんだわ。あの子のことが。――なぜって？　「天才」だから。

そう、あの子は天才……そら恐ろしいほどの才能の持ち主なのよ。

私だって、怖いわ。あの子が死んでしまったら、あの子の才能も一緒にこの世界から消えてしまうのだから。

いま、あの子を生かしているのは、描くことへの激しい希求。新しい表現を見出すことへの欲望。自分にしか創りえないものに注ぎ込む情熱。

もっと生きたい、もっと生きて描きたいというあの子のひたむきな想いが、最近の創作に現れている。

ああ、〈ヴォルポーネ〉！　なんてすばらしいの。あの絵を見れば、誰だって、あの子が病に冒されているなんて信じられないはずよ。

主人公の巻き髪の一本一本、燭台の猫足のどっしりした感じ、絵の隅々まで冴えざえとゆき渡った緊張感……いったい誰が、あんな絵を描けるというの？

ええ、そうよ。この世界であんなふうに描けるのは、オーブリー・ビアズリー、ただひとり。

あの子自身も、そうわかっているはず。

だから、描き続ける。このまま、ずっと。命をつないで。

ええ、きっとそうですとも——。

——しかし。

一月が終わりに近づいたある深夜、オーブリーは喀血《かっけつ》した。

いままでに見たこともないほどの大量の血。母は気を失い、メイベルはガウンも羽織らず、裸足で部屋を飛び出して、ホテルのフロントに駆けつけた。

——すぐに呼んで、ドクターを！

メイベルは叫んだ。彼女の白い寝間着を目にしたフロントの男が息をのむのがわかった。喀血したオーブリーを抱きかかえたメイベルの寝間着には、べっとりと生々しく血糊が付いていたのだ。

あわてて医者を呼びに走るかと思いきや、フロントの男は首を横に振って言った。こんな夜中に来てくれる物好きな医者はいませんよ、と。

激しく咳き込んで苦しむオーブリー。メイベルは、弟に添い寝して、その頭を胸に抱き、背中をさすって、一睡もせずに朝を迎えた。

昼近くになってようやくやって来た医師は、脈を取り、胸の音を聞いてから、別室に母とメイベルを呼んだ。そしてふたりに告げた。ご子息はもう長くはないでしょう。残りの日々をできるだけ安らかに過ごさせてあげてください――と。

その日を境に、オーブリーは、ペンを手に取ることはなくなった。もはや力が入らなくなった両手は、持ち上げるだけでも苦痛をもたらす鈍器になってしまったかのようだった。

それからの、なかなか覚めない悪い夢を見ているような日々。

夜な夜な、潮騒に混じって聞こえてくるのは、母の嗚咽。そして、自らの死期を意識したのか、一年まえにカトリックに改宗したオーブリーの、聖書の一節をつぶやく弱々しい声。

――ああ、まただ。

またあの子がつぶやいている。ヨハネの福音書の一節。

祈りでもない。懺悔でもない。あの子が聖書の言葉を繰り返しつぶやくその理由は……ただひとつ。

やるかたのない、あの男への憎しみ。自分の中に沸き上がる熱を、どうにかして冷ましたいからに違いない。

オーブリー。……かわいそうな、私の弟。

メイベルは、裸足で絨毯を踏みしめながら、ゆっくりと弟が横たわるベッドへ近づいていった。

ふと、枯れ枝に似た両腕が二本、こちらに向かって力なく差し出された。

「……姉さん、……姉さん……」

途切れ途切れの苦しそうな声。メイベルは、木綿の寝間着の裾を揺らして、ベッドの端に腰掛けた。

「どうしたの？　苦しいの、オーブリー？　水を飲む？　それとも……」

「怖い……怖いよ、姉さん……僕を、ひとりにしないで……」

折れた小枝のような指が、メイベルの手を弱々しくつかんだ。まるで老人の手。メイベルは、弟の手をやさしくさすりながら、「ひとりじゃないわ。私がここにいるもの」と、囁いた。

「大丈夫よ。怖くない、怖くない。ね……」

はあはあ、はあはあ、浅くて早い呼吸。メイベルは横になると、オーブリーの身体に自分の身体をぴったりと寄せた。

「大丈夫よ。あなたは、まだ生きている……」

弟の手を自分の胸元に引き寄せると、寝間着の上から、そっと乳房に押し当てた。

「ほら、あったかいでしょ。……聞こえる？　私の心臓の音……」

オーブリーは、すがるように姉の胸元に耳を寄せた。やがて、彼の喉の奥から聞こえていた嵐の前触れのような呼吸の音が静かになった。

潮騒が、近づいたり、遠ざかったりしている。風が出てきたのだ。

「……あいつさえ……いなければ……」

姉の乳房に耳をくっつけたまま、オーブリーがつぶやいた。うわ言のように。

「あいつが、あんなものを書かなければ……いや、違う……僕は……あの男のために、あんな絵を、描かなければよかった……」

やがて、静かな寝息を立て始めた。メイベルは、そっと身体を離して、上半身を起こした。

オーブリーの寝室。その壁には、おびただしい数のペン画が貼られていた。そのほとんどは、〈ヴォルポーネ〉の挿絵のための習作である。

ほんの二ヶ月まえまで、オーブリーはひたむきにペンを走らせ、創作に没頭していた。ひとたび作画に入ると、彼はまるで別人格になってしまう。何も見えず、何も聞こえなくなる。彼だけの世界にこもって、その世界の住人たちと会話し、戯れ、触れ合い、性交する。猥雑で、孤高で、なんびとたりとも立ち入ることが許されない、彼だけの世界。――そこの住人は、アーサー王、トリスタンとイゾルデ、サテュロス、黒猫、ピエロ、そして――サロメ。

メイベルは、何気なく壁際に視線を落とした。――白くて丸いものが転がっている。

はっとした。

そういえば、さっき、自分が目を覚ましたのは……ごとり、と何かが落ちたような音がしたからだ。

メイベルは、目を凝らして、「それ」をみつめた。

ランタンの灯火にぼんやりとあぶりだされた「それ」は、シーツに包まれた得体の知れないものだった。

メイベルは、ベッドから抜け出すと、足音を忍ばせて、恐る恐る、「それ」に近づいた。真上から見下ろしてみると、それは球体ではないとわかった。歪《いびつ》な、重みのある、血なまぐさい何か……。

つま先を伸ばして、そっと「それ」を包んでいるシーツに触れてみた。もくれんの花びらが落ちるように、はらりとシーツが剝がれた。メイベルは、思わずびくりと身体を震わせた。

剝がれたシーツの中から現れたのは、丸められたシーツだった。メイベルは、目を見開いた。

くしゃくしゃに丸められたシーツは、どす黒い血で固められていた。メイベルは、自分の口を両手でふさいだ。思わず声を上げそうになったのだ。

血に汚れたシーツ。

オーブリーが吐いた……？

いつ喀血したのだろう。ずっと一緒にいたのに、気づかなかったなんて。

いや、それともこれは……あの子の血ではないのだろうか？


翌日、午後九時過ぎ。

浜辺を見渡すカフェの奥まったテーブル席に、ぽつねんとメイベルが座っている。

白いクロスがかけられたテーブルの上には、蒸したヒラメの皿と、白ワインのグラスが置いてある。白身を骨から外し、二口ほど食べたところで、フォークが止まってしまった。ワインには口をつけていない。まったく食欲がなかった。

何か食べなければいけないわ、と母が言った。

――あなた、最近、ちっとも食べていないじゃないの。今日だって、朝、バゲットをちょっとかじったきりで……。このままじゃ、あなたも具合を悪くしてしまうわ。あなたまで病気になってしまったら、私、どうしたらいいの？

お願いよ。お母さまのために、もう少し、きちんと食事してちょうだい。

母は、息子ばかりか娘までが餓死してしまうのではないかと、気が気ではないようだった。オーブリーのことは私がみているから、たまには気分を変えて外で食事していらっしゃい、と半ば強引にメイベルを部屋から追い出した。ディナーの席に年頃の女がひとりでいることがどれほどはすっぱに見えるか、母はまったく想像できていないようだった。

メイベルは、仕方なく、ホテルの隣にあるカフェへと出かけていった。マントンへやってきたばかりの頃、母とオーブリーと三人で、何度か食事をしたことがあるカフェである。母はいつも蒸したヒラメを注文した。それがその店でいちばん安い料理だった。メイベルとオーブリーも、母にならって、いつもヒラメを注文したのだった。

店の中はがらんとしていて、男女の客がひと組と、出入り口のドア付近で新聞を広げている男の客がひとりいるだけだった。女性のひとり客を狙って声をかけてくるような輩はいなそうだが、それでもメイベルはいちばん目立たない隅のテーブルに座った。

ボンソワール、マドモワゼル、と知った顔の中年の給仕人がメニューを持ってやってきた。今日はおひとりですか？　などと余計なことは訊かずに、無愛想な顔で注文をとると、すぐに厨房へと去っていった。まもなく蒸したヒラメと白ワインのグラスが運ばれてきた。

ひと口食べ、ふた口食べたところで、メイベルはフォークを皿の上に置いた。

壁に取り付けられたオイルランプの光がぼんやりと店内を照らし出す。メイベルは、何を眺めるともなしに、店内に視線を泳がせた。

煌々と光り輝くガス灯に照らされたロンドンの劇場の華やかな光景が、ふいに目の前に浮かび上がってきた。

――ブラヴォー、ブラヴォー！

割れんばかりの拍手喝采、総立ちの客席、舞台を満たす目がくらむほどのまぶしい光。

――ブラヴォー、メイベル・ビアズリー！

――なんとすばらしい！　まるで、サラ・ベルナールを若返らせたような美貌と、弾けるように新鮮な演技だ！

――イングランドにメイベル・ビアズリーあり！　メイベルに栄光あれ！

幻から逃げるようにまぶたを閉じると、メイベルは、ひとつ、ため息をついた。

メイベル・ビアズリーは、女優だった。

初めて舞台を踏んだのは、十八歳のとき。オーブリーが、保険会社で働き始めたのと同時期だった。

いくつの芝居に出ただろうか。あちこちの劇場のオーディションを受けて回り、劇場主と関係をもったこともあった。精一杯に演じたし、いい演技をしてきたと思う。

そして、ただ一度だけ主役の座を射止めた。

満場の喝采を浴びて、自分は懸命に演じてきた。ついにサラ・ベルナールを超える女優になったのだと、思いもした。

それなのに……。

とある事件をきっかけに、メイベルは舞台を降ろされた。それっきり、返り咲くことはなかった。

結局、自分は女優としての器ではなかったのだと思わざるを得ない。

上り詰めたと歓喜する瞬間は、一年かそこらだった。残されたのは、ざらりとした敗北感だけ――。

それにひきかえ、オーブリーはどうだろう。

イングランドの美術史において、それはほんの一瞬の出来事だっただろう。けれど、まちがいなく、オーブリー・ビアズリーは世間の耳目を完全に引きつけた。とてつもない天才が現れたと、人々を驚嘆させ、熱狂させたのだ。

オーブリーは、二十歳のときに〈アーサー王の死〉の挿絵を描いて注目された。しかし、そのときの世間の反応は、ちょっと珍しい挿絵画家が出てきた、という程度だった。オーブリー・ビアズリーという、まったく無名だった画家の登場を決定的にしたのは、二十一歳のとき。やはり挿絵を提供した運命の一作に出会ったことが、彼のその後の人生を劇的に変えてしまった。

その一作こそは――〈サロメ〉。

あの男、オスカー・ワイルドが、フランス語で書き下ろした戯曲であった。

――あいつさえ……いなければ……。

うわ言のようなオーブリーのつぶやきが、鼓膜の奥に蘇る。

――あいつが、あんなものを書かなければ……いや、違う……僕は……あの男のために、あんな絵を、描かなければよかった……。

「失礼いたします、マドモワゼル」

声をかけられて、はっとした。

顔を上げると、無愛想な顔つきの給仕人がテーブルのそばに佇んでいる。メイベルは、あわてて作り笑いをした。

「もう閉店の時間ですわね。勘定書を……」

給仕人は、勘定書の代わりに、こんもりとやわらかく束ねられた黄色いミモザの花束を差し出した。

メイベルは、目を瞬かせた。給仕人は、ドアのほうに向かって顎をしゃくると、

「さきほど、あちらにおいでだったムッシュウからです。あなたの食事の代金も、その方が済まされました」

と言った。

「隣のホテルのロビーで、あなたを待っていると」

ミモザの花束を手に、メイベルは、ホテル・コスモポリタンのロビーへと足早に戻っていった。

心臓が早鐘を打つ。フランスの田舎町で、まさか、こんな小粋な誘いを受けるとは、夢にも思わなかった。

カフェの片隅でひとりで食事をする女を面白く思ったのか、あるいは不憫に思ったのか。いずれにしても、明るいミモザの花束によって好奇心のドアの錠が外されたのを、メイベルは感じていた。

ロビーの窓際のソファに、山高帽をかぶり、きちんとジャケットを着込んだ紳士が座っていた。その胸ポケットにミモザのひと房をみつけて、メイベルは駆け寄った。

「あの……花束と食事をありがとうございました、ムッシュウ……」

紳士は立ち上がると、すかさずメイベルの手を取り、甲に軽く接吻した。そして、口の端に微笑を浮かべて言った。

「ムッシュウ・エリック・クリエールです。エリックと呼んでください、マドモワゼル」

メイベルは微笑み返した。

「はじめまして、エリック。私の名前は……」

「存じ上げていますとも、メイベル。……メイベル・ビアズリー。五年前、ロンドンの劇場でかかっていた〈アントニーとクレオパトラ〉、拝見しましたよ」

言い当てられて、メイベルは、ぎょっとした。

――知っているの？　私のことを……？

「失礼ながら……あなたの演技にずっと注目していました。私は、パリで興行主をしていましてね……いくつかの劇場も持っています。『ラ・シガール』、『ル・トリアノン』、それに『ブフ・デュ・ノール』……」

じっとりとしたまなざしで、クリエールはメイベルをみつめた。

「あなたが、なぜいまここにいるのか……存じ上げていますよ。病気の弟君を献身的に看病しているんでしょう？　……かわいそうに、彼はまだ若い。一世を風靡した画家だというのに……何もかも、あの男にめちゃくちゃにされてしまって……」

ぎくりとした。

メイベルは、射抜かれた牝鹿のように動けなくなった。その様子を注意深くみつめていたクリエールは、ふっと口の中で笑った。

「ご存知でしたか？　あの男は、いま、フランス国内を転々とさすらっている。起死回生の一作を書き上げて、パリで一旗上げようと、性懲りもなく考えているようです。事実、私のところにも打診してきました。今世紀を代表する最高傑作の戯曲をまもなく書き上げるから、パリで上演させてほしいとね。近々出版もするつもりだと……あの若き天才、オーブリー・ビアズリーの挿絵付きで……」

「――嘘よ！」メイベルは、思わず叫んだ。

「あの男の新作に挿絵だなんて……そんなこと……！」

「もちろん、私も信じていない。芸術家を気取った犯罪者の言うことなど……」

クリエールは、ふん、と鼻を鳴らした。

「私は、あの男に大金を騙し取られたのです。五年ほどまえに、新作を提供するから前借りしたいと言われて……けれどやつは、新作を提供するどころか、牢獄に送られてしまった。ようやく出て来たかと思いきや、あちこち放浪して、金がなくなったからと、また無心をしてくる。まったく、どうしようもない男だ……」

言いながら、クリエールはポケットから鈍く光るものを取り出すと、メイベルの目の前にかざした。——臙脂《えんじ》色の房飾《タッセル》りのついた鍵だった。

「どうです、マドモワゼル？　もしもあなたが、私同様、あ、あ、あの男に特別な感情を抱いているのであれば……続きは、私の部屋で話しませんか？　ふたりきりで……」

メイベルは、目の前で揺れている鍵を一心にみつめた。

潮騒が、すぐ耳元で聞こえる気がした。

いつしか月影は消え、闇夜が海辺の町を支配していた。嵐の気配が忍び寄っていた。

一八九一年　七月
ロンドン

　ぼんやりとオイルランプが灯った寝室の鏡の前に、十九歳のメイベル・ビアズリーが座っている。

　いましがた着替えたばかりの白い麻の寝間着姿で、栗色の髪をほどいて梳《くしけず》る。薄暗い水銀の鏡の中に浮かびあがる青白い顔、その中心に浮かぶ薄紅の唇は、はらりと散ったばらの花びらのようだ。

　じっとみつめる鳶《とび》色の瞳が、語りかけてくる。きのうのあなたと今日のあなたは、もう別の人間なのよ……と。

　いままで生きてきたのとは違う人生を歩んでいく、その運命を受け入れるために、自分は一歩、踏み出したのだ。

　何も知らなかった無垢な娘には、もう戻れない。……けれど、それでもいいと心に決めた。

梳《す》いた髪をふわりと肩の上で揺らしてみる。鳶色の瞳は、ランプの光をかすかに映して、遠い星のように鏡の中で輝き、たゆたっている。

メイベルは、立ち上がると、隣室に続くドアへと歩み寄った。冷たいドアにひたと耳をつけ、隣室の物音を窺う。

ゴホン、ゴホン、粘っこい咳の音が聞こえてくる。――弟のオーブリーだ。

メイベルは、軽くノックして、ドア越しに声をかけた。

「オーブリー……入ってもいい？」

返事がない。代わりに、咳の音が続いている。しかしこの咳は、血を吐くほどの激しさではない。

結核を患っているオーブリーに、長年、影のように付き添ってきたメイベルは、咳ひとつで弟の体調が手に取るようにわかるのだった。

メイベルは、そっとドアを開けた。

やはりオイルランプひとつを灯した狭い部屋の片隅に、書き物机が置かれている。その上いっぱいに紙が取り散らかされている。

そこに覆いかぶさる、黒く細長い影。オーブリー・ビアズリーである。

ときおり咳き込みながら、ペンを握った右手を、ゆっくりと、ときに素早く、ときに細やかに動かしている。

紙には連綿と植物文様が描かれている。ねじれて絡まるブドウの蔓《つる》、こぼれおちそうにつややかなその果実。咲き誇るスイカズラの花、ばらのつぼみ、おいしげるツタの葉。机の周辺には、描き終わった——あるいは描きかけの——膨大な絵が山積している。それに混じって、描き損じて丸められた紙、引き裂かれた紙片が散乱している。紙とインク、そしてそのさなかでときおりうごめく影と化したオーブリー。

いっさいの色を失くしているにもかかわらず、オーブリーが生み出す絵の数々は、どんな赤よりも赤く、いかなる青よりも青く、金色銀色よりもずっと光り輝いている。そして、その色なき色彩は、こんな真夜中にこそ、艶やかさをいや増して迫ってくるのだ。

ゴホン、ゴホンと咳がこぼれる口を肩でふさぎ、オーブリーが斧のように尖った横顔をこちらに向けた。

「やあ、姉さん……支度はできたかい？」

姉に似た鳶色の瞳を妖しく揺らめかせ、オーブリーが苦しげな息をついて訊いた。メイベルは、ひとつ、うなずいた。

「ええ。……こっちへ来てちょうだい」

細長い影がゆらりと立ち上がった。スケッチブックと鉛筆を手にすると、足元に散乱した紙くずを蹴散らして、オーブリーは姉の寝室へと入っていった。

メイベルの小さな寝室には、ベッドのほかに、小さなクローゼット、書き物机、そして鏡台が置かれてあった。鏡台の上に載せられたオイルランプが、部屋を照らす唯一の明かりである。

メイベルは、鏡台の前のスツールに腰掛けると、左側の上半身を鏡台に凭《もた》せかけ、少し離れたところに立ち尽くすオーブリーに向かい合った。

白い麻の寝間着の下で、ほっそりとした身体が息づいている。ランプに照らし出されたうなじは、夜の底でひっそりとたゆたう海百合のように、呼吸するたびに静かに脈打っている。

オーブリーは、壁に背中を寄りかからせて立ち尽くしたまま、無言でメイベルをみつめている。彼の肺の中の嵐は、しばし鳴りを潜めたようだ。

傍らに抱えていたスケッチブックを構えると、オーブリーは紙面に鉛筆を走らせ始めた。射るようなまなざしが、メイベルの顔を、身体のあちこちを飛び回る。メイベルは、体がどうしようもなく火照《ほて》るのを感じて、オーブリーに気づかれないように、肩でそっとため息をついた。

こうして、いくたび弟の絵のモデルになってきただろうか——。


メイベルとオーブリーは、彫金師の父と、軍医を父親に持つ母のもと、イギリスの保養地、ブライトンに生を受けた。

オーブリーは、七歳の頃、結核の症状があると診断された。それ以来、ビアズリー一家は、病弱の息子を名医に診てもらうために、また彼の学業のために、もともとの住居があったブライトンから、エプソム、ロンドン、再びブライトン、そしてまたロンドンへと、めまぐるしく転居した。

結核に効くということなら、どんなことでも試した。ありとあらゆる薬、食べ物やお茶、呼吸法、怪しげなまじないも……。

父はほとんどあきらめているようだったが、母は決してあきらめなかった。これほどまでに尽力しているのだから、必ず治るはず、きっと治ります、だから我慢なさいね、と少年のオーブリーに言い聞かせていた。

オーブリーよりも一歳年上のメイベルは、当初、何かといえば「オーブリーのために」と、弟にばかり母が必死に世話を焼くのにうっすらと嫉妬を覚えた。そして、弟の医者のために、弟の学校のために、ようやく馴染んだ土地を離れ、見知らぬ町に転居を繰り返す。弟に家族が振り回されるのがいやだった。

しかしながら、弟が憐れでもあった。いつ、どんなときにやってくるかはわからないが、「死」という絶対に抗えない力が、いつの日か突然、彼を迎えにやってくるのだ。そして、問答無用で連れ去っていく。どんなに泣き喚いても、逃げても隠れても、「それ」は弟をみつけ出す、そういうことになっているのだから。

母は、オーブリーに隠れて、メイベルの前でしょっちゅう嘆いた。

――かわいそうな私のオーブリー！

ああ、神様。あなたは、どうしてほかならぬあの子にこのような試練をお授けになるのでしょう？　あの子はなんだってできる、絵を描けばそのへんの二流画家がかなわないくらい上手に描くわ。

ねえメイベル、そう思わないこと？　このまえ、あの子が描いた、ケイト・グリーナウェイの絵本の模写……ほんものそっくりに、いいえ、ほんもの以上に上手に描き上げたじゃないの。

ミセス・ペラムは、あの子の画才をお見通しだったのよ。だから、きちんと報酬をくださった。子供の絵にお金を払ってくださるなんて、普通じゃ考えられないわ。ええ、ペラム夫人は、あの子が天才なんじゃないかって、わかっていらっしゃるからこそ、そうしてくださったのよ。

絵だけじゃない。あの子は、文章もとてもうまく書くし、ピアノだってずば抜けている。……ショパンのノクターンを、あそこまで完璧に弾きこなすなんて、やっぱり普通じゃないわ。

そうよ、あの子はきっと、立派な芸術家になる運命なのだわ。その運命をまっとうするまでは、なんとしても生きながらえるはず。

だから、メイベル、あなたの弟を大切になさい。オーブリーは私たちの宝物なのですよ。

そんなふうに母に刷り込まれながら、メイベルは成長したのだった。

オーブリーが物心がついて最初に触れたのは、鉛筆でもチョークでもなく、ピアノの鍵盤だった。メイベルもそうだった。ふたりの母が音楽教師をしていたこともあって、子供たちにまずはピアノに触れさせたのだ。

メイベルはピアノが得意だったが、オーブリーは信じがたいほど上手く弾きこなした。学校に上がるまえには、すでにショパンのピアノソナタを弾いていた。あまりの「神童」ぶりに、母は、オーブリーは絶対にピアニストになるものだと信じきっていた。

しかしながら、少年のオーブリーには、ピアノ以上に熱中し、また得手とするものがあった。それが、絵を描くことであった。

ピアノの鍵盤の上をなめらかに行き来するオーブリーの指がひとたびチョークを握れば、人であれ、花であれ、風景であれ、実に生き生きと、みずみずしく、紙の上に生を受けて輝き始める。べつだん特別な美術の授業を受けたわけでも、また有名な画家に教えを施してもらったわけでもない。それなのに、いつ、どこで、どうやって覚えたのか、オーブリーは絵の基本的な技術を習得し、それを存分に駆使して、自由自在に絵を描いた。

それを認めた母が、今度は、この子はきっととてつもない大画家になるだろうと信じ込んだ。確かに、オーブリーはピアノがうまい。しかし、絵を描くことは卓越している。だから、将来はきっと、ピアノを弾くのがずば抜けてうまい偉大な画家になるだろう、そうなる運命がこの子には用意されている——と。

メイベルとオーブリーは、それは仲のいい姉弟だったから、メイベルは弟の要求は、なんであれ、たいてい聞き入れてきた。そばにいてほしい、と言われれば、片時も離れず一緒に過ごしたし、遊ぼうよ、と誘われれば、そのときに何をしていても弟の遊びに付き合った。

さまざまな遊びや学びを、ともに体験してきた。ピアノも、読書も、フランス語の習得も。ただ、「絵」だけが別だった。

メイベルもまた、絵を描くことに興味を持ってはいたが、女の子が絵ばかり描くのは母が良しとしなかったので、刺繡や裁縫に興味を振り向けた。当時、女の絵描きなど、ほとんどいないに等しかったし、「絵を描くことは女が進んですることではない」という通念が一般的だった。

少女のメイベルは、それについて深く考えたことはなかったが、ひょっとすると、画家はヌードモデルを相手に創作をしなければならないから、女性が画家になるなんてはしたない、という道徳的観念があったのかもしれなかった。

だから、オーブリーの中で日増しに膨らんでいった絵を描くことへの情熱だけは、共有できなかった。――ただし、まったく別のかたちで「体験」を共有することになったのだが。

――姉さん、絵のモデルになってよ。僕、姉さんを描きたいんだ。

あるとき、少年のオーブリーが、メイベルに「モデル」になってほしいと言い出した。

もちろん、メイベルは受け入れた。やっかいなフランス語の綴り方だって、ピアノの演奏中に楽譜をめくる役だって、弟に付き合ってきたのだ。モデルになることぐらい、お安い御用だった。

オーブリーと向かい合わせになって、メイベルは、弟の言う通りにポーズした。立ったり、座ったり、腕を組み、頭を傾げ、栗色の髪を結い上げたり、ほどいたり、三つ編みにしたり……。ぴたりと動かずに、同じポーズで一点をみつめ続けて、まるで彫像になってしまったような気分を味わいもした。また、オーブリーにみつめられ続けて、女神になったかのような気持ちも……。

オーブリーは、ほとんど無言で鉛筆を走らせることにひたすら没頭するのが常だったが、ときおり、ふいに思い出したようにつぶやくことがあった。

——ほんとうに、きれいだなあ。姉さんは……。

ほとんど無我の境地でポーズを取っているメイベルの耳に、弟のつぶやきは特別甘美に響いた。

オーブリーもまた、我を忘れてスケッチしている。そんなときに、口をついて出る言葉には真実味があり、メイベルの胸の奥をやわらかくつつくのだった。

そして——あれは、何歳のときのことだろう、確か、十二、三歳の頃だったか……あるとき、オーブリーが、突然申し出た。

——姉さん、着ているものを全部脱いでくれないか。

はっとした。

ちょうどそのとき、メイベルは初潮を迎えたばかりで、身体が変調している時期だった。胸が膨らみ、腰もふっくらと肉付きがよくなってきたところで、街を歩いてもなんとなく男性の目線が妙に気になってしまう。思春期が始まった頃だった。

――いやよ。絶対にいや。

メイベルは、初めて弟の要求を拒絶した。顔が燃えるように熱かった。オーブリーは、いかにもがっかりしたように、やっぱりだめか……と肩を落として見せた。

――仕方がないよね。でも、僕がもう少し大人になったら、職業モデルを雇ってヌードを描きたいんだ。

だって、ヌード像は、絵を描く基本だから……。僕は、なんとかして美術学校へ行きたいんだ。そのためにも、しっかりデッサンをやらなくちゃ。ヌードだって描けるんだってこと、大人たちに見せてやりたいんだ。

そして、言い訳がましく、どうして自分がヌードを描きたいのか、ヌードを描くことの重要性を言い募った。

それを聞くうちに、メイベルは次第に腹が立ってきた。弟が、女性の身体に興味を持っていることは間違いなかったし、もっとも身近な「女性」である自分の身体を見てみたい、という好奇心にかられていることも感じられた。

そのくせ、絵の技術を向上させるためにヌードデッサンが必要なのだとくどくど説明する。どんなわがままも聞き入れ、大事にしてきたかわいい弟が、急に下衆な男になってしまったような気がした。

　メイベルは、突然、行儀よく一列に並んだブラウスのボタンに指をかけると、むしり取るように外し始めた。両手首のカフスのボタンも外す。指は、別の生き物になってしまったかのようにずっと震えていたが、すべてのボタンを勢いで外してしまうと、ブラウスを脱ぎ捨てた。

　ブラウスの内側からは、ピンクのリボンがあしらわれた白いコルセットが現れた。コルセットの上部には、膨らみ始めた乳房がかたちよく盛られている。顔が火照ってしょうがなかったが、メイベルは、両手を後ろに回して、コルセットのひもに指をかけた。

　その一部始終を、オーブリーは固唾を飲んで見守っていた。彼はいつも、聖職者がかたときも聖書を手放さないように、傍らにスケッチブックを携えていた。そのときも、すぐ近くにスケッチブックがあったのだが、メイベルの行為に気圧されてか、手に取ろうともしなかった。姉が一枚いちまい、体を覆っている蛹《さなぎ》の殻を脱ぎ捨てていくのを、息を凝らしてみつめるばかりだった。

　が、メイベルがコルセットを脱ぎかけたそのとき。

　——オーブリー、オーブリー。ちょっと来てちょうだい。

　部屋の外で、母が呼ぶ声がした。メイベルとオーブリーは、はっとして、互いの目を見た。その瞬間、メイベルは、背中を蜘蛛が這い上がるような怖気《おぞけ》を感じた。

オーブリーの目は血走って、異様に光っていた。それは、十一歳の少年の目ではなかった。まるで、処女の血を求めてさまよう吸血鬼のような……。

オーブリーは、顔を逸らすと、逃げるように部屋を飛び出していった。後に残されたメイベルは、痛いくらいに高鳴る胸の動悸に全身を震わせながら、あわててコルセットを付け直し、ブラウスを着て、足音を忍ばせ、こっそりと自室へと戻ったのだった。

あの日以降、オーブリーが姉にヌードになってほしいと要求することはなかった。が、それまで通り、絵のモデルになってほしい、と悪びれずに頼んできた。メイベルは、黙って弟の要求を聞き入れた。

服を脱いでほしいと、もしもう一度言われたら……絶対にいやだと言うわ。それでもしつこく言われたら、そのときは……ナイフをあの子の足元に投げてやる。

どうしても私の裸が見たいのなら、私を殺せばいい。さあそれで私を殺してみなさい！　……そう言ってやるのよ。

ポーズをとりながらそんな想像をして、メイベルは不思議な優越感に浸った。

「画家」である「男」――それは同時に「弟」でもあったのだが――の視線を一身にまとい、欲情する「目」の対象となる。……なんという恍惚だろう。


――そして、いま。

深夜、髪をほどき、白い麻の寝間着を着て、鏡台の前に座っている十九歳のメイベルは、やはり弟のためにポーズをとっている。

オーブリーは「目」であり、自分は「視線」をまとう者。その関係性は、子供の頃からいまに至るまでずっと、変わってはいない。

けれど、私は——と、紙の上を滑る鉛筆の軽やかな音に耳を傾けながら、メイベルは思う。

私はもう、きのうまでの私ではない。

まったく違う人間になってしまったんだわ。

ええ、そうよ。だって、私は……私は、とうとう……。

「……いったい、どうしたんだろう……」

鉛筆を走らせながら、ふと、オーブリーがつぶやいた。メイベルは、かすかに首をかしげた。

「どうしたって……何が?」

姉に訊き返されて、オーブリーは、鉛筆の手を止めずに、吐息を漏らすような声で言った。

「今日の姉さんは、いままででいちばん、きれいだ」

メイベルは、黙って弟の言葉を受け止めた。ばらの花びらのような唇の端に微笑が点る。

やはり、オーブリーの目は鋭い。──姉の変化に、かくも敏感に反応するとは。

その日、メイベルは、生まれて初めて男と交わった。

相手は、父親ほども年の離れた著名な劇場主だった。

オーブリーが、ロンドン市内の保険会社で働きながら画家になる機会を狙っているのと同様に、メイベルは、女優を目指して、さまざまな劇場の関係者に当たり、次々にオーディションを受けているところだった。なんどか端役で舞台に上がったものの、彼女の役には名前すらなかった。

──どうすれば、スポットライトを浴びることができるのだろう。

メイベルは、「目」に飢えていた。弟に見られるばかりでは、もはや物足りなくなっていたのだ。

サラ・ベルナール、エレン・テリー。パリやロンドンを賑わせている大女優と自分をくらべてみても、自分のほうが若く、ずっと美しい。何より、天性の画才をもつ弟が、こんなにも固執して描き続けるほど、自分には「見られる」素質があるのだ。

──私は見られたいの。もっともっと。百万人のオーブリーの「目」にみつめられたい……。

その頃、メイベルにつきまとう劇場主がいた。メイベルは、慎重に、その男との距離を縮めていった。

その男は、メイベルを「名前のある役」につけるというカードと、もうひとつ、魅力的なカードを持っていた。男は、社交界に出入りする何人かの画家たちと交流していた。そのうちのひとり、エドワード・バーン＝ジョーンズを紹介しよう、と提案してきたのだ。メイベルに絵が得意の弟がいると知ってのことだ。

バーン＝ジョーンズは、イギリス人で文化的素養が多少なりともあるならばその名を知らぬ者はいないほど有名な画家であった。オーブリーは年若い頃からこの画家に傾倒し、バーン＝ジョーンズの模写を繰り返して、バーン＝ジョーンズ以上に緻密で個性的な絵を描きもしていた。この大家は、オーブリーが信奉する神のひとりであった。

バーン＝ジョーンズに紹介してもらえることになったら、オーブリーはどれほど喜ぶだろう。

悪い取引ではない。……いいや、これ以上の取引はない。

そしてその日、メイベルは、男の手に陥ちた。

そのあいだじゅう、メイベルは目をつぶっていた。目を開けると、気味の悪い脂ぎった顔が見えてしまう。うなじに吸い付く分厚い唇は巨大な蛭《ひる》のようで、葉巻のヤニだらけの歯のあいだから漏れるおぞましい臭いのする息。白鳥の首のようにすんなりと伸びた右足と左足のあいだを割って、男が入ってきた。火にあぶった鉄鏝《てつごて》を無理やり突っ込まれたような、熱を帯びた激痛が走り、メイベルは悲鳴を上げた。鋭い凶器に突き刺される、呪われた人形になってしまったようだった。

いたぶられ、弄《もてあそ》ばれ、突き刺されて、メイベルは家に帰ってきた。

その夜、オーブリーとの約束があった。「化粧をする女」というテーマで絵を描きたいから、鏡台の前でポーズをとってほしい、と言われていたのだ。

身体の芯がじんじん疼《うず》いて立っていられないほどだったが、メイベルは身支度を整えて、オーブリーに向かい合った。

——私は、悪魔に身体を売り渡したんだわ。

けれど……後悔なんてしない。……けっして。

オーブリーが走らせる滑らかな鉛筆の音。それに聞き入るうちに、不思議な恍惚感に包まれていく。

——世界をあっと言わせてやる。画家のオーブリーと、女優の私とで。

世界じゅうが私たちに跪《ひざまず》くのは、きっと、もうすぐのことよ……。

オイルランプの芯が、ジジジ……とかすかな音を立てて燃える。メイベルの体の芯から、とろりとした赤い蛇が這い出す。

白い麻の寝間着の裾をゆっくりと染めていく鮮血を、オーブリーは、無言で紙の上に写しとった。

一八九一年　七月
ロンドン

艶やかな栗色の髪をゆったりと結い上げ、羽飾りのついた帽子をその上に注意深く載せる。

ラヴェンダー色の木綿のドレスは、シルクにくらべると格段に光沢が薄い。こんなドレスを身につけていれば、たいした階級の家の娘ではないと、きっとすぐに見破られてしまう。けれども、それがメイベルの持っている中で、いちばん上等なドレスだった。

羽飾りのついた帽子は、初めて舞台に立つと決まったときに、母が贈ってくれたものだ。

母は、女優になりたい、というメイベルの意志を、初めて打ち明けたときからしっかりと受け止め、後押ししてくれた。女優なんて恥ずかしいことだわ、おやめなさい、とはひと言も言わなかった。その代わり、ほんの端役ではあったが、役をもらったと報告してすぐ、帽子を贈ってくれたのだ。

黒いビロードの帽子につけられた赤い羽飾りは少し派手な気がしたが、もっと自分を磨いてもっと注目されなさい、という母からのメッセージであると受け止めた。サラ・ベルナールは、きっとこんな帽子は被らない。もっと大きなふさふさの羽飾りのついたものを被るに決まっている。けれどいまの自分にはこの帽子が世界でいちばん贅沢でおしゃれなのだ。

自室の鏡の前でしなを作ってみる。鏡の中の自分にゆったりと微笑みかけてみる。どの角度で、どんなふうに微笑みを投げかければ、これから会いにいく芸術家の心を揺さぶることができるだろうか。

「メイベル――メイベル!」階下から、母が呼ぶ声が聞こえる。

「馬車が来たわよ。下りてらっしゃい!」

「ええ、お母さま、すぐ行くわ!」

ドアを開けて、メイベルが答えた。よく通る、ややアルトの声で。それから、隣の部屋のドアをノックした。

「オーブリー、支度はできて? 馬車が来たわよ、絶対に遅刻できないんですからね……わかってるの?」

ドア越しに、口早に話しかける。返事がない。メイベルは、二度、三度、しつこくノックした。ややあって、ようやくドアが開いた。いつも会社に行くときに着ている黒いジャケット姿のオーブリーが、細長い影のようにドアの隙間から抜け出してきた。

「あまり大きな声を出さないでくれよ……頭に響くから……」

いかにも不機嫌そうに言う。目の下には隈ができ、頰はげっそりとやつれている。その様子を見て、昨夜は寝ていないのだな、とメイベルはすぐに悟った。

「寝てないのね。……寝られなかったの？」と訊くと、

「寝たさ。でも……おかしな夢ばかり見て、何度も目が覚めたんだよ」オーブリーが答えた。

短い悪夢をいくつも見た、途切れ途切れだったのに、全部の夢がなんとなく繫がっていて、気味が悪かったのだと、階段を下りながら、オーブリーは、後ろからついてくるメイベルのほうを振り向かずに、独り言のように語った。その脇には、しっかりと紙挟み《ポートフォリオ》が携えられていた。

「いつもと同じ服なのね。憧れの先生に会いにいくのに」

弟の背中に向かって、茶化すようにメイベルが言った。

「これしかないんだから、仕方ないだろ」

やはり振り向かずに、オーブリーが返した。確かにそうだった。オーブリーのよそ行きのジャケットは、確か十二、三歳の頃、伯母が主催した音楽サロンに招かれたときに作ったきりだった。さすがにそのときのものは、もうすぐ十九歳になる青年のオーブリーの体には合わないだろう。

玄関では、母がドアを開けて姉弟を待ち構えていた。オーブリーがすぐに出ていこう

とすると、「ちょっと待って」と呼び止めた。そして、息子のシャツの襟を直し、ジャケットの前身頃を手ではたいて、

「さあ、これでいいわ。いってらっしゃい」

青白い頬にキスをした。

「いってきます、母さん」

かすかに笑いかけて、オーブリーは出ていった。メイベルも、あわただしく母のキスを頬に受けて、「いってきます。なるべく早く帰るわ」と言った。

母は、優しげな笑みを浮かべて、姉弟を送り出してくれた。

ふたりが座席に乗り込むと、御者がピシャリと鞭を打って、辻馬車が動き出した。

「とうとう、夢がかなったわね」

馬車に揺られて、隣のオーブリーと肩をぶつけながら、メイベルが言った。オーブリーは黙っていたが、やがて、

「誰が紹介してくれたの」

ぼそりと訊いた。メイベルは、肩を小さくすくめて、「劇場関係者よ」と、短く答えるにとどめた。そう、とつまらなそうにつぶやいて、オーブリーは窓の外に視線を投げた。

――わかっているわ。わざとつまらなそうな顔を作っていること。

ほんとうは、すっかり興奮して、飛び立ちそうなくらいなんでしょう?

声には出さずに、メイベルは、心の中で弟に問いかけた。

その日、メイベルとオーブリーのビアズリー姉弟は、出かけていった。オーブリーが憧れてやまないイギリス画壇の重鎮、エドワード・バーン゠ジョーンズに会うために。


少年時代から結核を患っているオーブリーは、家族とともに、あるいはメイベルとふたりで、療養や治療のために転居を繰り返してきた。

当初は彫金師のようなことをやっていた父は、やがて通信会社、のちに醸造所で働くようになった。しかし彼は、自分の稼ぎを一ペニーも家計には入れず、幼い子供たちに手を上げるような男だった。いつしか家族と距離を置くようになった父は、次第に存在感を薄くし、自宅に帰ってこないようになっていった。反対に、母とメイベルは片時もオーブリーのそばを離れず、繊細なガラスの器を愛でるように、それはそれは大切に守ってきた。

いくたびかの転居後、生まれ故郷のブライトンへ戻り、グラマー・スクールに入学したオーブリーは、徐々にその才能の片鱗を「公」にし始めた。学校での演劇や出し物の数々のために、プログラムのデザインをしたり、衣装のデザインや台本を書いたりして、「普通ではない」芸術的才能があることを周囲に認められるようになったのだ。

グラマー・スクールを卒業後、オーブリーには上の学校へ進学するという選択肢は与えられなかった。

母は家庭教師やピアノ教師をしてふたりの子供のために稼ぎ、親戚の援助を頼ってもいた。そんな状況で進学などできるはずもない。健康に不安があったものの、十五歳のオーブリーは、家計を支えるために働くことを決心した。

一家は、ロンドンのピムリコ地区のタウンハウスに居を定めた。親戚の紹介を頼って、オーブリーは測量技師の事務所にしばらく勤め、そののち、ガーディアン火災生命保険会社の事務員として雇用された。

保険会社の仕事は、ごく単純で、なんということもないものだった。つまり、オーブリーにとっては退屈以外の何ものでもなかった。

家と会社の単調な往復に飽き飽きしたオーブリーは、とっておきの新しい「遊び」を始めることにした。——「芝居」である。

ロンドンの劇場で人気を博している芝居の縮小版《ミニチュア》を家庭内でやってみようと、オーブリーは企画した。演出、台本、舞台美術、衣装、そして挿絵入りプログラム。すべてオーブリーが自分で手掛け、主人公はメイベルが演じた。ふたりは、この遊びというには本格的すぎる芝居ごっこを「ケンブリッジ演芸館」と名づけ、友人たちを家に招いて上演した。

友人たちは、この「家庭演劇《ホームシアター》」の完成度の高さに驚き、拍手喝采した。が、彼ら以上に芝居に夢中になったのは、メイベルだった。

まったく別の人間になりすますことの面白さをメイベルは覚えた。演じているあいだは、絶世の美女にもなれれば、公爵夫人になることだってできる。なんて自由で、なんて生き生きとした喜びに満ち溢れているのだろう。

――いつか、ほんとうの舞台に立ちたい。

たったひとつの人生を送るしかないなんて、退屈だわ。女優になって、いくつもの人生を生きるようになりたい。

そんなふうに思って、舞台への憧れを募らせた。

自分は才能ある弟を支える存在で、表に出ることなどないだろうと思っていたし、そんなふうに願ったこともなかった。けれど、オーブリーの絵のモデルになったり、オーブリーにのせられて演技をしたりするうちに、前へ前へと自ら出ていくようになってきた。他者の視線に身をさらすことがとてつもない快楽をもたらすことを、少しずつ知るようにもなった。

オーブリーのほうは、自分が演出した芝居や描いたプログラムが人の目にさらされて評価を得ることが、楽しくて仕方がないようだった。

いつしか、オーブリーは夢中で絵を描くようになっていた。それは、彼にとってごく自然な行為だった。呼吸をするのを止められないのと同じことである。そして、若い男が肉欲を止められないのと同じようなことなのだ。

オーブリーの画才は、傍目に見ていても空恐ろしいほどだった。創作意欲も。

病弱なぶん、体内に溜まっているものがよほどあるのではないか、とメイベルは感じていた。

オーブリーの描き方は、美しい絵を上手に描く、というのではまったくなかった。もっと痛いような、苦しいような、狂おしいような。

膿を出すというか、毒を吐き出すというか、とにかく、自分の中にあるものを、絵を描くという行為で全部出し切ってしまう。そういう感じなのだ。

そしてその頃、しばらくのあいだは、絵の創作以外にも、〈芝居〉という熱中する対象を持っていた。熱情のはけ口として複数の表現手段を持っていたということは、オーブリーにとって幸せなことだったろう。その上、下っ端の事務員とはいえ仕事を持ち、自分で稼いでもいたのだ。父はろくでなしだったが、献身的に彼を支える母と姉がいてくれる。オーブリーにとって、もっとも安定した日々だった。

ところが、その安定は、一瞬にして吹き飛ばされてしまった。

オーブリーが十七歳の秋のことである。いつもなら会社に出かける時間になっても、弟が自室から出てこない。心配したメイベルがドアを開けてみると、ベッドの上でオーブリーが丸まって、息も絶え絶えになっていた。真っ赤に染まったシーツにくるまって――。

子供の頃以来の大喀血だった。

今度大きな喀血があれば命に障りがある、と、診察した医師に告げられ、母は気を失いそうになった。メイベルは、オーブリーの勤務先に出向き、上司に弟の病状を告げて、必死に訴えた。弟はまだ十七歳だというのに、家族のために一生懸命働いてくれている、仕事を失ったら家族全員が路頭に迷ってしまう、しばらくは休まざるをえないが本人は必ず復帰するつもりでいるし家族もそれを支える、どうか待ってやってほしい、と。

メイベルは、上司のまえで、感情を押さえつつ震えながら涙を流してみせた。ほんとうの気持ちではあったが、渾身の「演技」だった。上司は深く感動して、弟さんの復調をお祈りします、職場に戻ってくる日をきっと待っています、と約束してくれた。彼は涙ぐんでさえいた。

クリスマスから新年をまたいで、オーブリーはベッドに臥せっていた。何もすることがなかったので、貪るように本を読んだ。メイベルは、弟に乞われるままに、戯曲を朗読し、ときに演じてみせた。外出すらできなくなってしまった弟のせめてものなぐさみになれば……と。

オーブリーは難なくフランス語の本を読んだし、フランス語で文章を書くのも得意だった。だからメイベルも、負けじとフランス語を鍛錬し、フランス語の戯曲も朗読した。そのときにはサラ・ベルナールになりきって。

数ヶ月間の休養中に、オーブリーは絵を描く気力を失ってしまった。絵に向かい合うとき、彼は精力のすべてを注ぎ込む。絵を描くことによって、確実に体力が奪われてしまう。そう知っているから、体が自然とその作業を遠ざけたのだろう。

その代わりに、オーブリーは本を読み、文章を書いた。短いエッセイを雑誌に投稿して掲載され、ごく少額ながら原稿料を得たりもした。それがまた、母とメイベルには驚きだった。ただ寝ているだけではない、寝ながらにしてちゃんと稼いでいるのだ、オーブリーは！

喀血が止まり、頬に赤みがさして、小康状態を取り戻したオーブリーは、約束通り、保険会社の勤務を再開した。が、以前にも増して仕事に興味を持てなくなってしまっていた。かといって給与をもらわなければ、暮らしが行き詰まってしまう。辞めるわけにはいかなかった。

抜け殻のようになって自宅と会社を往来する。このままだと、ほんとうに生ける屍《しかばね》になってしまう。すんでのところで、オーブリーは、自分には「絵」があることを思い出した。そして、再び猛然と絵を描き始めた。そうしなければ生きていく意味がない、といわんばかりに。

メイベルは、本格的に女優になる道を模索し始めた。出演料を稼いで、少しでも弟の負担を減らしたい一心だった。そして弟が不本意な仕事を一刻も早く辞めて、絵だけを描いて暮らしていけるように。

本音をいえば、舞台の中央に立ち、スポットライトを浴びて、より多くの視線をこの身にまといたい。そんな衝動にかられているのもまた事実だった。

そして――。

メイベルは、彼女につきまとう劇場主、ジョン・エヴァンスと関係を持った。弟を画壇デビューさせ、自分がスポットライトを浴びるために。

とうとう一線を超えてしまったのだ。もはや、自分はまともではない。

次は、オーブリーの番だ。

あの子にも、超えさせるのだ。それがどんなにあやうい一線であろうとも。


ウエスト・ケンジントン、ノース・エンド通りにある瀟洒なタウンハウスのドアを、メイベルは控えめにノックした。その家の主は、いまやロンドンではその名を知らぬ者はいない画家、エドワード・バーン゠ジョーンズである。

メイベルの背後では、オーブリーがポートフォリオをしっかりと抱えて、内気な少年時代に逆戻りしたかのように、そっぽを向いて佇んでいる。

胸をときめかせながらしばらく待ったが、返事がない。弟が不安を募らせる気配を背後に感じて、メイベルは、今度はドアの中央についている真鍮のドア・ノッカーをせわしなく叩いた。ややあって、ようやくドアが開いた。

「どちらさまですか」ドアの隙間から男の目がのぞき、こちらの様子をうかがいながら尋ねた。

「はじめまして、メイベル・ビアズリーと申します。レットン劇場のミスタ・ジョン・エヴァンスからご紹介を受けました」

初めて舞台に立ったときですら、こんなにどぎまぎしなかった。メイベルは、たったひと言のせりふを間違えまいとして台本を棒読みにしてしまった初稽古さながら、ひたむきに答えた。

「どういったご用件でしょうか」

無感情に男が応えた。自分の名前さえ言えばすぐに中に入れてくれるはずだと、ジョン・エヴァンスがベッドの中でメイベルの髪をいつまでもねちねちと触りながらそう言っていた。ドアがさっさと開かないことを不審に思いながら、メイベルは答えた。

「バーン゠ジョーンズ先生にお目にかかりたくて参りました。……私ではなく、弟が。自作の絵を持ってきています」

ドアの隙間からのぞいた目が、メイベルの背後でそわそわしている青年を見据えた。そして、「残念ながら……」と低い声で言った。

「絵を見せていただく場合は、事前に先生と直接お約束を取っていただく必要があります。従って、お取り次ぎすることはできません。あしからず」

そして、メイベルの鼻先で、バタンとドアを閉めた。メイベルは、あっけにとられて、その場に棒立ちになった。声も出せなかった。

——嘘でしょう？　そんな……。

恥ずかしさで耳たぶまで赤くなるのを感じた。どうしたらいいか、まったくわからなくなってしまった。選考《オーディション》に落ちたときですら、こんなに戸惑ったことはなかった。

ややあって、背後で「行こう」とオーブリーがつぶやくのが聞こえた。

「しょうがないさ。……姉さんのせいじゃない」

そこでようやくメイベルは振り向いた。オーブリーは、姉と目を合わそうとせず、そっぽを向いたままで歩き出した。

メイベルは、ぐっと奥歯を嚙んで、ドレスの裾を翻し、やせ細って力のない弟の背中を追いかけた。

——許さない。

あの男……私に恥をかかせた、あのおす豚！

屈辱ではらわたが煮えくり返った。劇場主のいやらしい指の感触が全身に蘇って、厭な汗がどっと噴き出した。閃光のように、殺意が胸の中でひらめいた。

足早に通りの角を曲がろうとした、そのとき。

「待って——君たち、ちょっと待ちたまえ」

呼び止められて、メイベルは立ち止まった。振り向くと、あご髭をたくわえた初老の男が、帽子も被らずに禿頭を太陽にさらし、息を切らして立っていた。

「先ほどはすまなかった。……先客があったので、執事が変に気を利かせてしまったものでね」

こんな暑い日にわざわざ来てもらったのに、絵を見せずに帰ってもらうわけにはいかないと、男は、ふたりを追いかけてきた理由をていねいに述べた。

その男こそ、エドワード・バーン＝ジョーンズだった。

失意の沼にあっさりと突き落とされたふたりは、芸術の神の投げた金色の網でたちまち引き上げられたのだった。

「光栄です。……いつもこうして、絵を見せにくる若い人たちの訪問を受けていらっしゃるのですか」

家に引き返しながら、一転、メイベルは胸を弾ませて訊いてみた。オーブリーのほうは、バーン＝ジョーンズ本人が駆けつけてくれたことにすっかり舞い上がってしまって、ろくに挨拶もできないほどだった。

「事前に約束を申し入れた希望者に限ってはね。が、君たちは特別だ」

バーン＝ジョーンズは答えた。そして、ジョン・エヴァンスの紹介で画家志望の若者が来た、と耳にした先客が、それなら会ってみたほうがいい、と口添えをしたことも正直に教えてくれた。

「まあ、そうでしたの。その先客の方は、ジョンとお親しくていらっしゃるのですか？」

メイベルは、いかにも自分が「おす豚」と懇意なのだと言わんばかりに尋ねてみた。

バーン＝ジョーンズは、ふふ、と意味深な笑い声を立てて、

「ちょうどいい、紹介しよう。その客人のほうも、どうやら君たちに興味を持ったようだから」

そう言った。

さっきはなかなか開かなかったバーン＝ジョーンズ邸の重厚な黒いドアが、さっと開いた。目だけをのぞかせていた執事が、うやうやしく頭を垂れる。メイベルは、できる限り胸を張って、弟を従え、邸の中に足を踏み入れた。

邸の中は目を見張るほど華麗な装飾で埋め尽くされていた。淡いグリーンの壁紙には蔓草と花々、小鳥が見え隠れしている。絨毯は赤と青の花々が咲き乱れる花畑のようだ。青磁の食器が品よく並べられたマホガニーの飾り棚、ほっそりした脚のテーブル、座り心地のよさそうな椅子、真鍮の燭台とシャンデリア。バーン＝ジョーンズが「アーツ・アンド・クラフツ」運動に深く傾倒し、その牽引役であるウィリアム・モリスと親しいことはつとに知られている。邸の内装にはモリスが少なからずかかわっているのが、ひと目で見て取れた。

メイベルは、オーブリーがきょろきょろと頭を巡らせて落ち着きがないのが気になったが、憧れの画家の家に招き入れられ、さらにはこれほどまでに華麗な邸内を見せられて、感嘆するなというほうが無理な話である。メイベルのほうは、もうすっかり落ち着き払っていた。――そうなのだ、自分は本番に強い。舞台の袖で出番を待っているときは足ががくがくして立っていられないほどなのに、いったん出てしまえば、あとはもう平気なのだ。

なんであれ、目をつぶって飛び込んでしまえばいいのだ。そうすれば、潮の流れに任せるほかはないのだから――。

メイベルとオーブリーは、バーン゠ジョーンズ本人に案内されて、邸のいちばん奥まったところにある談話室にたどり着いた。

「先客」は、その部屋の窓際、青水仙と木の実のデザインがあしらわれた布張りのソファにゆったりと身を預け、いかにも優雅にお茶を飲んでいるところだった。

うら若い女性と引っ込み思案なまなざしの若者を従えて、バーン゠ジョーンズが入っていくと、その人物は、ふと顔を上げてこちらを見た。

肩までのびた濃い栗色の長髪。白い麻のジャケットの襟もとには、クチナシの花が一輪、さしてある。薄い鳶色の瞳が、オーブリーをとらえて、夜明けの星のように仄《ほの》かに光った。

メイベルは、男の顔を見たその刹那、はっとして息をのんだ。

それは、メイベルが知っている男だった。いや、メイベルばかりではない。オーブリーだとて知っているはずだった。役者や芸術家を志す者なら誰でも、いや、ゴシップが好きなロンドン市民であれば、誰であろうとその名を知らぬ者はいない。

その男。――オスカー・ワイルドだった。

一八九一年　八月
ロンドン

ビアズリー家の夕食のテーブルの準備が整った。

ロンドンの中心部、ピムリコ地区ケンブリッジ通り三十二番地にある三階建ての小さなタウンハウスに、母とメイベルとオーブリーは住んでいた。一階にはリビングとダイニングとキッチン、二階にはベッドルームがふたつ、三階にもベッドルームがふたつ。どの部屋もこぢんまりしていたが、ロンドンの中流階級の標準的な住まいである。

月曜日から土曜日までの週六日間、オーブリーはロンバード街にある保険会社に通っていた。駆け出しの女優であるメイベルは、出演する舞台があるときは劇場へ通い、ないときにはオーディションを受けるので劇場回りに出かけることが多かった。母は、そんなふたりのために日々食事を準備し、室内を清潔に保って、「芸術的才能をいつか花開かせる」と信じてやまない娘と息子を支えているのだった。

その日、出かける予定がなかったメイベルは、母を手伝って夕食の支度をした。母得意のキドニーパイが、理想的な色に焼き上がってオーブンの中から出てきた。「まあ、おいしそう」とメイベルは、はしゃいだ声を上げた。

「オーブリー、きっと喜ぶわ。お母さまのキドニーパイが、何より好物だもの」

「そうかしら。……だといいけど」

大皿の上に熱々のパイを載せて、母がつぶやいた。その顔にはうっすらと靄《もや》がかかっていた。

母は、オーブリーがここのところいつになく上の空なのを気に病んでいるのだ。病弱な息子が結核ばかりではなく別の病気にかかってしまったのでは――お医者さまに診ていただいたほうがいいんじゃないかしらと、メイベルにこっそり心配を打ち明けもした。メイベルは笑って、大丈夫よ、もやもやする年頃なんだから、わかってあげて、と、できるだけさりげなく母の心配を打ち消すように努めた。

メイベルに励まされて、母は、それもそうね、と少し安心したようだったが、ふと、思いついたように言った。

――好きな人でもできたのかしらね。

そのひと言に、メイベルは胸をどきりとさせた。母は、うっすらと笑って、そういう年頃よね、とつぶやいた。

――かわいそうなオーブリー。好きな人ができたとしても、かなわないでしょうに……。

結核を患っている息子はもはや結婚できない体なのだと、母はとうにあきらめているのだった。娘はそう遠くない将来結婚して家を出る日がくるだろう。だからこそ、自分だけはオーブリーのそばにいて一生涯面倒をみよう、と心に決めているようだった。

バタン、と玄関のドアが閉まる音がした。テーブルにフォークと取り皿を並べていたメイベルは、はっとして、ダイニングを出て玄関へと足早に向かった。

「おかえりなさい。夕食の支度、できているわよ。すぐに下りてきて」

力ない足取りで階段を上がっていくオーブリーの背中に向かって、メイベルが声をかけた。

「ああ」と短い返事が聞こえた。それから、バタン、と自室のドアを閉める音。それっきり、下りてくる気配がない。テーブルの真ん中に載せられたキドニーパイがすっかり冷めてしまっても、オーブリーはダイニングに現れなかった。

ふたりは着席したものの、母は、オーブリーが姿を現わすまではパイにナイフを入れようとしなかった。父親不在のビアズリー家では、長男が着席しないことには夕食は始まらない。母とメイベルは、オーブリーがやってくるのを辛抱強く待った。

が、パイが冷めていくのと同じ速度で母の表情が曇っていくのが、メイベルには耐えられなかった。自分が期待した通りに息子が現れないときには、おそらく母の胸の中には、大量の血を吐いて倒れているオーブリーの姿が浮かんでいるはずだった。さりとて、息子の部屋に出向いて現実を確かめる勇気が彼女にはないのだった。

つと立ち上がって、メイベルはやさしい声で言った。

「様子を見てくるわ」

そして、わざとゆっくりした足取りでダイニングを出、大急ぎで階段を駆け上った。

――どうか倒れていませんように。

無意識に胸の前で十字を切る。オーブリーが帰宅してから三十分が経っていた。それが人が死んでしまうのにじゅうぶんな時間なのかどうか、わからないが――。

メイベルは、震える手で、弟の部屋のドアをせわしなくノックした。

「オーブリー。どうしたの、オーブリー？　今日は、お母さまがあなたの好物のキドニーパイを作ってくださったのよ。もう冷めてしまったわ……いい加減に下りてきて。ね、オーブリー」

返事がない。

真っ赤なひと色が、舞台のカーテンが下りてくるように、メイベルの脳裏にさあっと落ちてきた。メイベルはノブに手をかけると、がちゃりと回してドアを押し開けた。

オーブリーは、倒れてはいなかった。床の上には赤い色のかけらも落ちてはいなかった。

その代わりに床を埋め尽くしていたのは、おびただしい数の絵だった。花模様、蔓模様、長い髪の騎士、たっぷりしたドレープのドレスを身にまとった貴婦人。描き損じのスケッチは、黒いインクで塗りつぶされている。その黒の静けさ、深さ、禍々しさ。

ドアから見ると突き当たり正面に窓があった。窓辺に置かれたデスクに覆いかぶさるようにして、オーブリーはペンを動かしていた。コリコリと紙を削るペン先の音がかすかに響いている。

メイベルは、止めていた息をようやく放った。そして、声をかけようとしたが、やめておいた。オーブリーの背中が、拒否しているのがわかったから。

いま、この瞬間、オーブリーは彼の創り出す世界の、たったひとりの完璧な住人なのだ。

その世界には、なんびとたりとも入ってはいけない。たとえ母であれ、姉であれ。彼の描く画中の世界で呼吸するのを許されているのは、彼自身のほかにはいないのだ。

メイベルは、そっとドアを閉じた。足音を忍ばせて、階段を下り、ダイニングに戻る。

母の心配顔に向かって「大丈夫よ」と微笑みかけた。

「描いているわ、夢中で。しばらくは下りてこないでしょうね。……ねえお母さま、パイをひと切れ、切ってくださらない？」

メイベルの言葉に、母は、ほっと頬を緩めた。

「あの子が恋をしているのは、自分の絵の中の姫君かしらね」

パイにナイフを入れながら、冗談めかして母が言った。メイベルは、ふふ、と笑って相づちを打った。

「ええ。……きっとそうね」

けれど、メイベルは、とっくに気づいていた。オーブリーの中に巻き起こっている熱く湿った風に。

その風は、やがて竜巻になり、激しい嵐になる。オーブリーは、嵐に身をさらし、翻弄され、やがて奪い去られる。母と自分の手の届かないほど、はるか遠くまで。――そんな不穏な予感があった。

その予感の種を、メイベルの胸に落としたのは、あの男。

――オスカー・ワイルドだった。

七月中旬のとある午後、夏でも曇りがちのロンドンでは珍しく、真っ青な夏空が広がっていた。

メイベルとオーブリーが初めてバーン＝ジョーンズ邸を訪問した日には先客があった。彼は、談話室の窓際、青水仙と木の実のデザインがあしらわれた布張りのソファにゆったりと身を預け、いかにも優雅にお茶を飲んでいるところだった。

バーン＝ジョーンズが入っていくと、その人物は、ふと顔を上げてこちらを見た。

メイベルは、その顔を見たその刹那、はっとした。――知っていたのだ。その男を。

劇場街で、一度だけ行き合ったことがある。わっと歓声が上がって、あちこちから「オスカー！」と呼び声が聞こえた。押し寄せる群衆のあいだを突っ切るようにして、その男は現れた。

アザラシ革のつばの広い帽子を被り、たっぷりとしたケープ・マントを翻して、さっそうと歩く、栗色の長髪の男。その後ろから、山高帽を被ってスーツを着こなした若い男たちが、複数人、まるで従者のようについていった。

疾風のように奇抜な男と「従者」たちが駆け抜けたあと、その場に居合わせた紳士淑女が口々に噂していた。

——見たかい？　あれがオスカー・ワイルドだよ、どうだい、格好いいじゃないか！

——ああ、なんてすてきなの、あの帽子、あのマント、あの髪型！　あんな人、ほかにはいないわ。

——あなた、お読みになって？　オスカー・ワイルドが書いた〈ドリアン・グレイの肖像〉。そりゃあもう、おもしろかったわ。なんですって、まだお読みじゃないの？

ヴィクトリア女王が通りすがったとしても、こんなふうに異様な興奮を残していっただろうか。メイベルもまた、魔法がかかったように、その場に立ちすくんで動けなくなってしまった。ただし、彼女の場合は、興奮、というよりも、なんとも言い難い感覚——無理に言葉にすれば「畏れ」のようなものに、一瞬にして縛られてしまったのだが。

オスカー・ワイルド。その名前は、メイベルも、新聞や雑誌で幾度となく目にしていたし、演劇関係者のあいだではちょっとした英雄のように語られていた。

小説家にして詩人、そして劇作家。奇抜な服装や人目を引く言動は、つねに巷を賑わせていた。その作品よりも言動に注目したアメリカ人興行主に招かれて、全米を回って講演会を開き、大いに人気を博して帰ってきたことが、一気に彼の知名度を高めた。

ワイルドにとてつもない文才が備わっていることは間違いなかったが、何より人々の関心を引き付けたのは、彼の独特の風貌だった。

当時の紳士は、髭をたくわえ、短く整えた髪にシルクハットか山高帽を被り、清潔なシャツにジャケットを着て、手袋とステッキを手に、礼儀正しく淑女をエスコートしながら歩く——というのが常識だった。

ところが、ワイルドは、まったく違った出で立ちと行為で道行く人を驚かせた。深い臙脂色のビロードの上着に、孔雀模様に織られた絹のジレ、ぴったりとした膝までのキュロット。黒いタイツにエナメルの靴。ゆるやかに結んだラヴェンダーのアスコット・タイに、袖口のカフリンクの色を合わせて、葉巻をくわえ、上着の下襟には緑色のカーネーションをさしている。香水をふりかけているのだろうか、彼がいた場所にはほのかなばらの残り香があった。

きわめつけは、彼に付き従う若い男性たちの一群である。ひとりだけ連れているときもあれば、複数人を引き連れていることもあった。彼らは皆、はっとして振り返るような美男子ばかりだった。ときには、少年と言ったほうがいいような若者が混じっていることもあった。

ワイルドが好んで彼らを連れ歩いているのか、あるいは、彼らが好んでワイルドに付き従っているのか、誰にもわからない。が、それがまた噂の的になった。

ワイルドが歩けば、それだけで風が巻き起こった。その風に振り向き、吹き上げられて、周囲の人々は騒然となった。

新聞記者は彼を追いかけ、なんでもいいからひと言お願いしますと、何か面白い言葉を彼の口から引き出すのに躍起になった。出版社の編集人や演劇関係者は、ワイルドに新作を書かせることができたらそれだけで給料が倍になると、やはり必死になって彼に付いて回った。――ミスタ・ワイルド、新しい小説を！　小説が無理ならば、一編の詩を！　詩が無理なら、なんでもいいからひと言を！　と。

そのワイルドが、イギリス画壇の巨匠、エドワード・バーン＝ジョーンズ邸に、先客として訪れていたとは。できすぎた偶然に、メイベルは、一瞬、身震いをした。

時代の寵児を前にして、身をすくませる姉弟の肩に手をやり、バーン＝ジョーンズは余裕たっぷりに笑みを浮かべながら言った。

「さて、我が麗しの先客を、うら若き新しい客人たちに紹介しよう。こちらの紳士は……」

「ええ、もちろん存じ上げておりますわ。ミスタ・オスカー・ワイルド」

メイベルは、取り澄ました様子をわざと作って、巨匠の言葉をさえぎった。そのじつ、足が震えて立っているのも困難なほどだった。

ワイルドは、メイベルの胸中を見透かすかのように、じっとみつめると、

「おや、どこかでお目にかかりましたか？　おかしいな、こんな美しいお嬢さんにお会いしたことを忘れるほど、私はうっかり者ではないはずなのだが……」

そう言って、立ち上がった。

そのまま、やわらかな物腰でメイベルに近づくと、その手をとって甲に軽くキスをした。しかし実際は口をつけずに、唇で音を立ててキスするふりをしたのだった。メイベルの細い手は、真綿のように肉厚でやわらかいワイルドの手の中で、たったいま釣り上げられた小魚のように細かく震えていた。

「いいえ。私が一方的にあなたさまを存じ上げているだけです。……ほかの多くのロンドン市民同様に」

メイベルは、声が上ずってしまわないよう注意しながら、どうにか言葉を返したが、まるで下手な台本の読み上げのようになってしまった。

ワイルドが口の端をわずかに吊り上げて微笑んだ。その微笑には憐れみの気配があった。そして彼の目には「美しいお嬢さん」は映っていないようだった。彼の視線は、メイベルの背後で固まったままで佇んでいる青年に注がれていた。

ワイルドは、ゆっくりとオーブリーのほうへ近づくと、臆病な小鳥が飛び立ってしまわないように細心の注意を払いながら、悠然と話しかけた。

「バーン＝ジョーンズ卿に絵を見せにきたのは、君ですか？」

オーブリーは、ぴくりと肩を震わせて、ワイルドの目を見た。その鳶色の瞳には熱がこもっていた。いかなる芸術であろうともその懐に抱こうとする、芸術の神、アポロンのまなざしだった。

「……はい……そうです」

いかにも引っ込み思案に、オーブリーが答えた。両手に、しっかりと紙挟み《ポートフォリオ》を抱えている。ふむ、とワイルドが鼻を鳴らした。

「じゃあ、そのポートフォリオをこのテーブルの上に広げてみたまえ」

オーブリーは、たちまち戸惑ってメイベルを見遣った。メイベルは面食らってしまった。と同時に、ワイルドの無神経さに思わずむっとした。

――まだバーン゠ジョーンズ先生にも見せていないのに……。

「お言葉ですが、いたしかねます」

メイベルはワイルドに向かって言った。

「弟の作品はまずはバーン゠ジョーンズ先生にご覧いただきたいと思っております。私たち、そのためにこちらへお邪魔いたしましたので」

鳶色の瞳が、今度はメイベルを捉えた。強い光を宿したその目を、メイベルは臆さずにみつめ返した。

「弟と言ったね。……君たちは、きょうだいなのかい？」

「はい」メイベルは、落ち着き払って答えた。

「申し遅れました。弟は、オーブリー・ビアズリー。私はメイベルと申します。レットン劇場のミスタ・ジョン・エヴァンスのご紹介を受けて、こちらへ伺いました」

そして、少し溜めてから、言い放った。

「……私は女優です」

メイベルの言葉に、ワイルドは、「ほう……」とひと言、薄く反応した。彼の関心が若い女優にではなく、ポートフォリオの中の絵にあることは明白だった。たとえ彼女が、ワイルドが懇意にしているであろう劇場主の紹介を受けてここへ来ていたとしても。

「では、バーン゠ジョーンズ先生とご一緒に見せていただこう。それならばお許しいただけますか？　ミス・ビアズリー」

いちいち癪に障る言い回しをする。メイベルは、「ええ、それならば結構ですわ」と、こちらも取り澄まして答えた。そして、背後でなおも押し黙ったままの弟のほうを振り向くと言った。

「オーブリー、このテーブルの上にあなたの作品を広げて、先生方にお見せなさい」

オーブリーは、うつむいたままテーブルへ歩み寄り、胸に抱いていたポートフォリオをその上に置いた。そして、紐をほどいて、表紙の厚紙を開いた。

バーン゠ジョーンズ、そしてワイルドは、引き寄せられるようにしてテーブルのそばへ近づいた。

ポートフォリオの中から、大小のペン画が現れた。次々と広げられる絵を目にして、イギリス画壇の巨匠と稀代の文士、その両方の顔に驚きが広がるのを、メイベルは確かに見た。

卓上には、瞬く間にオーブリー・ビアズリーの世界が広がった。

幾重にも絡まりながら伸びていく植物の蔓、そこからこぼれ咲く白いばら。燃え上がる蔦の葉、輝く宝石のごとき木の実、それをついばみに飛んでくる小鳥たち。

銀色の甲冑に身を包んだ騎士、いななく白馬、彼を見守り祝福する妖精たち。湖畔に佇む水の精の足元には、芳醇な香りを漂わせ、水仙が群れ咲いている。剣を振りかざす英雄、火を噴くドラゴン、西日に輝くその鱗。

黒、ただ一色のペン画。それなのに、むしろ強烈に色が見える。小さな紙面を埋め尽くすさまざまなオブジェ、それらが絡み合いながら、微細に、緻密に構成されている。

圧倒的な、見る者を容赦なく引き込む圧倒的な画力――。

バーン＝ジョーンズとワイルド、ふたりとも、テーブルの上に広げられた絵をみつめて、まったく言葉を失くしてしまった。

オーブリーは、ずっと下を向いたまま、彼らの顔を見られないでいた。メイベルは、注意深くふたりの様子を見守った。

――響いている。……浸透している。

オーブリーの絵が、このふたりに……！

「これは……すごい。卓越している……」

最初に口を開いたのは、バーン＝ジョーンズのほうだった。そのひと言に、オーブリーは顔を上げて憧れの画家を見た。巨匠の顔には不思議な光が広がっていた。

「君は、どこの美術学校に通っているのですか？　いったい誰に指導を受けているのかな？」

バーン＝ジョーンズの質問に、オーブリーは首を横に振った。

「いいえ。僕は……美術学校には通っていません。保険会社の事務員をしています。美術の授業は、きちんと受けたことはないです」

その答えに、バーン＝ジョーンズは驚きを隠せなかった。

「なんだって？　じゃあ、これは……君が、まったくの独学で描いたと……？」

オーブリーはうなずいた。バーン＝ジョーンズは、低く唸って、あとは言葉にならないようだった。

ワイルドは、陶然としたまなざしで、一枚一枚、愛でるように絵を眺め、ため息をついた。どんな言葉が彼の口から発せられるのか、メイベルは待ち構えたが、実際、ワイルドすらも、うまい表現がみつからないのか、黙ったままだった。

メイベルの胸のうちで、勝利の天使がトランペットを吹き鳴らした。

――打ち負かした。

オーブリーが――ちゃんとした美術教育を受けたこともなく、病弱で、おどおどしていて、世間に対して背中を向けて生きているオーブリーが、エドワード・バーン＝ジョーンズとオスカー・ワイルドから、言葉のいっさいを奪い去ったのだ――！

絵の中の一枚を手に取って隅々までみつめていたワイルドが、ようやく顔を上げて、オーブリーを見た。

オーブリーは、今度は臆せずに、ワイルドの目をみつめ返した。その刹那、ふたりのあいだに強い磁力が働き合うのを、メイベルは感じた。

「――すぐに、いま勤めている会社を辞めたほうがいい」

直感に満ちた声色で、ワイルドが言った。猛禽類にも似たその目は、オーブリーをまっすぐに捉えて、もはや離さなかった。

「君は芸術家になる。それも、不世出の。そして、もう決してあとには戻れなくなるだろう。なぜなら……」

――なぜなら、私が君をより遠いところまで連れていくことになるだろうから。

そう。……引き返せないほど、はるか彼方まで。

芸術の神の声なき声が、メイベルの耳に響いた気がした。

一八九一年　九月
ロンドン

ときおり吹きつける秋風に、ビロードのガウンの裾を吹き上げられながら、メイベルは、その書店のショーウィンドウの前に佇んでいた。

シティ・オブ・ロンドン、チープサイド地区のクイーン・ストリート。この地域は、イギリス経済の心臓部であり、多くの企業が事務所を構えていた。重厚な石造りの建物が並び、山高帽にステッキを手にした勤め人が通りを行き交う。そのすぐ横を、辻馬車や二階建ての馬車《ダブルデッカー》が車輪を軋《きし》ませながら走り去る。誰もが忙しそうに、足早に通り過ぎていく。小さな書店のショーウィンドウの前で立ち止まる者など、メイベル以外にはいなかった。

埃っぽいガラス窓に顔をくっつけるようにして、メイベルはショーウィンドウの中をのぞき込んだ。窓の向こうには棚が作りつけられており、出版されたばかりの新刊や、話題の本、美しい装丁の本、雑誌などの表紙面が整然と並べられている。が、メイベルはお目当ての本を探しているわけではなかった。

臙脂色の革表紙の本と、濃紺の布張りの表紙の本のあいだに、一枚の絵が貼り出されてあった。

スケッチブックほどの大きさの少し黄ばんだ厚紙。そこにはペン画が描かれていた。黒と白、二分された画面の真ん中に、突き立てられた剣のごとく、まっすぐに伸びた三本のろうそくが炎を燃え盛らせている。その向こう側に佇むのは、三人の謎めいた人物。黒いマントに身を包み、髪はターバンで巻き上げて、いかにも神経質そうに眉根を寄せる東洋人の女——いや、男、だろうか。その耳もとに、魔法使いの老婆が秘密の呪文を囁く。ふたりの背後には、宇宙をつかさどる女神が彫像のように立っている。夜と昼とを分かつ、その境界線で、いましも禍々しい魔術が繰り広げられようとしているのだ。

王冠にも似た孔雀の羽、つぶつぶと泡立つ草木の種子、邪悪な悪魔の羽は鋭い斧刃となって、闇の中で閃光を放つ——。

ガラス越しに絵をみつめていたメイベルは、いつしか止めていた息を放った。

書店のショーウィンドウに貼り出されているのは、オーブリーの絵。一週間まえから、そこに「展示」されていた。

「姉さん、僕の絵が『展示』されることになったんだ」

夏が去り、朝夕がぐんと冷え込むようになった九月初めのある日、勤め先の保険会社から帰宅したオーブリーは、珍しく嬉々としてメイベルに告げた。

「まあ、ほんとに？　すごいじゃないの！　どこで？　美術館、それとも画廊？」

メイベルは驚いて尋ねた。オーブリーは、くすぐったそうに、くすくすと笑っている。

バーン＝ジョーンズ邸を初訪問したあと、オーブリーはいっそう絵に打ち込むようになった。あの訪問が、彼にとってとてつもない転機となったことは明らかだった。

あいかわらず会社には真面目に通勤していたが、母やメイベルには相談もせずに、オーブリーはウエストミンスター美術学校の夜間クラスに入学した。働きながら通える美術学校はあるのか、バーン＝ジョーンズに教わり、入学金も授業料もすべて自分で支払った。美術学校に入ったと、あとから聞かされた母とメイベルは驚いたが、母は、オーブリーが自分ひとりですべてを決めて実行に移したことをむしろ喜んでいた。

父不在のビアズリー家では、十九歳の息子に経済的に頼らざるを得ないことを、母は後ろめたく思っていたに違いない。芸術的才能に恵まれていることはじゅうぶんわかっているのに、美術学校へ入れてやれないことを心苦しく感じていたのだ。だから、オーブリーが自力でそうしたことで、ようやく罪悪感から逃れることができたようだった。

一方、メイベルは複雑な気分だった。

幼い頃から、どんな些細なことであれ、自分にだけは話してくれた弟が、こんな大切なことを自分の知らないあいだに「勝手に」決めてしまった。自分は、弟を憧れの画家に引き合わせるために、いけ好かない劇場主と関係を持つまでしたのに——。

しかし、オーブリーが美術学校に入った成果が驚くべき早さで現れた。彼の作品が、公の場に「展示」されるのだから！

いったいどんな美術館で展示されるのだろう。あるいは、最近、ピカデリーあたりに開店した、新進気鋭の画廊に見出されたのだろうか。

どこで展示されるの？　という姉の質問に、オーブリーは、さもおもしろそうにくすくす笑いながら、「本屋だよ」と答えた。

メイベルは、弟の言っている意味がすぐには理解できなかった。

「本屋？　本屋って……どういうこと？　あなたの絵が、本になるっていうこと？」

「まさか、違うよ。会社の近くにいつも立ち寄っている書店があって……何時間でもいられるくらい、僕はその店が気に入ってるんだけど……そこの店主に僕の絵を見せたら、ショーウィンドウに飾ってみよう、って言ってくれたんだ。人通りの多い場所だし、きっとたくさんの人が見てくれるはずだから、って……」

それが、クイーン・ストリート七十七番地にある書店「ジョーンズ・アンド・エヴァンズ」であった。

その日、メイベルは、オーディションを受けるために劇場街へ出かけたついでに、足を伸ばして書店のある地域、チープサイドへ出かけてみた。

ピカデリーから地下鉄に乗って、マンション・ハウス駅まで移動する。ロンドンの地下鉄サークル線は、一八八四年の完成以来、植物の根のようにロンドンの地下を伸びてゆき、市民の足となり始めていた。狭苦しい木造の車内に乗り込むと、ドレスのペチコートが窮屈に押しつぶされそうになる。空気は悪いし、車内も構内も薄暗い電燈が点されて、堪え難いほどの閉塞感があった。

メイベルは、地下鉄に乗るたびに、奇妙な箱に押し込まれて、まったく光の差し込まない地の底を移動している感じが薄気味悪く、一刻も早く地上に出たい気持ちにかられた。それでも、地下鉄は馬車に比べれば早いし安い。何より、肺に病気を持っているオーブリーが、自宅近くのヴィクトリア駅から会社のあるシティ・オブ・ロンドンまで、週に六日、このすぐにも窒息してしまいそうな乗り物を使って往復しているのだと思うと、自分が避けてはいけないような気がしていた。

マンション・ハウス駅の構内から急いで地上へ上がり、クイーン・ストリートを目指してメイベルは早足で歩いていった。通りに並ぶ建物の番地を確認しながら、七十七番地に近づくにつれ、胸の鼓動が早くなっていく。

美術館でも画廊でもなく、本屋の店先に飾られているオーブリーの作品。なんにせよ、彼にとって生まれて初めて「公の場」に作品が飾られているのだ。どんなふうに展示されているのか、自分の目で見てみたかった。

はたして、メイベルがみつけたオーブリーの絵は、埃でうっすら曇ったショーウィンドウの向こう側に、ぺらりと紙一枚、そのままで、鋲で留められて貼り出されてあった。無駄な陳列がいっさいない、すっきりとした画廊の店先のようなショーウィンドウに、立派な額縁に入れられて、金色のプレートに刻印された作品のタイトルとともに、画家の名前「オーブリー・ビアズリー」が添えられてある――メイベルの想像は、あっさりと裏切られた。

それは、いかにも物寂しい「展示」であった。表紙を正面にして飾り棚に陳列してある本と本のあいだ、申し訳程度に作られた隙間に、ちんまりと収まっているペン画。タイトルも画家の名前もいっさい添えられていない。これでは、いったい誰の絵なのか、なんのために貼り出されてあるのか、さっぱりわからない。

――なんなの、これは？

メイベルは、口の中で文句を呟いた。

――こんな展示の仕方じゃ、誰の目にも留まらないわ。オーブリーの絵は、こんなにもすばらしいのに、誰にも気づいてもらえない……。

メイベルは、かれこれ二、三十分ほどもそこに辛抱強く佇んでいたが、立ち止まってショーウィンドウをのぞき込む人は誰もいなかった。

ふと、山高帽を被ってダブルのジャケットを着込んだ紳士が、ウィンドウの前で立ち止まった。

はっとして、メイベルは息を潜め、隣に佇んだ人の様子をうかがった。紳士は、ウィンドウの中をのぞき込んでいるようだったが、ややあって、メイベルの横顔に向かって話しかけてきた。

「何かご興味のある本がおありなのですか、お嬢さん？　よろしければ、私がそれを買いますから……それを見ながら、ご一緒にお茶でもいかがですか？」

メイベルは、身を固くして紳士を見た。手入れの行き届いた髭のある口もとには、好色そうな笑みが浮かんでいた。

「いいえ、結構です。自分で買いますから」

強い口調で突っぱねると、メイベルはようやくウィンドウの前を離れた。そのままドアを押して、店内へと入っていく。

店内の壁は一ミリの隙間もなく本で埋められ、人ひとりがやっと通れるほどの通路の両側にも本棚が迫っていた。紙とインクと埃の匂いに満ちた狭苦しい店の中は、どことなくオーブリーの自室の雰囲気に通じるものがあった。なるほど、オーブリーが「何時間でもいられるくらい気に入っている」と言っていたのもうなずける。

店のいちばん奥にはデスクがあり、白いシャツにジレを着て眼鏡をかけた中年の男が、分厚い本を広げ、熟読中のようだった。メイベルが近づいても、顔を上げようともしない。

「こんにちは、あの……」メイベルは、控えめに声をかけてみた。

「表に貼ってある絵のことで、お伺いしたいのですが」

　男は、ようやく顔を上げた。ずり落ちた眼鏡を指先でくいと持ち上げると、「なんですって？」と訊き返した。

「絵です。白黒の、ペンで描かれた……ショーウィンドウに飾ってある絵」

「ああ、あの絵ね」男は言って、ぱたりと本を閉じた。

「ご興味をお持ちで？」

　メイベルは、うなずいてみせた。男は、じろじろと無遠慮にメイベルを眺めてから、

「やめといたほうがいい。あんな絵のことは、忘れなさい」

と、諭すような口調で言った。

　メイベルは「え？」と目を瞬かせた。

「どういう意味ですか？」

　男は、今度はメイベルの目を見ずに、

「だって、ありゃあ、どう見たって異端の絵でしょ。あなたのような若い女性が興味を持つたぐいのもんじゃありません」

　そう断言した。

　メイベルは、声を尖らせて言い返した。

「異端の絵？　なぜですか？　悪魔も霊媒師も描かれていないのに？　あれが異端だと言い切るなんておかしいわ。すばらしい絵なのに……」

　男は、おや、というように、視線をメイベルに向けた。

「ほう、あなたはなかなかおもしろいお嬢さんだ。あの絵を『すばらしい』と感じるとは……ひょっとして、あなたは画家なのですか？　それとも何か芸術にかかわっているかたなのですか？」

いまさら「あの絵の作者の姉です」とは言えなくなってしまった。メイベルは、頬を紅潮させて、「別に、私は……」と言いよどんだ。それから、気を取り直して、

「逆にお尋ねしますわ。異端とおっしゃるような絵を、この店はなぜショーウィンドウに飾っているのですか？」

そう訊いてみた。男は、そこで初めて口もとに笑みを浮かべた。

「なぜって……私が気に入ったからですよ、あの絵の作者を」

男は、書店の店主、フレデリック・エヴァンズだった。

聞けば、あの絵の作者——オーブリー——は、ここ一年ほどこの店に通い詰めている、ということだった。美術書や演劇の脚本、素描集、フランス語の小説などをこまめに漁り、長らく立ち読みをして、いかにも欲しそうに、開いたり閉じたり、本棚に戻してはまた出したり、両手に抱えてカウンターまで来てはまた引き返したり、そんなふうにして、何時間でも店内に居続けていた。

若者がいかにも読書好きであることはわかったが、なかなか本を買うにはいたらない。いつまでも立ち読みばかりしているので、見かねたエヴァンズが、あるとき声をかけた。

——君、少しまけてあげるから、いいかげん買ってくれないかね。

若者の青白い頬がたちまち赤らんだ。彼は、消え入りそうな声で、すみません、ご迷惑だったら、金輪際、この店に来るのをやめます——と答えた。どうやら、本を買う余裕がないらしい。

エヴァンズは、彼が好んで立ち読みする本を注意深く観察して、画家か小説家志望なのではないかと想像していた。貧しい芸術家の卵をほうっておけるほど、エヴァンズは芸術と若者、その両方に対して冷徹ではなかった。

そこで彼は、君はもしかすると画学生じゃないのかい？　と訊いてみた。すると、画学生ではありませんが絵を描いています、との返答があった。

エヴァンズは若者の指先を見た。黒いインクがところどころこびりついていた。退屈な油絵なんぞを描いているわけではないな、と察知して、彼は提案した。

——だったら、その絵を一度見せてくれないか？　もし私が気に入ったら、君が気に入った本と引き換えに、絵を一枚いただくとしよう。

「そんなわけで、見せてもらったんだよ。何十枚……いや、何百枚ものペン画を。それが、ほんとうに、なんていうか……すごい代物だったんだ」

オーブリーの絵を見せられたときのことを思い出したのか、エヴァンズは、両腕を組んで低くうなった。

「ちょっと恐ろしい、というか……徹底的で、容赦がなくて……まるで悪い夢でも見ているような……そう、私にとっては、ちょっとした『発見』だった」

「発見……」メイベルは、エヴァンズの言葉をなぞった。

「ああ、そうだよ。見たこともないような絵だったからね」

エヴァンズは、いかにも不思議なものを見せられた、という表情を作ってみせた。

「私はこうして、一日の大半をこのカウンターに座って、古今東西の書物を繙《ひもと》いている。美術書も含めてね。で、あらゆる時代のあらゆる絵を見てきたつもりなんだが……いや、本の中だけでね……ああいう絵は、ついぞ目にしたことがない。強いていえば、エドワード・バーン＝ジョーンズとか、ウィリアム・モリスに似てなくもないが、それにしても……」

驚嘆が胸に蘇ったのだろうか、エヴァンズは、ふと言葉を見失った。うつろな目は、「見たこともないような絵」のまぼろしを追いかけているかのようだった。

「それで……その人の絵を、こちらの書店で本と引き換えに預かったのですか？」

エヴァンズの深い感動が伝わってきて、自分も肌が粟立つのを感じながら、メイベルは尋ねた。エヴァンズは、うなずいた。

「二十点ほどかな。見てみるかい？」

メイベルは、ごくりとのどを鳴らして唾を飲み込むと、「ええ。……ぜひ」と答えた。

エヴァンズは、背後の書棚の下についている引き出しを開けると、バインダーに挟まれた薄茶色のハトロン紙の包みを取り出した。包みを広げるていねいな手つきは、いかに書店主がそれを大切にしているかを物語っていた。

包みの中から、紛れもない、オーブリーのペン画の数々が現れた。エヴァンズは、カウンターの上に、一枚一枚、絵を並べて見せた。メイベルは、思わず身を乗り出して、それらを食い入るように眺めた。

それは、実に奇妙な体験だった。

メイベルは、初めて第三者から——まったくの赤の他人から、オーブリーの絵を見せられたのだ。

もう十二、三年ものあいだ、オーブリーのいちばん近くにいて、いつも彼の描いている「何か」をみつめ続けてきた。オーブリーが非凡な才能を持ち合わせていることはわかっていたし、彼の描く絵が「有名な画家の誰の作品にも似ていない」ことも、当然のように感じていた。

自分は、いつだって、オーブリーが描いたものを真っ先に見せられる存在だった。

——姉さん、できたよ！　姉さん、見て！

弟は、絵を描き上げるとすぐにメイベルを呼んだ。その声が聞こえれば、メイベルは、何をしていようと、すぐさま飛んでいって、完成したばかりの絵を目にしたのだ。

絵を描き始めた頃は、花であれ、動物であれ、人物であれ、生き生きと楽しげに表現するのを見て、なんて器用な子なんだろう、将来はきっと絵描きになるに違いない、と感心しきりだった。やがてケイト・グリーナウェイの絵本を描き写し、バーン＝ジョーンズやウィリアム・モリスの絵を模写するようになり、彼らの絵を一ミリたがわず完璧に写し取るのを、なんて巧いんだろう、と驚きを持ってみつめた。それから、演劇用のパンフレットや、知人に頼まれてレストランのメニューなども描くようになり、依頼主の要望に添って商業的な図案を描くこともできるのだと、その器用さにまた感心させられた。

そして、いつしか、オーブリーの絵は、だんだんと深く、複雑に、個性的に変容していった。

――こんなものを描いたよ。

紙挟み《ポートフォリオ》に入れられた幾枚かの絵を姉の目の前に広げるとき、いつも、オーブリーの目は、ほんの一瞬、邪悪な輝きを宿すのだった。

ポートフォリオの中から現れるのは、あられもない格好をした女の肢体。裸の青年の中心には、たくましい男根が屹立している。男女が絡み合う、きわどい場面。それらをくっきりとあぶり出す、黒と白、ふたいろの強烈な対比――。

――おもしろいじゃない？

そんなものを見せられてなお、メイベルは、平然とオーブリーに言い返した。そのじつ、胸の中にはどす黒い竜巻が立ち上るようだった。

いかがわしい絵を見せられたからじゃない。オーブリーは、いつのまにか「女」を知ったに違いない、とわかってしまったからだ。

――売春婦を買ったのだろうか。いや、そんな金銭的余裕はないはずだ。じゃあ、どこで、いったいどうやって……誰と？

オーブリーに絵を見せられるたびに、喜びと不安、感嘆と空恐ろしさが、交互にメイベルの胸をふさいだ。ずっと見続けてきたはずなのに、オーブリーの描くものは、おといよりもきのうの一枚が、きのうよりも今日の一枚が、日に日に美しさと禍々しさとを増幅させて迫ってくるのだった。

——いままで、あれほどまでにオーブリーの描いたものに翻弄され続けてきたのに。初めて他人からオーブリーの絵を見せられたメイベルは、見る者を引きつけずにはいられない強烈な磁力に、驚きを新たにしたのだった。

すっかり黙りこくってしまったメイベルを見て、エヴァンズは、「どうやら、あなたにはよくわかるようだね」と言って、広げた絵をもと通りハトロン紙の包みの中に収めた。

「——この絵が、普通じゃないってことが」

メイベルは、なんとも答えなかった。代わりに、まったく違う質問をぶつけてみた。

「ウィンドウに貼り出している絵……なぜ、あんなふうに飾っているんですか？」

エヴァンズが、オーブリーの並々ならぬ才能に気づき、その作品を大切に扱っていることはよくわかった。しかし、ウィンドウでの展示の仕方は、額にも入れず、タイトルも作者名も添えず、鋲で留めてあるだけ。粗雑といってもいいような扱いに、メイベルは戸惑いを覚えたのだ。

絵の包みをバインダーに挟んで引き出しにしまい、きっちりと閉じてから、エヴァンズはメイベルに向き合った。そして、まるで予言者のような面持ちで言ったのだった。

「あの絵が、普通じゃないのを超えて、異端だからだよ。……別に、宗教的な意味で言っているわけではない。異端と呼ぶ以外にないいんだ」

エヴァンズは、オーブリーの絵の持つ「魔力」とも言えるほどの特殊な魅力に痺《しび》れていた。が、同時に、この魅力に気づくことができる人間は、さほど多くないこともわかっていた。

だからこそ、わざと地味に展示をしてみて、それでも気がつく者がいれば、その人物は自分と同類なのだ。

「この『罠』にかかってきたのは、あなたが最初のひとりだよ、お嬢さん」

そう言って、エヴァンズは、不敵な笑みを浮かべた。

「きっとこのさきも、大物が引っかかってくるはずだ。……その瞬間を待っているんだよ、私は」

一八九二年　三月
ロンドン

開演を知らせるベルが鳴り響き、ロビーで歓談していた紳士淑女が客席へと移動を始める。

明かりがふっと落ちて、会場内のざわめきが途切れた瞬間、一段下がったオーケストラ・ボックスの中央、客席に背を向けて立つ指揮者が、タクトを振り上げる。

哀調を帯びた旋律が流れ始め、赤いビロードの幕《カーテン》が、左右に開く。

いまにも倒れそうな朽ち果てた家々が描かれた背景が下がり、舞台の上には、空っぽの荷車、腐りかけた樽、壊れたはしご、瓦礫が積み上げられている。

舞台の前方に置かれた汚れた階段。その上にうずくまるひとりの少年の頭上に、細いスポットライトが落ちている——。

舞台の袖、カーテンの陰に隠れて、メイベルは舞台の様子をうかがっていた。

ロンドンでもっとも華やかな劇場街のウエスト・エンド、その中心にあるパブリック・シアターで、その日、〈ジョー〉の再演が始まった。

〈ジョー〉は、チャールズ・ディケンズ作〈荒涼館《ブリークハウス》〉をもとに、演出家のJ・P・バーネットが脚色した演劇だった。遺産となった信託財産を巡る争い「ジャーンディス対ジャーンディス」訴訟を中心に、さまざまな人間模様が複雑に入り組んだこの物語は、社会派の作家、ディケンズの代表作のひとつである。バーネットは、この原作を大胆に脚色して、四つ辻掃除人の浮浪少年、ジョーを主人公に仕立てた。

そのジョーを演じるのは、イギリス演劇界きっての実力派女優、ジェニー・リーである。

バーネット夫人でもあるジェニーは、二十三歳のときに舞台デビューし、その後、「ジョー」が当たり役となって、アメリカやオーストラリアでも公演を重ね、四十五歳の現在まで、繰り返し「ジョー」を演じ続けてきた。

社会の底辺を生きる浮浪少年の目線で、現代イギリス社会を鋭く風刺する意欲作を、ジェニーは見事に演じ、いまや押しも押されもしない大女優となっていた。

メイベルにとって、ジェニー・リーは遠い星のような存在である。サラ・ベルナールも憧れの女優だったが、同じイギリス人として、そして若さや美貌ではなく演技力で勝負する「演技者」として、ジェニーは別格だった。

そのジェニー・リーと、メイベルは、その日、同じ舞台に立ったのである。しかも、屈指の名作〈ジョー〉の舞台で。

メイベルが射止めた役は、名前もない浮浪少女。冒頭で、ジョーとともに、路上をうろつくシーンで登場する。あとは、群衆の中のひとり、「その他」役として。

それでもなんでも、ジェニーと同じ舞台の上で、同じ空気を吸い、同じ時間を共有するのだ。メイベルにとっては、夢のステージであった。

演劇熱がこれまでにないほど高まっているイギリスでは、役者を目指す若者たちが引きも切らない。日夜開催されている劇場主催のオーディションには、デビューを目指す役者の卵や、なんでもいいから役にありつきたい売れない役者たちが殺到した。メイベルが劇場回りを怠ることができないのは、役がつこうがつくまいが、常にオーディションに顔を出しておけば、劇場主か、興行主か、演出家か、脚本家か、その誰かに見出してもらえる可能性がわずかでもあるからだ。

その結果、彼女を見出したのがレットン劇場の劇場主、ジョン・エヴァンスだった。メイベルは、あっさりとこの男の要求をのんで関係をもった。拒むという選択肢はなかった。メイベルにとって、舞台に上がりたいという欲求にくらべれば、貞淑だの誇りだのは取るに足らないつまらないものだった。

それでもやはり、主役や重要な登場人物の役を得るのは至難の業だった。けれどついに、メイベルは〈ジョー〉への出演を決めた。エヴァンスの口利きがあったのは間違いないが、今回ばかりはジェニー・リーへの憧れが、何にも増して彼女を前進させた。

端役ではあるものの、またわずかにひと言だけではあるものの、メイベルには台詞が与えられていた。そのため、台本の読み合わせに参加することもできた。その初日、メイベルは初めてジェニー・リーを間近に見たのだった。

　読み合わせの稽古場は、町外れの古い廃屋だった。まさに「荒涼館」の名にふさわしい佇まいの家は、パブリック・シアターの劇場主、トーマス・アーウィンが、ひさしぶりに「ジョー」を演じるジェニーのために気を利かして探し出してきたということだった。

　晩秋の底冷えする日だったが、廃屋の暖炉には火も入れられていなかった。早々と到着したメイベルは、歯がカチカチいうのをどうにか止めたくて、部屋の中をいったり来たりして体をあたためようとした。

　ひとり、ふたりと役者や関係者が集まり始め、稽古開始の時間ぴったりにジェニーが現れた。そのとたん、メイベルの体の震えはぴたりと止まった。

　ジェニーは豪華な毛皮をまとっていたが、つかつかと稽古場に歩み入ると、すぐさま毛皮のケープを脱ぎ捨てた。毛皮の下には、あっさりと薄いモスリンのドレスを一枚着ているだけだった。部屋の縁に沿ってぐるりと佇んでいる役者たちを一瞥すると、彼女は言った。

「始めましょうか」

　メイベルの台詞はひと言だけだったが、幕が開いてすぐ、路上にうずくまるジョーに声をかけるという、重要なひと言だった。つまり、メイベルの台詞で芝居が始まる――「舞台」という名の世界を目覚めさせ、動き出させる役割だった。

メイベルは、爆発しそうな胸の鼓動にすっかり翻弄されてしまった。台詞がなかなか出てこない。タイミングが計れない。まるで石像にでもなってしまったかのように、体が動かない。

「最初の台詞！　前へ出ろ！」

演出家のバーネットが大声を出した。それに押し出されるようにして、メイベルは一歩前に出た。そして、力の限り声を振り絞った。

「ジョー、ねえ、ジョー、起きとくれよ！　ぐずぐずしてないで、さっさと掃除しちまわないと、おまわりが来るよ。やつらときたら、石ころひとつでも四つ辻に残すことを許しちゃくれないんだから……さっさとやっちまおうよ。ねえ、ジョーったら！」

鋭い視線をメイベルに向けていたバーネットが、不機嫌そうな声で言った。

「もう一度」

メイベルは、大きく息を吸って、台詞を繰り返した。どうにかもつれずに、台詞を追いかけるのが精一杯だった。すぐにバーネットの怒鳴り声が飛んできた。

「違う！　もっと囁くように、もっと大きな声で！」

また繰り返した。三度……四度……五度。

六度目で、バーネットがつかつかとメイベルに近付くと、手から台本をむしり取って、床に投げ捨てた。そして叫んだ。

「お前はどこの女優だ？　なぜここにいる？　とっとと帰れ！」

部屋の中が水を打ったようにしんと静まり返った。メイベルは、声も出せずに、震える瞳でバーネットをみつめ返すことしかできなかった。すると、ごくおだやかな声で、ジェニーが言った。

「いいじゃないの、ジョン。初日までに作ってきてくれれば……。先に進めましょう」

ジェニーのひと言に救われて、メイベルは、どうにか初日を迎えることができたのだった。


舞台の上で、スポットライトを浴びているジェニー・リー。みすぼらしい浮浪少年の衣装を身に着けている。直視できないほど哀れな、薄汚れて粗末な格好。それなのに、彼女は発光しているかのごとく輝きに包まれていた。

メイベルは、緊張のあまり爆発寸前の火山にでもなってしまった気分だった。頭の中は真っ白で、台詞も何もすっかりなくなってしまった。が、助監督が背中を叩いて合図した瞬間、思い切って舞台へ飛び出した。

ジェニー・リー扮するジョーの肩をゆさぶり、「ジョー、ジョー！」と呼びかけた。そして、稽古で何百回と繰り返した台詞を、自分でもびっくりするほどなめらかに口にした。

不思議なもので、いったん舞台に出てしまったら、メイベルはもう「舞台」という名の世界の住人だった。

昨夜はほとんど眠れずに朝を迎え、食事ものどを通らなかった。楽屋で支度している最中も、鏡の中の顔は恐ろしいほど強ばっていた。ついさっきまで、舞台の袖に佇んでいるあいだも、心臓が転がっていってしまわないように、胸の中に押さえこむのが精一杯だった。

それなのに、舞台の上に飛び出したとたん、まさしく清流に放たれた虹鱒のようになったのだった。

メイベルは七度着替えて、浮浪児を演じ、通行人と裁判所の聴衆として出演した。夢中で動き回っているうちに、あっというまにカーテンコールとなった。

万雷の拍手が劇場を包み込んだ。メイベルはいちばん後ろの列で、客席に向かって深々と頭を下げた。この拍手のすべてがジェニー・リーに送られているとわかっていた。それでも、憧れの大女優とともに舞台の上で喝采を浴びる体験は、人生のすべてを変えてしまうほどの力をもって、メイベルを揺さぶった。

楽屋へ戻って、「その他大勢」の出演者たちと、抱き合って喜び合った。ジェニー・リーとともに〈ジョー〉の舞台に出ることを夢見て、オーディションを勝ち上がってきた若い役者たちは、「こんな舞台は初めて」「興奮しちゃったわ」「すばらしかった」と、幕が下りた直後の高揚感で顔を輝かせていた。

「メイベル・ビアズリーはいますか」楽屋のドアが開いて、劇場の案内係の男が顔をのぞかせた。「花束が届いてますよ」

わあ、と声を上げたのは、メイベルではなく、「通行人・群衆」役のアネットとサマンサだった。

「すてきじゃないの、メイベル。うらやましいわ」

「すごい！　花束が三つも……誰から？　ねえ、教えて」

ミモザ、水仙、それに——緑色のカーネーション。小さな三つの花束には、名入りカードが添えられていた。ミモザのカードには「J・E」とイニシャルのみ——これはメイベルをこの公演に押し込んでくれたジョン・エヴァンスとわかった——、水仙のカードには「初日おめでとう」と、オーブリーの字で書かれてあった。メイベルは、思わず微笑んだ。

緑色のカーネーションは——誰だろう？

ローリエの葉とバラの葉を一緒にして、緑を基調に品よくまとめられた花束。花のあいだに添えられていた二つ折りのカードを開けた瞬間、心臓がどきりと音を立てた。

あなたの次の休演日に、〈ウィンダミア夫人の扇〉へご招待いたします。
弟君と一緒にいらしてください。劇場でお待ちしています。

オスカー・ワイルド

「ねえメイベル、誰からの贈り物なの？　あなたの恋人？」

サマンサが後ろからのぞき込もうとした。メイベルはあわててカードを閉じると、花のあいだにもと通りにはさんで、「そんなのじゃないわ」と強ばった笑顔を作った。

――オスカー・ワイルドが……まさか、観にきていたの？

舞台に飛び出す瞬間に引き戻されたかのように、メイベルの胸がどうしようもなく高鳴った。

――どうしよう。

メイベルは、楽屋の鏡の中で不安そうに揺れる自分の瞳をみつめた。

ワイルドが脚本を書いた〈ウィンダミア夫人の扇〉。つい先月から、セント・ジェームス劇場で上演が始まり、大評判を博していた。

連日、新聞でも雑誌でもこの芝居の成功が報道され、「新しい時代の新しい演劇」と絶賛されていた。彼は、いまやその名を知らぬ者はいないほどの時代の寵児となっていた。

そのワイルドが〈ジョー〉を観にきていた。

もちろん不自然なことではない。大女優、ジェニー・リーの出世作にして不動の人気を誇る一作だ。その再演の初日に、注目の脚本家が訪れたとて驚くようなことではない。

驚くべきことは――いや、不自然なのは、端役の「浮浪少女」に花束が贈られたことだ。

そして、〈ウィンダミア夫人の扇〉へ誘ったこと。――メイベルを、ではなく、メイベルとオーブリーの姉弟を。

背筋をひやりと冷たいものが走った。

――罠。

エヴァンズが口にしたそのひと言が、ふと浮かんで、消えた。


〈ジョー〉初日から八日後。

ピシリと鞭の音がして、幌馬車《キャブ》がガラガラと石畳の上を動き始めた。

セント・ジェームス劇場の正面出入り口付近は、会場から流れ出てきた多くの観客でごった返していた。〈ウィンダミア夫人の扇〉終演後、誰もが余韻に酔いしれて、声高に感想を語り合い、高揚した空気に包まれている。幌馬車は群衆の真横を通って大通りを西へと走り去った。

その日、〈ウィンダミア夫人の扇〉を鑑賞したメイベルとオーブリーは、オスカー・ワイルドに導かれて、劇場裏で待機していた幌馬車に乗った。終演後、ロビーで群衆に囲まれているワイルドのもとへあいさつに行くと、家まで送るから劇場裏で待っていてほしい、と言われたのだった。

いつも美貌の若者たちを引き連れているワイルドのことだから、「従者」と一緒にやってくるかと思いきや、意外にもワイルドはひとりで現れた。

「やあ、待たせたね。いったん囲まれてしまうと、なかなか放してくれなくて……どうにか逃げ出してきたよ」

愉快そうに言って、姉弟が並んだ向かいの席に座った。

「楽しんでもらえたかな、芝居は？」

走り出して間もなく、ワイルドが尋ねた。「ええ、とても」と、メイベルが頬を紅潮させて答えた。

「とても面白かったです。演出も、役者の演技も、とてもよかったけれど、何と言っても脚本がすばらしいですわ」

お世辞でなく、本心から感想を伝えた。

劇場に来るまでは、ずっと猜疑心めいたものに胸を塞がれていたメイベルだったが、芝居が始まったとたん、何もかも忘れて没頭した。イギリス社交界を舞台にした軽妙洒脱な脚本は、文句なく面白かった。ディケンズ原作の複雑な社会派演劇に出演しているメイベルの目には、ワイルドの新境地となった喜劇的要素がちりばめられた舞台が、なんともまぶしく映った。

オーブリーは、ワイルドが自ら〈ウィンダミア夫人の扇〉に自分たち姉弟を招いてくれたことに、すっかり舞い上がってしまっていた。口に出してこそ言いはしなかったが、オーブリーが去年の夏、ワイルドに出会ってから、いっそう絵の創作に力を注ぐようになったのは明らかだった。傍で見ていても、少し異常と感じるほどに……。

「君はどうだった？　オーブリー」

ワイルドは、オーブリーに向かっていかにも親しげに問いかけた。オーブリーは、耳まで真っ赤に染めて、

「ええ、もちろん……とても面白かったです。時間を忘れて楽しみました」

やはり正直に感想を述べた。ワイルドは、「そうか、それはよかった」と、満足そうに笑みを浮かべた。

「パンフレットは持っているかい？　よかったらサインをしようか」

おそらく、自分に憧れているすべての青年に対して、ワイルドはこんなふうにいかにもやさしく語りかけるのだろう。ウールのジャケットの内ポケットから、アメリカ帰りの作家らしく、最新式のパーカーの万年筆を取り出した。

ところが、オーブリーはあっさりと返した。

「いいえ。持っていません」

ワイルドは不思議そうな顔になった。

「なぜだい？　入場するときに手渡されただろう？」

オーブリーは、「ええ、いただきました」と答えてから、

「表紙の絵がひどかったので。見るのも耐えられないほどでした。……あなたの脚本はすばらしかったのに、なぜ、あんなひどい画家を使ったのか、僕にはわかりません」

まったく悪びれずに言った。

ワイルドの微笑が一瞬にして凍りつくのを見て、メイベルはひやりとした。すぐに何か言い繕おうとしたが、それよりも早く、「ほう。それは面白い」とワイルドが言い返した。

「あの画家を起用したのは私だが……そんなにひどかったかね？」

オーブリーは、心底信じられない、という調子で、逆に尋ねた。

「まさか、あなたが？　あの画家を？」

それから、冷たく澄んだまなざしでワイルドを見据えると、言った。

「――なぜ僕を使ってくれなかったのでしょうか」

一瞬、幌の中の空気が張り詰めた。メイベルは、言葉をなくして、まるで剣を合わせるようなふたりのやり取りを見守った。

ややあって、ワイルドの口もとから、ふっとため息のような笑い声が漏れたのを、メイベルは聞いた。

「――おもしろい」

ひとりごとのように、ワイルドがつぶやいた。肘掛けに頬杖をついて、余裕たっぷりの表情を作ると、彼は言った。

「ときに――君は、フランス語ができるかい？」

オーブリーは、うなずいた。

「ええ。得意です」

ワイルドは、あの猛禽類の目になって、オーブリーをみつめて言った。

「ならば……君に読んでもらいたいものがある。去年、私がパリに滞在したときに、フランス語で書いたもので……まだ出版前の戯曲なんだが……」

オーブリーは黙ってワイルドの言葉に耳を傾けていた。もちろん、メイベルも。

オスカー・ワイルドがフランス語で書いた戯曲。しかも、発表まえの。

それをオーブリーに読んでほしいって……いったい、どういう魂胆なの？

ワイルドとオーブリー、ふたりの視線がまっすぐに交わったその刹那、かすかに火花が散ったのを、メイベルは見た気がした。

——その戯曲のタイトルは、〈サロメ〉。

哀しく、美しい恋の話だ。——破滅的なほどに。

一八九二年　六月
パリ

パリの劇場、コメディ・フランセーズ前の広場は、ついさっき観劇を終えた人々でにぎわっていた。

夏至まぢかの午後十時、まだ太陽が西の空に居座っている。斜陽がプラタナス並木の長い影を石畳の路に作り、着飾った男女が、興奮冷めやらぬ表情で口々に感想を語り合っている。劇場の空気をまとって広場に出てきた観客たちは、いましがた見終わった芝居がどれほどすばらしかったかを証明するかのように、ひとしきり華やいでいた。

その群衆の中に、メイベルとオーブリーがいた。

メイベルは、白地にブルーのストライプの木綿のドレスを身にまとい、釣り鐘フープ《クリノリン》でふくらませた長いスカートを揺らし、レースのボンネットを被っている。オーブリーは、白いシャツに木綿の黒いジャケットを生真面目に着込み、白い手袋を手にして、姉をエスコートしていた。

「ああ、やっぱりすばらしかったわ、サラ・ベルナール！」

感極まったように、メイベルが言った。

本音を言えば、いくら「夜の部《ソワレ》」とはいえ、夏の盛りに劇場の狭い座席できゅうくつに座り続けているのは、呼吸が苦しいくらいだったが、途中からはそんなことも忘れて、舞台の上に繰り広げられる世界にすっかり没頭したのだった。

「なんだか不思議な感じだったわね。〈ハムレット〉を女優が演じるなんて……シェークスピアの台詞をフランス語で聞くのも、初めてのことだったし……」

その日、コメディ・フランセーズでは、フランスが世界に誇る大女優、サラ・ベルナールが主演した〈ハムレット〉を上演していた。この舞台で、サラは、オフェーリアではなく、ハムレットその人を演じていた。

サラ・ベルナールの〈ハムレット〉は、すでにロンドンでも上演され、大人気を博した。サラはイギリスでも絶大な人気を誇っていたが、女優が男役を務めるという仕掛けもあって、大変な話題になったのだ。

メイベルとオーブリーは、ロンドンでは見逃したこの「女ハムレット」をぜひ観てみたいとパリまで出かけてきた。オーブリーは勤めている保険会社の有給休暇を使い、メイベルはこのところ舞台がなかったので、それぞれに蓄えていた貯金をはたいて、船に乗り、ドーバー海峡を渡ったのだった。

が、ふたりにとって初めてのパリ訪問は、女ハムレットを観ることだけが目的ではなかった。

ふたりがパリへやってきた真の理由。それは――。

「騒がれているほど、面白くはなかったな」

広場の中央で力なく水を吐き出している噴水にうつろなまなざしを投げながら、オーブリーがつぶやいた。

観劇中、隣の席のオーブリーがどことなく芝居に集中していないようなのを、メイベルは感じ取っていた。が、自分はすっかりサラ・ベルナールの演技に夢中になり、シェークスピアの世界に入り込んでしまったので、弟がどう感じていようとどうでもよかった。

「ずいぶんそっけないのね」

少しむっとしてメイベルが言うと、

「つまらないものは、つまらないのさ。男役っていったって、サラ・ベルナールはちっともハムレットになり切ってなかったじゃないか。観客だってそうだ。みんな、苦悩するハムレットじゃなくて、つんとすましたサラ・ベルナールの演技を見てるだけだろ」

そっぽを向いたまま、オーブリーが返した。それから、姉が困惑するのもかまわずに、いかにもつまらなそうに続けた。

「わざわざ観にくるほどのこともなかったよ。『Être, ou ne pas être, voilà la question.（生きるべきか　死すべきか　それが問題だ）』って言ったって、ハムレットの言葉じゃない。まるでルイ王朝のお姫さまの亡霊の台詞みたいじゃないか」

オーブリーは、メイベルが「サラ・ベルナールを超える女優になりたい」としきりに言っていることを知っていた。姉が遠い星のように憧れている大女優をこきおろすのは「姉さんのほうがすばらしいよ」と持ち上げるつもりなのではない。ずっと観たかったサラ・ベルナールの舞台をようやく観られたメイベルの高揚感を、ただぶち壊したいだけ。子供じみた残酷さがオーブリーの言葉の端々には感じられた。

せっかく花の都・パリへやってきたのに。どうしても観てみたいと思っていた舞台をようやく観ることができたのに。メイベルは、踏みしだかれた路傍の花のようにしおれて、うつむいた。

「行こう」

オーブリーは言って、ルーブル宮のほうに向かって歩き出した。

近くのカフェで食事しながらいま観た芝居について語り合いたいと思っていたメイベルは、肩透かしをくらってしまった。

「せっかくだから、食事して帰らない？」

追いかけながら、オーブリーの背中に向かってメイベルが声をかけた。オーブリーは、振り向きもしないでどんどん歩いていく。仕方なく、メイベルはその後についていくほかはなかった。

巨大な美術館となっているルーブル宮の脇を通り過ぎ、セーヌ河に架かる橋を渡っていく。茜色に染まった西の空の彼方に、エッフェル塔がぽつりとそびえ立っているのが見えた。

メイベルは、せっかくパリに来たのだから、世界一の高さを誇るというエッフェル塔の近くまでぜひ行ってみたいと単純に思った。けれど、オーブリーは、鉄でできた近代的な塔になど微塵も興味を持っていないようだった。

ふたりが投宿していたのは、セーヌ左岸にある「オテル・ダルザス」という名の庶民的な宿だった。宿屋の軒先にはランタンが下がり、ろうそくが心細い火を揺らめかせていた。そのランタンの下まで来ると、オーブリーは、「じゃあ、先に休んでて」と、唐突に言った。

「ちょっと出かけてくるから」

「え、どうして？」

メイベルが驚いて訊いた。

「どこへ行くの？　食事だったら、私も……」

オーブリーは、ふっと暗い微笑を口もとに寄せた。

「……こんな時間に男が行きたいところに、姉さんも来るっていうの？」

どきりとした。メイベルは、返す言葉を探して視線を泳がせた。

オーブリーは、にやりと笑って、「行ってくるよ」と告げた。

「今夜は戻らないかもしれない」

そして、メイベルに再び背を向けると、足早に石畳の路地を去っていった。

メイベルは、ランタンの灯火の下に佇んで、ぼんやりとその後ろ姿を見送った。ろうそくの周りを、数匹の蛾が、かさかさと羽音を響かせて飛び交っていた。


オーブリーとともに、メイベルがパリを訪問する二ヶ月まえ。

イギリスの大女優、ジェニー・リー主演の舞台〈ジョー〉が、千秋楽を迎えた。端役ではあったものの、舞台の幕開けの第一声となる台詞を得て、この芝居に出演したメイベルは、二ヶ月間の長丁場を無事乗り切って、ようやく一息ついた。と同時に、えも言われぬ焦燥感に胸を塞がれていた。

――二ヶ月ものあいだ、一度も休まずに舞台に出続けた。しかも、幕開けと同時に舞台に最初に現れる印象的な役だった。

それなのに……。

「次はうちで」のひと言を誰からもかけられることなく終わってしまった。劇場主からも、演出家からも、脚本家からも……。

ジェニー・リーとともに舞台を踏んだ。それが自分の経歴に花を添え、どこからか声がかかると信じて、必死に演じてきた。これをきっかけに次のステージへと大きく飛躍するのだと、密かな野心を燃やしていた。

けれど、終演後、期待したことはいっさい起こらなかった。

結局、メイベルが舞い戻ったところは――レットン劇場の劇場主、ジョン・エヴァンスが密会の場所としていつも指定する、イースト・エンドのさびれた安宿の一室だった。

湿ったシーツの中で、ヤニくさい息を吹きかけられ、ソーセージのように無骨な指がからだじゅうをはい回るのに、メイベルはもうこれ以上耐えられなくなってしまった。

「――やめてちょうだい！」

ある夜、メイベルは、ついに叫び声を上げた。エヴァンスの執拗な愛撫は、虫酸が走るほどおぞましく感じられた。エヴァンスは、びっくりして体を起こし、ランプのかぼそい光の中で歪んだメイベルの顔をみつめた。

メイベルは、ベッドから飛び出すと、床に散乱している下着を急いで身につけ始めた。エヴァンスは、立ち上がると、「どうしたんだい」と猫なで声でメイベルの髪に触れようとした。

「さわらないで！」

メイベルは、その手をぴしゃりとはねのけた。エヴァンスは、苦虫を嚙み潰したような表情になって、どさりとベッドに腰掛けた。

「帰るつもりなのか？　これからいいところだっていうのに……」

「ええ、帰るわ。そして、もうこれっきりよ」

シュミーズのボタンをつけながら、震える声でメイベルが言い放った。

「あなたに期待していたけど、残念ながら何も起こらなかった。これからも何も起こらないでしょう。付き合ってみてわかったのは、あなたには私をスポットライトの下に押し出すほどの力はないってこと。だったら、こんな関係を持つだけ損だわ」

コルセットをつけ、クリノリンをつける。その上からドレスを被る。女にとって服を身につけることは、きゅうくつな籠の中に入るのにも似た容赦ない作業だ。決して誰にも見られたくない。

それなのに、服を着る一部始終をエヴァンスは黙ってみつめていた。そのこと自体がこの上ない屈辱だった。

「……私に力がない、と言ったな？」

すっかり身支度を整えたメイベルに向かって、エヴァンスがくぐもった声で言った。

「見ているがいい。お前は、もうどんな劇場からも声がかからなくなる。どんなオーディションを受けても通らなくなる。……このロンドンで舞台に出ることは、このさきできなくなるぞ」

「ええ、けっこうよ」

捨てられようとしている男が吐いた呪いの言葉を、メイベルは、あっさりとかわしてやった。

「そっちこそ、見ていればいいわ。あなたなんて足下にも及ばないほど力を持った人が、私にはついているのよ。そのうち、きっと驚くでしょう」

だらしない下腹をさらしたままのみじめな中年男に向かって、メイベルは、ふん、と鼻で嗤《わら》ってみせた。

「さようなら、パトロン気取りのつまらないおじいちゃん」

表通りは、深い夜霧に包まれていた。ケープの中で身を縮めながら、メイベルは辻馬車を拾った。

――すぐに連絡をしよう。明日の朝いちばんで電報を打つのよ。

薄暗いランプがともった座席に落ち着くと、メイベルは自分に言い聞かせた。

――あの人に頼るしかない。そして、私の将来を委ねよう。

私と、オーブリーの将来を――。

そのとき、メイベルが胸の中でかすかな望みをつないでいた人物。それは、オスカー・ワイルドであった。

〈ジョー〉の初日に、緑色のカーネーションの花束を贈ってくれた人。オーブリーともども、大人気となった自作の演劇〈ウィンダミア夫人の扇〉に招待してくれた。

そして、家まで送ってくれた道々、馬車の中で彼が語ったこと――。

「君に読んでもらいたいものがある」

〈ウィンダミア夫人の扇〉を観劇した帰り道、馬車に揺られながら、ワイルドは、オーブリーに向かって言った。

「去年、私がパリに滞在したときに、フランス語で書いたもので……まだ出版前の戯曲なんだが……その戯曲のタイトルは、〈サロメ〉というんだ」

――サロメ……？

メイベルは、はっとした。

はるかな昔から絵画の題材として描かれ、近年ではフランスで小説にも書かれている、新約聖書に登場する王女の名前である。

新約聖書には、さまざまな興味深い逸話が登場するが、「サロメ」の話は、道徳的に「触れてはならない」というのが常識だった。しかし、だからこそ、古今の芸術家たちは、かえって興味を引かれ、創作の対象として取り上げてきたのだ。

〈サロメ〉。そのひと言を聞いた瞬間、隣に座っていたオーブリーも、何かの予感に貫かれたかのように、一瞬、身を固くするのがわかった。

メイベルの脳裡には、宝石で着飾り舞い踊る妖しい王女の姿が、ふいに浮かんだ。

――新約聖書に出てくるヘロデ王とその後妻ヘロディア。そしてヘロディアの連れ子である王女サロメ。

牢獄につながれ、不吉な言葉を吐く預言者・ヨハネを忌み嫌う母の意を受け、王の目前で踊りを披露して、その褒美にヨハネの首を所望する。王はサロメの望みを聞き入れて、預言者の首をはね、盆に載せて持って来させる――。

オーブリーは、〈サロメ〉のひと言がワイルドの口からこぼれ出てからは、なぜだかすっかり黙りこくってしまっていた。

そのうちに、馬車がビアズリー家に到着した。姉弟と一緒に馬車を下りると、ワイルドは言った。

「そのうちに私は君たちの力を貸してもらうときがくるだろう。君たちはそれぞれに才能のある若者だからね」

そして、熱っぽいまなざしをオーブリーに向け、「また会おう」と握手した。

「君の才能を誰よりも信じているよ」

オーブリーは「ありがとうございます」と短く答えただけで、すぐに手を離した。

メイベルは、ワイルドに向かって淑女然として右手を差し出した。ワイルドは、その手を取ってくちびるを甲に当てた。以前あいさつしたときは、接吻の音を立てただけでくちびるをつけなかったのだが、しっとりとやわらかなくちびるの感触を覚えて、メイベルは背筋をぞくりとさせた。

「〈ジョー〉での役は、君がほんとうに演じるべき役ではないね、メイベル」

メイベルの瞳を見据えて、ワイルドが言った。まるで、恋する相手の耳もとに口説き文句を囁く口調で。

「君は、君にふさわしい、もっと妖艶な役を演じるべきだ。たとえば、『運命の女《ファム・ファタル》』のような役を……」

よく響くチェロの音色のような、低音の甘い声。メイベルは、裸の背中を指先でふいに撫でられたかのように、全身が粟立つのを感じた。

馬車に乗り込もうとするワイルドの後ろ姿に向かって、ずっと口をつぐんでいたオーブリーが、突然、声をかけた。

「〈サロメ〉が出版されたら、ぜひ、読ませてください。待っています」

ステップに足をかけて、ワイルドが振り向いた。そして、あの猛禽類の瞳でオーブリーをみつめると、うなずいた。

「ああ。――必ず」


四月半ば、ずっと立ち込めていた霧がようやく晴れた日の午後。メイベルは、「オーディションに行く」と母に告げて、家を出た。

栗色の髪をきっちりと結い上げ、いつもより赤い口紅をさした。念入りに白粉をはたき、ばらの香水をうなじにつける。レースをあしらった淡いラヴェンダー色のモスリンのドレスは、〈ジョー〉のオーディションのときに着ていった、とっておきのものだ。母から贈られた羽飾りつきの帽子を被って、「淑女」の完成だった。

――「運命の女《ファム・ファタル》」っていうのは……。

道ゆく男たちの目線が自分に注がれていることを意識しながら、メイベルは歩いていった。鼓膜の奥に、昨夜、オーブリーと交わした会話が蘇る。

――僕が思うに、「運命の女」っていうのは、ひと目ではそうとわからない。淑女然としているくせに、いざそのときになると、熱い肌をあらわにし、一気に変容する。そういう女だ。

ちょっと聞きたいことがあるの、とメイベルはオーブリーの部屋を訪れていた。オスカー・ワイルドが、何気なくメイベルに告げたひと言——「『運命の女』のような役」とは、いったいどういう女の役のことをいうのだろうか。メイベルは、オーブリーの考えを聞いてみたかった。

オーブリーがイメージする「運命の女」。それは、絶世の美女でもなく、裕福な貴婦人でもない。一見、ごく普通の貞淑な女性。ひょっとすると、年端もいかぬ少女かもしれない。けれど、そのときになると、女豹に変わる。獰猛で、残酷で、自分の欲望に忠実な、手のつけようのないほど魅惑的な女。

——そのときっていうのは？

情交の瞬間のことだとわかっていて、メイベルは訊いてみた。

弟はもうすでに女の肌に並々ならぬ執着を持っている。官能の昂りが彼の絵に現れるのは、きっともうすぐのことだろう。それを汚らわしいとは思わない。自分だとて、つい最近まで汚らわしい男に抱かれていたのだから。

オーブリーは、ランプの光を妖しく映した瞳を姉に向けて、口の端で笑った。

——男の首を切り落とすとき。

その女は、男と交わりながら、男の首にナイフを突き立てる。そして、その首を、容赦なく切り落とすのだ。

真っ赤な血だまりの中に、ごろりと転げ落ちる男の首。その瞬間、まだ「生きている」男の体は、女の中で果てる……。

それが、オーブリーが夢想する「運命の女」の像だった。

そんな会話があったからだろうか、昨夜の眠りは浅く、いくつもの厭な夢をみた。

メイベルが出かけていった先は、劇場を併設したホテル「サヴォイ」。そして、そのティールームで彼女を待ち構えていたのは、オスカー・ワイルドだった。

――ご相談があります。あなたと私、ふたりきりでお目にかかりたく存じます。あなたのご都合のよい日時に、ご都合のよい場所へ出かけていきますので、お知らせ下さい。

先週、ワイルド宛に電報を打った。ジョン・エヴァンスと別れた翌日のことだった。すぐにワイルドから返信があった。

――次の水曜日、午後四時に、「サヴォイ」のティールームでお待ちしています。

短い電文ではあったが、素早く返ってきたことに熱意を感じて、メイベルは心を躍らせた。

――もしも私が、オスカー・ワイルドの「運命の女」になることができたなら。

メイベルは、胸を高鳴らせながら、ティールームへと入っていった。

――私の……いいえ、私とオーブリーの運命は、きっと大きく変わるはず。

ティールームのいちばん奥まったテーブルで、ワイルドはメイベルの到来を待っていた。白いスーツ姿で、襟元には白いばらを一輪、挿している。メイベルが入ってくるのを認めると、立ち上がって、優雅な物腰で彼女をテーブルへと誘った。

「お目にかかれて光栄ですわ。……こうして、ふたりきりで」

手の甲に触れるくちびるのやわらかさを再び感じながら、メイベルは、熱のこもった声で言った。ワイルドは、うっすらと微笑んで応えた。

「あなたのご要望を断れる男が、この世界にいるとでも？」

なんと魅力的な台詞を、この男は平然と口にするのだろうか。戯れ言とわかっていても、体の芯が痺れてしまうのを、メイベルはどうすることもできなかった。

その日、メイベルは、ワイルドのものになる決心をすっかり整えてきた。

妻子がいるのに、複数の恋人がいる。いつも美青年を引き連れている。――ワイルドをめぐる「破廉恥な」噂は引きも切らない。けれど、だからこそ、メイベルは、この男のものになってみたかった。オスカー・ワイルドの運命の女に。

が、メイベルの真の狙いは、ワイルドの愛人になることではなかった。

狙っているのは、ただひとつ。――まもなく完成するはずの戯曲〈サロメ〉。それが上演されるあかつきに、〈サロメ〉の役を射止めるのだ。

それを実現するためになら、いかなる手段も、苦労も厭わない。

メイベルは、そう決めていた。

ティールームで、お茶を飲みながら、ふたりは穏やかに会話を交わした。そのじつ、メイベルの胸中では、おどろおどろしい感情が渦巻いていた。まるで血だまりのような情欲が。

「ときに……君たちきょうだいは、パリへ行ったことはあるのかい？」

ふとしたことから、パリが話題に上った。〈サロメ〉の進捗について知りたいと、注意深くワイルドとの会話をたぐり寄せていたメイベルは、はっとして、「いいえ」とすぐさま答えた。

「私たち、子供の頃からフランス文学を読んで育ったので……一度行きたいと思っていました」

ワイルドの瞳が、興味深そうに揺らめいた。

「ならば、ぜひとも行ってきたまえ。オーブリーと一緒に。あの街は、私にとっての運命的な街だ。つまり……君たちにとっても、運命的な街になるはずだ」

メイベルは、瞬きもせずにワイルドの瞳をみつめ返した。預言者のような口調で、ワイルドは言葉を続けた。

「あの街の劇場で、いずれ、私の芝居を上演することになるだろう。……そう、私にとっての運命の一作――〈サロメ〉を」

一八九二年　七月
ロンドン

ピムリコ地区のつましいタウンハウスの前で、メイベルとオーブリーを乗せた辻馬車がゆっくりと停まった。

御者に手を貸してもらって、荷台からトランクを下ろす。自宅のドアが開いて、満面の笑みを浮かべた母が、家の中から通りへと出てきた。

「おかえりなさい、メイベル。元気だった？　オーブリー。パリはどうだったの？　楽しかった？　いい出会いはあったの？」

母は、まずメイベルを、続いてオーブリーをやさしく抱きしめながら、矢継ぎ早に質問した。

「元気だったよ。素晴らしかったし、楽しかった。いい出会いもあったし」

オーブリーは淡々とした様子で答えた。荷物を家の中に運び込むと、すぐに階段を上がりながら、母のほうを振り向いて言った。

「すぐに描きたい気分でいっぱいなんだ。アイデアがどこかへいってしまわないうちに……話はあとでするから」

そして、足早に自室に入っていった。

階上を見上げていた母は、続いて家の中へ入ってきたメイベルのほうを向くと、小声で訊いた。

「……ほんとうに元気だったの？　喀血はなかったのね？」

メイベルは、ボンネットのリボンを解きながら、「ええ、喀血はなかったわ」と、やはり小声で答えた。

「スケッチブックを持ち歩いて、あちこちで何か描きつけていたわ」

そう、と母は、安堵のため息をついた。

「外でスケッチするなんて、ロンドンでは、まずできないことね」

この街はただでさえ霧深いのに、近年は工場や汽車の煤煙で風景のすべてがかすんで見えるほどである。屋外でスケッチしたところで、ぼんやりした風景画になるのがおちだろう。それに、結核を患っているオーブリーにとっては、ロンドンの街角でスケッチをすることはいいことではない。そんな事情もあって、オーブリーが創作するのは自室内と決まっていた。

ロンドンにくらべれば、パリの陽光は清々しく、すべてのものが明瞭に澄み渡って見えた。エッフェル塔の彼方に沈みゆく夕陽も、くっきりと大きく、よく熟れた果実のようにみずみずしかった。そして夜空を満たす星々のきらめき――。

すばらしかった。すべてが、打ちのめされるほどに。

まるで啓示のように、オスカー・ワイルドに「パリへ行きたまえ」と言われた。君たち姉弟の運命を変えるであろう、パリへ。

その言葉に背中を押されて、初めて出かけたパリで、メイベルは時間とお金の許す限り、さまざまな劇場を回り、観劇した。オーブリーはそのすべてに付き合ってくれたが、芝居が始まると、決まって膝の上にスケッチブックを広げ、さらさらと素描を始めるのだった。

せっかくお金を払って観にきているのに、とメイベルは、心の中で弟をなじったが、宿に帰ってから、今日はこんなものを描いたよ、とスケッチブックを見せられると、黙りこくってしまうのだった。

オーブリーは、目の前で繰り広げられている芝居の様子をスケッチしていたのではなく、あるいはいかにも明朗なパリの街角の風景を写していたのでもなかった。人間とも動物ともわからない不思議な造形、なんともいえぬ得体の知れないかたちを、さまざまに描きつけていたのだった。

メイベルは、オーブリーがスケッチブックを広げて見せるたびに、ぞくりとするのを感じた。

こんなに美しい街へやってきて、見るもの聞くもの、すべてが新鮮に感じられる街角に佇んですら、オーブリーは何も見てはいない。

彼が追いかけているのは、見えないけれど、感じられる何か。そこにはないけれど、確実に存在しているもの。

そういうものこそを、彼は写し取っているのだ――。

メイベルは、そら恐ろしい気持ちがした。

と同時に、パリ滞在の最終日、オーブリーと交わした会話が胸中に蘇った。

――僕は、誰にも見えないものを描いている。

僕が描いているものは、どんなにすぐれた目を持った画家にも見えないんだ。エドワード・バーン＝ジョーンズにも、ピエール・ピュヴィス・ド・シャヴァンヌにも、ギュスターヴ・モローにも。

だけど……僕以外に、唯一、僕と同じように見えている誰かがいるとしたら。

それは、きっと――あいつなんだ。


パリ滞在の最終日のことである。

メイベルとオーブリーは、エドワード・バーン＝ジョーンズの紹介状を手に、フランス美術アカデミーの重鎮、ピエール・ピュヴィス・ド・シャヴァンヌを訪問した。

イギリス王立アカデミーの会員であり、イギリスを代表する巨匠であるバーン＝ジョーンズは、オーブリーの憧れの画家だったが、昨年の初訪問ののち、「驚くべき画才に恵まれた若者に出会った」と、むしろバーン＝ジョーンズのほうがオーブリーの才能に絶賛を惜しまない状況になった。

彼は、ことあるごとにアカデミーの画家たちにオーブリー・ビアズリーの名前を囁いた。本人の知らぬ間に、オーブリー・ビアズリーは知る人ぞ知る存在になりつつあったのだ。

オーブリーがパリへ行くらしい、と友人であるオスカー・ワイルドに知らされたバーン＝ジョーンズは、是非とも自分の朋友でフランス画壇きっての慧眼《けいがん》の持ち主、シャヴァンヌに会いにいくのがよいと、頼みもしないのに紹介状を書いてくれた。

フランスを代表する画家のひとりであり、イギリスにもその一派が存在する「象徴主義」の第一人者であるシャヴァンヌは、歴史や神話に題材を多く求め、幻想的で深遠な画風で知られていた。フランスにおいては押しも押されもしない大画家であり、市庁舎などの公の場所にモニュメンタルな絵画を提供して不動の地位を築いていた。

メイベルももちろん、シャヴァンヌの絵は印刷物などで目にして知っていた。どれほど影響力のある画家であるかもわかっていた。その大画家に、やはり大画家であるバーン＝ジョーンズの紹介で会いに行くのだ。いまさらながらに、メイベルは、オーブリーの絵に秘められた「力」に驚きを覚えた。

その「力」とは——仄暗い沼底で妖しく揺らめく得体の知れぬ微光。ほのかな明滅に引き寄せられる迷いびとが、ひと目その光を見たならば、またたくまに引き込まれ、沼底へと飲み込まれてしまう、抗いがたい魅力。

そう――まるで「運命の女《ファム・ファタル》」のような絵。

その作風の通りに気品ある紳士であるシャヴァンヌは、朋友の紹介状を持って現れた若き画家とその姉を歓迎した。しかし、客間のテーブルの上で紙挟み《ポートフォリオ》が紐解かれた瞬間、巨匠の様子が一変したのを、メイベルは確かに見た。

ポートフォリオの中から現れた素描は、オーブリーがパリに来てから描いたものだった。豊かな乳房を持つ宦官《かんがん》、カモシカのような足を持つサテュロス、生真面目にタキシードを着込んだ胎児、両性具有の妖精、半裸の体にまとった薄衣の孔雀の裳裾《もすそ》を翻す毒婦。

くっきりと明らかで迷いのない線描。夜と昼、闇と光のごとき黒と白。それなのに、溢れんばかりの色を感じさせる絵の数々。

シャヴァンヌは、無言のままでしばらく素描をみつめ続けた。やがて、かすれた声でオーブリーに尋ねた。

「君の先生は誰だね？」

オーブリーは、いいえ《ノン》、と首を横に振った。そして、けろりとして答えた。

「僕には先生はいません。夜間の美術学校に行っていますが、とても退屈しています」

シャヴァンヌは、顔を上げてオーブリーを見た。

「では、独学でこれを描いたと？」

はい《ウィ》、とオーブリーはうなずいた。シャヴァンヌは、まぶしいものでも見るようにしきりに瞬きをしてから、続けて訊いた。

「君は、いくつだね？」

「十九歳です」

大画家は低く唸った。そして、つぶやいた。

「驚くべき才能だ……」

オーブリーが勤め人であることを聞かされたシャヴァンヌは、すぐに会社を辞めて画業に専念しなさい、と忠告を与えた。

「君は絵を描くこと以外に労力を使ってはならない。……それが君の運命だ」

シャヴァンヌ邸を辞したふたりは、プラタナス並木の大通りを歩いていった。西日が並木の梢を金色に燃え上がらせていた。

シャヴァンヌが弟の絵に深い感銘を受けていたことに、メイベルの胸は密かに弾んでいた。が、オーブリーは特に喜んでいるようでもなく、黙々と姉の少し先を歩いていった。

セーヌに架かる橋、ポン・ヌフにたどり着いたとき、橋の真ん中でオーブリーがふと足を止めた。

茜色の空を川面に映して、セーヌは滔々と流れていた。沈みゆく夕日を背景に、エッフェル塔が生真面目に佇んでいるのが見える。オーブリーはその方角を眺めてはいたが、世界一高い塔などその眼中にはないことを、メイベルは察していた。

「僕は決めたよ、姉さん」

欄干にもたれて川風に吹かれながら、唐突にオーブリーが言った。弟の背後に佇んで夕日を眺めていたメイベルは、え？　と聞き返した。

「何を決めたの？」

鷲のくちばしのような鋭い鼻が突き出た横顔が、ふっと笑った。

「もう会社を辞めるよ。絵を描くことに専念したいんだ」

絵描きの仕事のあてがあるわけではないが、それで収入も得られると思う——と、オーブリーは言った。

メイベルはオーブリーの決心にすぐさま同意した。どのみち、病気の弟にいつまでも会社勤めをさせるわけにはいかないと思っていたし、母も自分もオーブリーは絵を描くことを本業とするべきだと思っていたのだ。

メイベル自身はここのところ舞台に出演することもなくなっていたので、まったくの無収入だった。オーディションを受けることも、劇場を回って何か役をもらえないか聞いてみることも、もうやめていた。なぜならば、弟同様、メイベルにも決心があったからだ。

まだ誰にも告げてはいなかったが、それは、〈サロメ〉を演じることだった。

オスカー・ワイルドが出版を準備中だという新作戯曲〈サロメ〉。彼は、それをフランス語で書いたという。ひょっとすると、ワイルドは、戯曲が舞台化されるときに、サラ・ベルナールあたりに主役のサロメを演じさせる心算なのかもしれない。

――そうはさせない。

メイベルは、胸の底で暗い炎を燃やしていた。

パリの劇場「コメディ・フランセーズ」で、スポットライトを一身に浴びていたサラ・ベルナール。メイベルは、ときめきながらその舞台を見上げていた。

が、オーブリーとともに橋の上に佇んでいるその刹那、メイベルの内心に湧き上がったのは、大女優に対する畏怖の念でも憧れでもなく、爛《ただ》れた感情だった。

――〈サロメ〉が舞台になったとき……主役の「運命の女」を演じるのは、この私よ。

そして、〈サロメ〉が本になるとき、その挿絵を描くことができるのは……オーブリー・ビアズリー以外にはいない――。

メイベルは、オーブリーのすぐ隣へと歩み寄ると、明るい瞳で弟の横顔をみつめて言った。

「あなたの決心を、ロンドンに帰ったらすぐに報告しなくちゃね。お母さまはもちろん、シャヴァンヌ先生にご紹介してくださったバーン゠ジョーンズ先生にも。それに……パリ行きを勧めてくれたミスタ・オスカー・ワイルドにも」

オーブリーは、何も応えずにきらめく水面をみつめていた。そして、横顔のまま、感情のない声で言った。

「姉さん。……あいつに、あまり近づかないほうがいい」

メイベルは、一瞬、息を止めた。心の裡を見透かされた気がした。

いずれ〈サロメ〉の役を射止めるためには、手段を選ばない。メイベルは、そう決めていた。

そのためにならば、あいつの情婦になることも厭わない――。

「あら、どうして？　あのかたは、私たちに、とてもいいアドヴァイスをくださるじゃないの。私たちの味方よ。そう思わなくて？」

視線を彼方のエッフェル塔に移して、メイベルは聞き返した。

「あなたが会社を辞めて、絵を描くことに専念すると知ったら、きっととても喜ぶはずよ。ロンドンに帰ったら、私、真っ先に彼のところへ行くわ。あなたがおっしゃった通り、私たちのパリ訪問は運命的でしたって、お伝えしなくちゃ……」

「――やめてくれよ！」

突然、オーブリーが叫んだ。メイベルは、はっとした。

オーブリーの青白い顔の上には、複雑な綾が広がっていた。濁った目で姉をみつめると、吐き捨てるように彼は言った。

「……あいつは恐ろしい男だよ。なぜなら、あいつは、僕と同じ目を持っているから」

――僕は、誰にも見えないものを描いている。

僕が描いているものは、どんなにすぐれた目を持った画家にも見えないんだ。エドワード・バーン＝ジョーンズにも、ピエール・ピュヴィス・ド・シャヴァンヌにも、ギュスターヴ・モローにも。

だけど……僕以外に、唯一、僕と同じように見えている誰かがいるとしたら。

それは、きっと——あいつなんだ。


八月の終わり、オーブリーは二十歳になった。

そして、一家の生計を支えるために勤め続けていたガーディアン火災生命保険会社を退職した。

退職するとき、オーブリーは母と姉に約束した。半年、いや、三ヶ月以内に、必ず絵描きの仕事で収入を得ると。

はっきりとは言わなかったものの、何らかの算段があるのだろう、とメイベルは想像した。

オーブリーは「星」なのだ。厚い雲や深い霧に覆われていようとも、その彼方できらめくことをやめない星なのだ。

だから、きっと近いうちに見出されるはずだ。

メイベルの予感はまもなく的中した。オーブリーは、ついに、初めての大掛かりな挿絵の仕事を獲得したのだ。

その仕事は、行きつけの書店、「ジョーンズ・アンド・エヴァンズ」の主、フレデリック・エヴァンズによってもたらされたものだった。

エヴァンズは、オーブリーの絵に、獲物が引っかかってくるのを待ち受けているのだ——と言った。その言葉こそが、いつまでもメイベルの心に引っかかっていた。

そして、とうとう、待ち受けていた獲物がかかったのだ。

オーブリーに挿絵の仕事を依頼したのは、J・M・デントという出版業に携わっている男だった。

デントはエヴァンズの友人であり、顔の広いエヴァンズに、本の挿絵を注文したいので新人画家がいたら紹介してほしい、と依頼を寄せていた。

そのとき、デントが探していたのは、バーン＝ジョーンズのような作風の画家だった。ほんとうは、バーン＝ジョーンズに依頼したかったのだが、アカデミーの重鎮である大画家に払うほどの潤沢な画料は用意できない。似たような絵が描ける無名の画家に、安い画料で発注したい、とデントは考えていた。

オーブリーにパリで描いたいくつかの素描を見せられたエヴァンズは、すぐさまデントのもとに使いをやって、無名の新人だがすばらしい画家がいるので紹介したい、店まで来てくれないか、と伝えた。ところが、デントからは、用事があって出られない、との返事だった。エヴァンズは、オーブリーから預かったポートフォリオを抱えて、自らデントの家へすっ飛んでいった。そして、これを見ろ、この画家を逃したら一生後悔するぞ、とまくしたてた。

オーブリーの素描を見せられたデントは、その場でこの無名の画家を起用することを即決した。

デントがオーブリーに依頼したのは、トマス・マロリー著〈アーサー王の死〉の挿絵だった。

イングランド人の騎士であり作家のマロリーが、十五世紀後半に著したこの壮大な物語は、アーサー王の出生から死までを縦軸に、円卓の騎士たち、トリスタンとイゾルデ伝説、聖杯伝説などを横軸に描かれ、その後も数多く書かれてきた「アーサー王文学」の頂点と言われているものである。

メイベルは未読だったが、オーブリーはすでに読んでおり、その挿絵を手がけることができることになって、珍しく浮かれていた。

——誰も見たことがない、僕だけの〈アーサー王〉を描いてみせる。

そう宣言して、オーブリーは自室に引きこもった。

母とメイベルは、オーブリーが何不自由なく創作に専念できるようにと、何くれとなく面倒をみた。食事も自室に運び、顔を洗うための湯を張った洗面器や髭剃りやタオルを運んだ。インクや紙を買いに出かけた。買っても買っても追いつかないほど、大量のインクと紙が創作に費やされた。

すべてはオーブリーのために。オーブリーの創作が滞りなく進むように。オーブリーの「デビュー」が世間の耳目を集めるように。オーブリーという新しい星が輝きを放つように——。

メイベルは、懸命に弟を支えた。

とにかく、〈アーサー王の死〉が完成するまでは、ほかのことを一切考えてはならない。ワイルドと〈サロメ〉のことが気になってはいたが、まずは〈アーサー王〉をしっかり支えなければと、その一点に集中した。

一枚いちまい、挿絵が完成するたびに、インクが乾くまで、オーブリーはそれを自室の壁に張り巡らした麻紐にクリップで吊るした。メイベルは、部屋に足を踏み入れるたびに、この小さなタウンハウスの一室にアーサー王の世界が広がっていくのを目の当たりにした。

それは、まったく新鮮な体験だった。アーサー王が、トリスタンとイゾルデが、勇壮な騎士たちが、狭い部屋の中を縦横無尽に行き交っている。その世界の果てしなさに、メイベルはときおり気が遠くなりそうだった。

そして——。

ある夜、オーブリーの部屋のドアが勢いよく開け放たれた。

階下の居間で繕いものをしていたメイベルは、はっとして顔を上げた。階段を駆け下りる足音。メイベルは、玄関先へと足早に向かった。

ポートフォリオを小脇に抱えたオーブリーが、帽子も被らずに出かけようとしているところだった。「待って、オーブリー」と、メイベルは弟を呼び止めた。

「完成したの？」

「ああ」ドアノブを握って、オーブリーは答えた。

「ある程度はね。すぐに見せなくちゃ」

メイベルは、躍り上がりそうな気分をこらえて、口早に言った。

「もう遅いわ、明日になさいな。それより、ミスタ・デントに見せるよりさきに、お母さまと私に見せて」

自分には、オーブリーの作品を誰よりもさきに見る権利がある。メイベルは、そう信じていた。

さあ、とメイベルは弟に向かって両手を差し出した。が、オーブリーが振り向いたその瞬間、ぎくりと凍りついた。

痩せこけた頬、ぎらぎらと鈍い光を放つ血走った目。そこにいるのは、確かにオーブリーだった。それでいて、オーブリーではなかった。

メイベルの知らない誰か。人間ではない、別の生き物――。

「だめだよ。誰よりさきに見せなくちゃいけないんだ――あいつに」

オスカー・ワイルドに。

そう告げて、オーブリーは出ていった。

やせ細った背中は黒い影になって、夜霧の中へと消え去った。

一八九三年　二月
ロンドン

みぞれまじりの北風が吹きつけるクイーン・ストリートを、何台もの辻馬車が行き交っている。馬たちが吐く息が白く、体からは湯気が立ち上って見える。コートを着込んで通りを往来する人々もまた、白い息を吐きながら、寒風にあらがって黙々と歩いている。

地下鉄の構内から階段で地上へ出てきたメイベルは、正面から吹き付ける冷たい風に思わず身震いした。黒いウールのマフの中で両手をぎゅっと握りしめる。それから、前を向いて歩き出した。

メイベルが向かっている先は、あの書店——「ジョーンズ・アンド・エヴァンズ」である。

北風に吹き付けられて氷のように冷たくなった顔をうつむけて歩きながら、メイベルは、どんよりと重たい霧が胸の中に広がるのを感じていた。

オーブリーは、いずれ、手が届かないほど遠くへいってしまう。

もとより、それをずいぶんまえから予感してもいた。オーブリーは星なのだ、はるかな天上で輝く星なのだから、手が届かなくなったとて仕方がないじゃないかと。

それをわかっているのは、いまは自分だけかもしれない。けれど、そう遠くない将来、きっと誰もが知る日がくる。

遠くの空で輝く孤高の星。それがオーブリー・ビアズリーの真の姿なのだ。

そして、とうとうオーブリーは「画家」になった。エドワード・バーン＝ジョーンズも、ピエール・ピュヴィス・ド・シャヴァンヌも、そしてオスカー・ワイルドも、オーブリーはそうなる運命なのだと予見していた。

——ついに、あの子は「殻」を破って現れたんだわ。

教育だとか、技術だとか、世間体だとか、道徳だとか、このヴィクトリア女王のご時世に、芸術家をがんじがらめに固めてしまっている「殻」。

それをこなごなに壊して、あの子は生まれ落ちた——。

「ジョーンズ・アンド・エヴァンズ」書店のショーウィンドウの前までやって来ると、メイベルは足を止めて中を覗き込んだ。

書店のウィンドウに飾られていたのは、本でもなく、オーブリーの素描でもない。雑誌「ペル・メル・バジェット」だった。一冊だけではなく、同じ雑誌がずらりと何段にも並べられている。メイベルは目を見張った。

キオスクであってもこんな並べ方はしない。できるだけたくさんの種類の雑誌を取り混ぜて見せるのが普通だ。ましてや書店で雑誌をこんなふうに並べるとは……その異様さがかえって人目を引くのか、寒風が吹きつけているにもかかわらず、メイベル同様、ショーウィンドウの前で足を止めて中を覗き込む紳士が何人かいた。

メイベルはドアを押して店の中へ入っていった。奥まったところにあるデスクで本のページをめくっていたフレデリック・エヴァンズが、顔を上げて出入り口を見た。そして、「おや、あなたは……」と、すぐに思い出した。

「こんにちは」メイベルは、あたたかな店内の空気にほっとして笑顔を見せた。

「ショーウィンドウにつられて、つい入ってしまいましたわ。よほどあの雑誌をお売りになりたいんですのね」

「その通り。ご明察です」答えて、エヴァンズも笑顔になった。

「知っているかい？　お嬢さん。あなたが興味を示した画家……オーブリー・ビアズリー。あの頃は彼のペン画をショーウィンドウに飾ったりしてたけど、もうできやしない。なんせ、いまじゃちょっとした有名人になっちまったからね」

まるで出来のいい息子を自慢するような口調で、エヴァンズが言った。

「きっとこいつは近いうちに芽が出てくる。そう思って、私は辛抱強く待っていたんだ。でも、待ってるばっかりじゃつまらなくなってしまってね。彼のペン画のいくつかを知り合いの出版社に見せたんだよ。そしたら、どうだい、まんまと引っ掛かってきたってわけさ」

　この名もない画家の天才を見抜いたとある出版社が、トマス・マロリーの〈アーサー王の死〉の挿絵画家として彼を抜擢した、とエヴァンズは興奮気味に語った。

「〈アーサー王の死〉は秋口から分冊で出版されるんだが……それを見るまでもなく、この新星、ビアズリーに注目が集まり始めたんだよ」

　一瞥しただけでもう忘れられなくなってしまう。それがビアズリーの魔法なのだとエヴァンズは言った。その魔法にかけられたら最後、ビアズリーを「目撃」したことを自分の胸の中に隠し切れなくなって、「すごいものを見た」と誰かに言わずにはいられなくなるのだ。

「うわさがうわさを呼ぶってやつさ。『この店でビアズリーの絵が見られるって聞いて、わざわざ来た』っていう客がだんだん増え始めて……いや、預かっている作品は売ったりはしないさ。彼の絵は鑑賞用じゃないからね。考えてもみたまえ。客間の壁におおっぴらに飾るには刺激が強過ぎるだろう？　それに装飾過多だから、ご婦人方が『リバティー』で選んだ壁紙に貼ったりしたらめまいがしそうじゃないか」

　あくまでも挿絵向き、雑誌向きの絵なのだ、とエヴァンズは強調した。作家のため、出版社のため、書店のため、本の時代のために生まれてきた画家なのだと。

　書店主の熱弁を黙ったままで聞いていたメイベルは、

「ショーウィンドウにずらりと並んでいる雑誌は……あの画家と何か関係があるのです

か？」

　そう訊いてみた。

「いい質問だ、お嬢さん」

　エヴァンズは眉毛を上下させて、いかにも愉快そうに言った。

「関係あるとも。『ペル・メル・バジェット』。オーブリー・ビアズリーの作品が、初めて掲載されたんだよ」

「ペル・メル・バジェット」は、イギリスの評論界きっての美術評論家、C・ルイス・ハインドが編集長を務める絵入りジャーナルである。ここに初めて「公式に」オーブリーの絵が掲載されたのだ。つまり、オーブリーが「画家」としてデビューを果たしたのは、この雑誌の誌面でのことだった。

　もちろん、メイベルも母もそのことを承知していた。そして、期待と不安が入り交じった複雑な思いで、雑誌が発売されるのを待っていた。

　その日、二月二日が「ペル・メル・バジェット」の発売日だった。メイベルは、朝いちばんで地下鉄の駅の近くのキオスクへ出かけ、一冊買い求めた。

　すぐにその場で開いた。かじかんだ指がうまくページをめくれないのがもどかしいくらいだった。

　数ページにわたってオーブリーの絵が載っていた。メイベルは息を詰めてそれに見入った。原画かと見まごうような——いや、不思議なことに、印刷されている絵のほうが原画よりも輝いて見えた。そして圧倒的な迫力があった。

オーブリーの部屋の中に張り巡らされた麻紐にクリップで留められてぶらさがっている雑誌の原画を、メイベルはすでに見ていた。あきらかに〈アーサー王の死〉の挿絵とは違うアプローチの絵であると気づいたメイベルは、弟に尋ねた。――これはどの章の、どの場面の絵なの？　と。

――どの章でもないよ。別の仕事を引き受けたんだ。「ペル・メル・バジェット」っていう雑誌の。

あっさりとした答えが返ってきた。メイベルは、驚きをかくせなかった。

〈アーサー王の死〉の仕事は、一年以上の時間をかけ、四百枚以上の絵を描かなければならなくなるだろう、とオーブリーは計算していた。保険会社も美術学校も辞めて、自分の時間ともてる労力のすべてをつぎ込んで挑む大仕事だった。

それなのに、オーブリーは「ペル・メル・バジェット」の挿絵の依頼も引き受けたという。いったいどうしてそうなったのか、メイベルにも母にも、ついぞその経緯を教えてはくれなかった。

オーブリーは、一日のうちほとんどの時間を自室に引きこもって制作していた。が、ときおり行き先を告げずにふらりと家を出ていって、朝まで帰ってこないこともあった。

そんなとき、母は、暖炉のそばで縫い物をしながら、まんじりともせずに夜を明かしていた。明け方になってげっそりとした様子で帰ってきた息子に、どこに行って何をしていたのか問い質すこともできず、無事に帰ってきてくれたことに、ただただ胸を撫で下ろすばかりだった。

　メイベルは、オーブリーがどこへともなくひとりで出かけることに苛立ちを募らせていた。母と違って、メイベルは弟に手厳しかった。なぜ行き先を言わずに出かけたの？　お母さまを心配させないでちょうだいっていつも言ってるじゃないの！

　そんな姉を煙たく思ったのか、オーブリーは、ますます何も話してくれなくなってしまった。そして、やはりふらりと出かけていくのだった。当然のように行き先も告げず。

　メイベルは、仕方なく、主のいない「画室《ステューディオ》」に入り込んでは、部屋じゅうに貼り出され、また吊るされたペン画の数々を眺めて、制作の進行具合を確かめるほかはなかった。

　部屋を埋め尽くす絵。夜と昼、醜と美、悪と善とがせめぎあうかのように、押し寄せてくるインクの黒と紙の白。

　なんという闇。なんという光。なんという力。――なんという圧倒的な世界。

　オーブリーの絵は「余白」を決して許さない。彼は自分の作品世界を容赦なく満たしていった。王と王族と姫君たちと、動物と花々と木々と昆虫と、森と水と大地と、生と死と、――そして芸術で。

　オーブリーの画室に満ち溢れる狂気と豊穣に、メイベルは静かに首を絞められる思いがした。

そして、今日。

初めて雑誌に掲載されたオーブリーの作品を見たのは、冷たい北風が吹きつける路上だった。メイベルは、いてもたってもいられない気持ちになり、そのまま地下鉄に乗って、クイーン・ストリートにある「ジョーンズ・アンド・エヴァンズ」書店までやって来たのだった。

オーブリーは昨日の夜、行き先を告げずに出かけ、朝になっても帰ってこなかった。自分の作品が掲載された雑誌が発売される日を忘れるはずがない。意図的に家に帰って来なかった気がして、メイベルのいたたまれなさは増幅していた。

〈アーサー王の死〉の挿絵の依頼主であるJ・M・デントを紹介したフレデリック・エヴァンズに会えば、オーブリーがどんな人たちと交流し、なぜこんなかたちで「デビュー」したのか、何か聞き出せるかもしれない。

エヴァンズには自分の身の上をまだ打ち明けてはいなかったが、話の流れ次第で、姉であることを伝えよう。ただし、伝えないほうがより詳しい話を聞かせてくれるようだったら……そのままにしておこう。

「それで、評判はどうですの？　あなたが見出した若い画家の絵は、読者の心をつかんだのかしら」

なおも他人を装いつつ、メイベルはエヴァンズに向かって尋ねてみた。身内だと言えばお世辞を口にされるかもしれない。率直な感想を聞いてみたかった。

「まあ、雑誌は今日発売されたばかりだから、世の中にどう受け止められるかはこれから徐々にわかってくるだろう。しかし……」

エヴァンズは、「ペル・メル・バジェット」に載せられたオーブリーの挿絵のページをデスクの上に開いて、つくづくと満足そうに眺めた。そして言った。

「単なる新しい画家じゃない。ビアズリーは、新しい時代の寵児になるだろう」

予言めいた言葉には、熱がこもっていた。

「新しい時代の寵児……」メイベルは、つぶやき声で繰り返した。

「そうだ。二十世紀の幕開けは八年後、新時代はもうすぐそこに迫っているじゃないか」

エヴァンズは、デスクの上に広げた雑誌をぽん、と叩いて軽やかに言った。

「二十世紀はどんな時代になるだろうか？　情報の時代だ。つまり、読むのに時間がかかる立派な本じゃなくて、新聞や雑誌のようなすばやく情報を伝達できるものが主流になる時代ってことだ。何も気難しい学者だとか上流階級《ブルジョワ》だけが読者じゃなくなる。そのうち、ごく普通の市民がひとり残らず字を読めるようになって、新聞や雑誌を楽しむ。そういう時代がくる。本屋の店主がこんなことを言うのはおかしな話かもしれないが、私にはそれがわかるんだ」

同じことが芸術の世界でもいえる、とエヴァンズは持論を語った。

バーン＝ジョーンズは確かにすばらしい。フランスの印象派の画家たちも面白い。どちらも、紋切り型の「アカデミー絵画」とは一線を画している。しかし、彼らの描く絵画の多くは油絵であり、ブルジョワのこじゃれた部屋の壁に飾るのには適しているだろうが、どう考えても雑誌向きではない。

一方、オーブリー・ビアズリーの絵は白黒のペン画である。いかにも軽やかなのに、刺激に満ちている。ひと目見たら忘れられない。つまり、一瞥しただけで「誰が描いたのか」わからせることができる。一瞬で人目を引く画風、それこそ「雑誌の時代」に即している。

「だから、彼の作品は明確に二十世紀的なんだ。きっと半年もしないうちに誰もが知っている人気の画家になるはずだよ」

エヴァンズの言葉には真実の響きがあった。自分が見出した若者が「正しい媒体において理想的なかたちで」デビューを果たしたことを心底喜んでいるのが伝わってきた。

メイベルは、オーブリーのことでエヴァンズからそれ以上何かを聞き出すのをやめておいた。それを知ったところでどうなるというのだろう。無名の若き画家をこれほどまでに熱心に後押しし、賞讃してくれているのだ。来てよかった、とメイベルは、ふいに胸が熱くなるのを感じた。

「この雑誌、一冊いただきます。楽しみに読ませていただくわ」

すでに一冊入手済みであることは伝えずに、メイベルは、デスクの上に広げられている「ペル・メル・バジェット」を指してそう言った。

「買って損はないよ」答えて、エヴァンズは雑誌を閉じ、メイベルに差し出した。

「ちなみに、お嬢さん……あなた、何か職業をお持ちだね」

ふいに言われて、「あら、どうして?」とメイベルは訊き返した。

「だって、家事手伝いのお嬢さんならこんな時間にふらりと書店に来られやしないだろう。それにあなたは知的で好奇心が強い。なんだろうな、ピアノの先生とか、女学校の教師とか……」

メイベルは微笑んだ。この店主は女心を持ち上げるのがなかなか巧みである。

「私、女優なんです」少しはにかんでメイベルは教えた。

「とはいっても、ちっとも売れない女優ですけれど……」

「ああ、女優ね。やっぱり」

とっくにわかっていた、という調子でエヴァンズは言った。

「あなたの立ち居振る舞いは、普通のご婦人とは違っていたからね。なんていうか、人目を引くよ。女優と言われれば、それがいちばんしっくりくるね」

それから、どことなく観察するようなまなざしになってメイベルをみつめると、

「あなた、フランス語は読めるかい?」

唐突に訊いた。

「え? ええ、まあ……」メイベルは苦笑しながら答えた。

「哲学書なんかじゃなければ、読めますわ」

　エヴァンズは、ふむ、とつぶやいて、デスクの前の椅子に座ると、引き出しを開けた。そこから一冊の薄い本を取り出した。そして、ひとりごとのように「これ、興味あるかな」と小声で言った。

「ついきのう、知り合いに一冊、都合してもらったんだがね。あのオスカー・ワイルドの新作の戯曲だ」

　ワイルド、と聞いて、メイベルは体を強ばらせた。

「オスカー・ワイルドの……」

　メイベルのつぶやきに、エヴァンズはうなずいた。

「なにしろ、私家版として刷られたから数に限りがあるとかで……私はもう読んだから、よかったらあなたに貸そう」

　それから、両腕を組んで、軽く頭を左右に振った。

「ビアズリーが新時代の寵児なら、さしずめこの書き手はいま現在の風雲児だ。しかし、この両者には共通点がある。挑発的で、魅惑的で……悪魔的なところがね」

　メイベルは、エヴァンズがデスクの上に載せたスミレ色の本の表紙に視線を落とした。

SALOMÉ

　運命の一冊の題名が、金色の文字でくっきりと浮かび上がっていた。

一八九三年　二月
ロンドン

地下鉄「マンション・ハウス」駅の薄暗い構内へと続く鋼の階段を、靴音を響かせながらメイベルが降りてゆく。

フロックコートを着込んだ男たちが、黙々と構内を行き交っている。もたもたとうごめく人混みの中、メイベルは毛織のケープの下で、一冊の薄い本をしっかりと胸に抱きしめていた。

狭苦しい車内に乗り込むと、ドア近くの座席に座っていた紳士がさっと立って席を譲ってくれた。メイベルは礼を述べてから、木製の座席に浅く腰掛けた。ケープの内側に抱きしめていた本をそっと取り出して膝の上に載せた。「ジョーンズ・アンド・エヴァンズ」書店を出てからずっと胸に抱いていたので、ほんのりと温かかった。まるで血が通っているかのように。

活版印刷でくっきりと題名が刷られてあるスミレ色の表紙に、メイベルは視線を落とした。

SALOMÉ

——とうとう世に出たんだわ。

押し寄せる波のように胸の鼓動が体じゅうに広がる。周囲に漏れ聞こえてしまうのではないかと不安になるほど、その音が激しく昂まってくる。

十二、三歳の頃だっただろうか、メイベルはオーブリーとともに「読んではいけない」と母親からきつく言われていた聖書の中の禁断のページを開いた。そこには、こんな記述があった。

そのころ、領主ヘロデはイエスのうわさを聞いて、家来に言った、「あれはバプテスマのヨハネだ。死人の中からよみがえったのだ。それで、あのような力が彼のうちに働いているのだ」。

というのは、ヘロデは先に、自分の兄弟ピリポの妻ヘロデヤのことで、ヨハネを捕えて縛り、獄に入れていた。すなわち、ヨハネはヘロデに、「その女をめとるのは、よろしくない」と言ったからである。そこでヘロデはヨハネを殺そうと思ったが、群衆を恐れた。彼らがヨハネを預言者と認めていたからである。

さてヘロデの誕生日の祝に、ヘロデヤの娘がその席上で舞をまい、ヘロデを喜ばせたので、彼女の願うものは、なんでも与えようと、彼は誓って約束までした。すると彼女は母にそそのかされて、「バプテスマのヨハネの首を盆に載せて、ここに持ってきていただきとうございます」と言った。王は困ったが、いったん誓ったのと、また列座の人たちの手前、それを与えるように命じ、人をつかわして、獄中でヨハネの首を切らせた。その首は盆に載せて運ばれ、少女にわたされ、少女はそれを母のところに持って行った。それから、ヨハネの弟子たちがきて、死体を引き取って葬った。そして、イエスのところに行って報告した。（マタイ14:1-12）

福音書「マタイ伝」または「マルコ伝」の記載を、おぼろげながら、メイベルは覚えていた。母から「読んではいけない」と禁じられていた箇所である。が、読むな、と言われれば、子供の好奇心はいや増す。少女の頃、オーブリーとともに、こっそりとその箇所を読み、想像に耽ったものだ。

――首を切ったの？　預言者さまの？　ねえ、どうして？

幼いオーブリーは、恐ろしそうに、けれど瞳を異様に輝かせながら、姉に尋ねた。メイベルは、わからない、と首を振りながら、弟に言い聞かせた。

――きっと、誰もがびっくりするくらいきれいなお姫さまだったのよ。だから、ほしいと思ったら、どんなものでもご褒美にもらえたのよ。宝石だって、お城だって、預言者さまの首だって……。

——ふうん。どんなにきれいだったんだろう?

——世界でいちばんきれいだったのよ。

——じゃあ、ぼく、いつか絵に描いてみたいな。


ユダヤのヘロデ大王の息子、ヘロデ・アンティパス——ヘロデ——は、異母兄ヘロデ・ピリッポスの妻、ヘロディアと不倫関係になる。ヘロディアはピリッポスとのあいだにもうけた娘、サロメを連れて夫のもとを去り、ヘロデと一緒になる。

ヘロデは、ヘロデとヘロディアの関係に警告を発していた預言者ヨカナーンを捕らえ、獄につなぐ。しかしヨカナーンが預言者であることを知っていたヘロデは彼に手を下さずにいた。一方、ヨカナーンを亡き者にしたいと目論むヘロディアは、娘と共謀して舞をまわせ、褒美としてヨカナーンの首を所望させる。ヘロデは悩むが、結局、預言者を斬首させ、サロメに与えた——というのが聖書に書かれている物語の大筋である。

聖書には「サロメ」という名は一度も出てこない。「ヘロディアの娘」との記述があるのみだ。が、ユダヤ人の著述家、フラウィウス・ヨセフスが記した「ユダヤ古代誌」に、父母の名前が「ヘロディアの娘」のそれと一致する女性「サロメ」が登場する。ゆえに、ヘロディアの娘の名前はサロメである、というのが古くからの一般的な見解になっていた。

メイベルとオーブリーは、新約聖書の「禁断のページ」を読んで想像に耽った。いったいヘロディアの娘とは……サロメとは、どれほどの美少女だったのだろうか。そしてどれほど魅力的な舞を踊ったのだろうか。

むろん、聖書の中には、「美少女」だとか「魅力的な舞」などという記述はいっさいなかった。しかし、ヘロディアの娘は絶対に美少女でなければならなかった。そして、彼女の踊りは魅力的でなければならなかった。なんでも与えようとユダヤの王に誓って約束までさせるほどに。

そして、何よりもサロメは「運命の女《ファム・ファタル》」でなければならなかった。ユダヤの王である義理の父ヘロデと預言者ヨカナーン。王に罪深き所業をさせ、預言者の命を奪わせしめた。ただならぬふたりの男の運命を狂わせたのだから。

――オスカー・ワイルドの〈サロメ〉。その脚本では、いったい、サロメはどんな女として描かれているのだろうか。

ゴトゴト、ガタガタ、地下鉄の車体が軋みながら進んでいく。仄暗い車内のランプの明かりを頼りに、メイベルは、かすかに震える指先で、膝の上に置かれた薄い本の表紙を恐る恐るめくった。禁断の書を繙《ひもと》くかのように。

場面はエロドの宮殿の広い台地。宴会場より高くしつらへてある。兵士たちが露台にもたれか、つてゐる。右手に巨大な階段。左手奥にはブロンズ製の緑色の囲ひをした古めかしい水槽がある。月の光。

若きシリア人　いかにも美しい、今宵の王女サロメは！

エロディアスの侍童　見ろ、あの月を。不思議な月だな。どう見ても、墓から脱け出して来た女のやう。まるで死んだ女そつくり。どう見ても、屍《しかばね》をあさり歩く女のやう。

若きシリア人　まつたく不思議だな。小さな王女さながら、黄色いヴェイルに、銀の足。まさに王女さながらの、その足が小さな白い鳩のやう……どう見ても、踊つてゐるとしか思はれぬ。

エロディアスの侍童　まるで死んだ女のやう。それがまたたいそうゆつくり動いてゐる。

いったいいま自分がどこにいるのか、どこに向かっているのか、何をしているのかさえも忘れて、メイベルは、ワイルドの〈サロメ〉を読み耽った。

物語の冒頭では、王も、王妃も、サロメも登場しない。サロメに密かに思いを寄せる若きシリア人、そのシリア人に好意を持つエロディアス（ヘロディア）の侍童、二人の兵士と異邦人の男たちが群像となって現れる。今宵はヘロデ王の宴、男たちの噂話の中に、美しく着飾ったサロメと、牢獄に繋がれた聖者の存在が見え隠れする。

彼らの会話を追いかけるうちに、いつしか遠いユダヤの古都に誘われ、夜空を煌々と照らす満月が浮かび上がって見えてくる。

作者は、繰り返し繰り返し、若きシリア人にサロメを賛美させ、どれほど彼女が美しいかを執拗に語らせる。と同時に、牢獄に繋がれたヨカナーンがどれほど強い磁力を放っているかも。そこでようやくサロメが登場する。

サロメ　あそこはいや。とても我慢できない。なぜ王はあたしを見てばかりゐるのだらう、目蓋《まぶた》を震はせ、土龍《もぐら》のやうな目をして？　……妙なこと、母上の夫ともあらうに、あんな目であたしを見るなんて。あたしには解らない、どういふ意味なのか……い、え、本当は解つてゐるの。

登場すると同時に始まるサロメの独白、そこにはすでに「運命の女」としてのにおいが漂っている。王・ヘロデは、妻の連れ子であるサロメに色目を使っているのだ。兄の妻を奪ったヘロデは、今度は妻の娘を奪おうとでもしているのだろうか。

サロメは、獄に繋がれたヨカナーンの声を聞き、「逢つてみたい」と興味を向ける。サロメに恋する若きシリア人は、なんとかサロメの関心をヨカナーンから逸らそうと必死になる。

が、とうとうサロメはヨカナーンとまみえる。「あたしはあの男をもつと近くで見なければならない」と惹き寄せられるサロメに向かって、ヨカナーンは呪いの言葉を浴びせかける。しかし、そうされればされるほど「お前の声は、あたしを酔はせる」と、サロメはいっそうヨカナーンの言葉を、彼のすべてを求めるのだった。

サロメ　ヨカナーン！　あたしはお前の肌がほしくてたまらない。その肌の白いこと、一度も刈られたことのない野に咲き誇る百合のやう。山に降り敷いた雪のやう、ユダヤの山々に降り積り、やがてその谷間におりてくる雪のやう。アラビアの女王の庭に咲く薔薇でさへ、お前の肌のやうに白くはない。さう、アラビアの女王の庭に咲く薔薇だつて、(香料をとる草花の咲き匂ふアラビアの女王の庭だつて、)曙《あけぼの》の樹々の葉に落ちる日脚だつて、大海原に抱かれた月の胸だつて……お前の肌ほど白いものはどこにもありはしない――さあ、お前の肌に触らせておくれ！

ヨカナーン　退れ、バビロンの娘！　女こそ、この世に悪をもたらすもの。話しかけてはならぬ。聴きたくない。おれが耳をかたむけるのは、たゞ神の御声のみだ。

じわり、じわりと迫るサロメ、その誘惑から懸命に逃れようとするヨカナーン。まるでふたりの吐く息が行間から溢れ出て、すぐ耳元で聞こえるようだ。

どんなにヨカナーンの容姿が秀でているか、ありとあらゆる比喩と形容を並べ立てながら、サロメは陶酔し、聖人に夢中になっていく。惹きつけられていくさまは、性交中さながらの恍惚に満ちている。ヨカナーンに――いや、自分の口からこぼれ出る言葉に酔いしれたサロメは、ついに欲望をむき出しにする。

サロメ　あたしはお前の口に口づけするよ、ヨカナーン。あたしはお前に口づけする。

そののち、王・ヘロデと王妃・ヘロディアが登場。不吉な予感に満ちた会話が次々と繰り出され、やがてサロメは「七つのヴェイルの踊り」を舞う。

そしてついに彼女は、恋する男の首を求めるのだ。

私はヨカナーンの首がほしうございます――と。

メイベルが帰宅したとき、夜八時を過ぎていた。

地下鉄の車内で〈サロメ〉を読み耽り、自宅の最寄りの駅を通り過ぎて、終点まで乗ってしまった。仕方なく駅の周辺で辻馬車を拾い、自宅までようやく帰りついた。馬車の中で貪るように続きを読み、とうとう読み切った。

ドアを開けて家の中に入ると、たちまち母が飛んできて、娘の体をしっかりと抱きしめた。

「ああ、メイベル！　どうしたの、こんな遅くなって……心配したわ。何かあったの、大丈夫なの？」

「ええ、大丈夫よ」とメイベルは、自分でも驚くほど元気よく答えた。体じゅうに不思議な活力がみなぎっていた。

「ごめんなさい、ちょっと色々あって……オーブリーは？　仕事中なの？」

「ええ、今日はずっと部屋にこもりきりで……夕食の支度が整ったから呼びにいったのよ。そうしたら、『いらない』って……返事があったから、具合が悪くて寝込んでいるわけではないと思うんだけど……」

　メイベルはケープも脱がずに階段を足早に上がっていった。胸にはあの本を抱きしめている。飛び立つような思いで、オーブリーの部屋のドアをせわしなくノックした。

「オーブリー……オーブリー？　いま帰ったわ、すぐにあなたに見せたいものがあるの。入ってもいいかしら、ねえ、オーブリー？」

　返事がない。仕事をしているのかもしれなかったが、ドア越しにペンを紙に滑らせる音が聞こえるはずもない。

　メイベルは、ドアの取っ手に手をかけ、そっと押し下げた。が、取っ手は動かなかった。何度も取っ手を押し下げようとしたが、びくともしない。ドアにぴたりと体を寄せ、耳を澄ます。……部屋の中には命の気配がない気がした。

「……オーブリー？」

　羽ばたく気持ちがふいに消えた。さっきまで輝きに満ちていた青空が不吉な雲に覆われていく。濁った風が、さあっと足元から吹き上げた。

　――血。

その瞬間、メイベルの脳裏にどす黒い血だまりがどろりと広がった。その中に転がっている男の体。その体には、首が——首が、ない。

——あっ。

メイベルは、自分の体が前に倒れていくのを感じた。ドアが開いたのだ。とっさに目の前に現れた薄い胸板にしがみついた。

メイベルの肩を抱きとめたのは、オーブリーのはずだった。——いいや、違う。その男は、メイベルが慈しみ、誰よりもその才能を信じてきた大切な弟のオーブリーではなかった。

「……僕もあなたに見せたいものがある」

彼はそう言って、メイベルの目の前に一枚の絵を差し出した。

メイベルは目を見張った。

暗い池の中から浮かび上がるようにして、宙に舞い上がる妖女。燃え立つような黒髪と、天女の羽衣のごとき軽やかな帯が空中にたゆたう。いとおしそうに、彼女が両手で掲げ、いましもくちづけようとしているのは、男の生首——。

さっきまで貪り読んでいた〈サロメ〉の中のフランス語の一文が、妖女とともに、水面に浮かび上がっている。

J'AI BAISÉ TA BOUCHE IOKANAAN

お前の口に口づけしたよ、ヨカナーン

冷たい朝の空気の中、白い息を吐きながら、メイベルは郵便局へと急いでいた。

ペンとインク壺が備えられたカウンターで、電報の申し込み用紙にメッセージを書く。

〈至急お目にかかりたく　次の土曜日午後二時サヴォイにて待つ　メイベル〉

書き終えて、つかの間考えた。そして、「メイベル」という部分を二重線で消し、「オーブリー」と書き直した。短い文章を何度も何度も見直して、ようやく受付に出した。宛先は「ミスタ・オスカー・ワイルド」であった。

ドアを押して表通りに出る。濃い霧が立ち込めていた。そうしようとしたわけではないが、メイベルは自宅のある方角とは反対の方向へと歩き出した。

鉄道の線路の上をまたぐ高架橋の真ん中まで来ると、メイベルはふと歩みを止めた。霧のヴェールの中、遠くから蒸気機関車が近づいてくる。機関車は轟音を響かせてメイベルの足元をくぐり抜け、霧の彼方に吸い込まれていった。

——なんの絵かわかるかい、姉さん？

どこか得意げな、そして挑発的な声色。昨夜のオーブリーの言葉が耳の奥に蘇る。

きのうの夜、メイベルはオーブリーに一枚のペン画を見せられた。それは、見たこともないような異様な絵だった。

縦長の構図、二重線の縁取りの中にモノクロームで描かれていたのは、妖しい女の姿。〈アーサー王の死〉のために描かれた挿絵の中に登場するエレインやイゾルデのごとき美姫ではない。女はまるで亡霊さながら、おどろおどろしい横顔をしてぽっかりと宙に浮かんでいる。そしてその両手に掲げられているのは、麗しき髪と秀でた眉、永遠にまぶたを閉じた男の生首。

女は男の首をかき抱き、たったいま、暗い池の中から空中に飛び出してきたかのようにも見える。いや、池に見えるのは生首からしたたり落ちる黒い血だまり。女は血の池に浮かび上がる陽炎なのだろうか。

「――サロメ……」

うわごとのようにつぶやくと、オーブリーがはっとした。そして、姉が胸に抱いていたスミレ色の薄い本に初めて目を留めた。

「姉さんも……もう読んだの?」

問われて、メイベルは黙ってうなずいた。

「それをどこで……?」

「ミスタ・ワイルドからいただいたのよ」

とっさに嘘をついた。オーブリーの顔に戸惑いが広がるのがわかった。その表情を目で追いかけながら、メイベルは訊き返した。

「あなたこそ、もう読んだのね。どこで手に入れたの？　ミスタ・ワイルドにいただいたのかしら？」

そこで一拍置いてから、

「彼、あなたに渡したとは言ってなかったけど……」

そうつぶやいてみた。と、頬を打たれたような表情になって、オーブリーが言った。

「まさか……僕に隠れてあいつに会っていたのか」

「別に隠していたわけじゃないわ、言わなかっただけよ」

自分の顔がこわばるのを意識しながら、メイベルは返した。

オーブリーは口を結んで姉を見た。その目には憎悪の炎が点っていた。

次の瞬間、オーブリーはメイベルの腕の中から薄い本を取り上げた。メイベルは、あっと息をのんだ。

オーブリーは、スミレ色の表紙をめちゃくちゃに引き裂き、本を床に叩きつけた。メイベルは声も出せなかった。オーブリーは蒼白の顔を上げて姉を見た。やはり暗い炎のような目をしていた。

メイベルは何か言おうとしたが、どうしても言葉にならなかった。オーブリーは姉に背中を向けて自室に入っていった。荒々しい音を立ててドアを閉めると、それっきり出てこなかった。

床に散乱した〈サロメ〉のページを呆然と眺めて、メイベルはしばらくのあいだ、その場から動けずにいた。

生まれて初めて、オーブリーに嘘をついた。そして、オーブリーがあんなふうに怒るのを初めて見た。

——いったいどうしたっていうの？　なぜあんな目で私を……？

メイベルは激しく動揺した。オーブリーが遠くにいってしまったような錯覚。もう二度と振り向いてくれない、もう二度とこの部屋のドアを開けてはくれない、取り残されたような気持ち。

オーブリーの中で何かが変わってしまった。

それはきっと……あの男のせい。

メイベルは、床の上に打ち捨てられた本の破れた表紙に視線を落としていた。そして、一歩足を踏み出すと、タイトル「SALOMÉ」の文字を、革靴の底で力の限り踏みにじった。

——私に隠れてあの男に会っていたのは、オーブリーのほうではないか。

そしてあの男は、いつしかオーブリーの心の住人になっているのではないか。……たったひとりの住人に。

——会わなければ。

オスカー・ワイルドに会わなければ。会って確かめなければ。いったいどういうつもりなのか、問い詰めなければ。

熾火《おきび》のような焦燥と憎悪とが、メイベルの胸のうちを黒く焦がし始めていた。

一八九三年　二月
ロンドン

ロンドンの中心部、ストランドにあるホテル「サヴォイ」の入り口付近は、隣接した劇場の昼公演《マチネ》がまもなく始まるからだろう、大勢の人々で混雑していた。

最寄りの地下鉄の駅から歩いてやって来たメイベルは、人ごみの中を縫うようにしてホテルの入り口にたどり着いた。観劇まえのひとときを過ごす紳士淑女で華やぐロビーをまっすぐに突っ切って、奥にあるティーサロンへと急ぐ。約束の時間――こちらから一方的に電報で申し入れたきりで返事ももらっていなかったが――まで三十分以上あった。が、もう来てしまった。

今朝はずいぶん早く目が覚めて、いつも通りに朝食の支度をし、家事を済ませ、早々に身支度をして家を出た。母には友達に会いにいくとだけ告げた。オーブリーには何も言わずにおいた。あちらのほうが顔も見せようとしないのだから仕方がない。もっとも、顔を合わせたとて、どこに行って誰に会うか、教えるつもりは毛頭なかった。

〈サロメ〉をめぐる諍《いさか》いがあってからもう三日経ったが、オーブリーはあれきり自室にこもったままだった。心配した母が何度か声をかけたが、そのつど「仕事中だからほうっておいてくれ」と返事があったようだ。仕方なく食事を運んでドアの外に置いておいた。しばらくして見にいくときれいに食べた食器がまたドアの外に出されているので、具合が悪いわけではなさそうだった。

こういうことは初めてではない。オーブリーは、いったん仕事にとりかかると、すさまじい集中力でただ描くことに専念する。寝食を忘れて没頭することもしばしばあった。それが彼の仕事の作法なのだと、母もメイベルもわかっていた。

ただ、母はいつも気を揉んでいた。病弱な息子に対する心配の種がいつも母の胸の中にあった。それがいましも芽吹きそうになるのを、ぎりぎりのところで抑えているようだった。

しかし、今回ばかりは、心配の種は母ではなくメイベルの胸の中で芽吹いてしまった。オスカー・ワイルドの私家版〈サロメ〉の一件で、姉と弟のあいだにいままでにはなかった奇妙な溝ができてしまった。メイベルは、きっと大丈夫、すぐにまたもと通りになるはず、何もなかったようにふるまえるに違いないと信じていた。が、この溝は思いのほか深かった。

幼い頃からともに過ごし、成長してきた姉弟は、ささやかな喧嘩こそすれ、決定的な仲違いは起こしたことはなかったし、何があってもすぐにもと通りになった。だから、埋められない溝ができてしまったとは思いたくはなかった。

しかし――。

サヴォイ・ホテルの奥まったところにあるティーサロンは、窓辺からテムズ川の流れが眺められた。すっと高い天井の一部に磨りガラスがはめ込まれ、午後の陽光がやわらかくテーブルの上に落ちている。エスコートしてくれる男性なしに女性ひとりで入っていくのは少々気が引けたが、待ち合わせをしていると告げて、メイベルは窓際の席に案内された。

四年まえにオープンした豪華ホテルは、劇場に隣接していることもあって、新しいもののが好きな新興の富裕層の人気を集めていた。オスカー・ワイルドもここの常連客のひとりだということだった。

オーブリーの名を騙《かた》って、メイベルはワイルドに電報を打った。彼の自宅へ送ったのだが、最近、あちこちに神出鬼没の流行作家がはたして受け取ったかどうか、読んだかどうかはわからない。それでも一縷の望みを懸けて、メイベルはやって来たのだった。

昨年来、オーブリーが会社を辞めて画業に専念してからは特に、オーブリーとワイルドが急接近していることに気づいていた。

なぜ気づいたかといえば、自分もワイルドに急接近を試みたのに、思うようにはいかなかったからだ。

新約聖書に登場する美姫・サロメの物語の戯曲を書く、とワイルドに聞かされたそのときに、その戯曲が舞台化されるとしたら、主人公サロメを演じるのはほかでもない、この私なのだ――とメイベルは確信した。

ワイルドは、サロメの物語をあえてフランス語で書いた、とも言っていた。ひょっとすると、フランスの人気女優、サラ・ベルナールに演じさせることができたらと思い描きながら書いたのかもしれない。

確かにサラは、いまや押しも押されもしない大女優である。フランスばかりか、イギリスやほかのヨーロッパの国々でも大人気だ。メイベルも、去年の夏、オーブリーとともに訪れたパリで、彼女の舞台を憧れのまなざしで観た。

けれど、サラはもう四十代後半、色香に翳《かげ》りがさしているのは否めない。が、サロメは生娘である。そして、聖人の首を欲する狂気の女性《にょしょう》である。熟練の演技よりも、みずみずしく生々しい演技をできる若い女優こそが、その役にはふさわしいではないか。

――それこそは、この私なのだ。

メイベルは一途にそう思い詰めていた。オーブリーには言わずに、ワイルドに連絡して会いもした。「サロメ」の役を射止められるのであれば、ワイルドとのっぴきならない関係になったとしても後悔しない。いや、むしろそうなってしまいたい。そうなってしまえば、こっちのものだ。

戯曲〈サロメ〉を書いていることをメイベルとオーブリーに告げたとき、ワイルドは、こんなふうに言った。

——君は、君にふさわしい、もっと妖艶な役を演じるべきだ。たとえば、「運命の女《ファム・ファタル》」のような役を……。

あのひと言に、メイベルはかどわかされた。君にぴったりなのは「サロメ」の役だ。……まるでそう言っているように聞こえてしまったのだ。

ところが、ワイルドは、メイベルに対して触手を伸ばすことはなかった。彼が関心を寄せていたのは、自分ではなくオーブリーのほうなのだと、メイベルは気がついた。

ワイルドの関心を引きたいと願っているのはメイベルばかりではない。彼を取り巻く若い男女は、誰もが彼に気に入られたいと熱望している。

稀代の文筆家、オスカー・ワイルド。フェルトのつば広帽に、伊達なスーツを着こなして、襟元に緑のカーネーションを一輪さしたその姿を追って、見目麗しい若者たちがぞろぞろとついていくさまは、移動式舞台さながら。

若い娘は頰を紅潮させて、憧れのまなざしを投げる。ああオスカー、なんてすてきなの。あの人こそが〈プリンス・チャーミング〉なのだわ！

紳士淑女は眉をひそめ、こそこそと噂話をする。

ほら、ワイルドが来ましたよ。あんな格好をして、いったい彼はどういうつもりなんだろう？

あの長い髪、あれじゃ女だ。もっとも、彼は、取り巻きの若い男に女装をさせて遊んでいるらしいが。

　まあ、まるで「ステラ・ファニー事件」みたいじゃありませんこと？

　ああ、そうだとも。アーサー・クリントン卿のお相手をしていたふたりの男、「ステラ」と「ファニー」のようにね。

　ところが、ワイルドは、何を言われてもどこ吹く風で、飄々とロンドンの街角を歩いていた。

　実際、彼がそうまで魅力的なのは、独特の風貌もさることながら、男性なのにどこか女性的な趣をたたえているから。そして、毒矢のように鋭く飛んでくる芝居がかった言葉の数々に射抜かれれば、この男にはかなわない、と思わされてしまうからだった。

　そのオスカー・ワイルドが興味の矛先を向けてきた相手は、メイベルではなく、オーブリーなのだ。

　どうやらふたりは自分の知らないあいだに会っていたらしい。オーブリーにそう聞かされたわけではないが、メイベルは直感した。

　そして明らかにこのところオーブリーは変化しつつあった。よく仕事をするようになったとか、健康的になったとか、目に見える変化ではない。むしろ目に見えないところで、変わりつつある。まったく違う人物になってしまうような、そこはかとなく不穏な空気をまとっているのだ。

　そして、オーブリーはすでに〈サロメ〉を読んでいた。メイベルよりも先に。はっきりとは言わなかったが、きっとワイルド本人から手渡されたに違いない。

オーブリーは、ワイルドに与えられた〈サロメ〉を読んで、あの禍々しい絵――空中に浮かび上がる妖女が、聖人の生首にいましもくちづけしようとする、あのクライマックスの場面――を描きあげたのだ。

いったいあれは……なんという絵なんだろう。

ここのところ、毎日毎日こつこつと描き続けている〈アーサー王の死〉のための挿絵のシリーズとは、まったく異なる絵。

すさまじい妖気を放っていた。そして、抗いがたい魅力も。

見てはいけない、見てしまったら、たちまち石に変えられてしまう。そう、まるで蛇の髪をもつメデューサの魔法にかけられるように。

それでも視線を引きつけられてしまう。動けなくなってしまう。

あの力。搦《から》め取られる、泥沼にはまる、首をしめられる力。まるで胸に突き刺さる短刀。熱く暗い血のしぶき。今際《いまわ》の恐怖と、性交にも似た快楽と陶酔と。

ああ、オーブリー。あなたは、いったいどうしようというの？　あの絵を、あの男に……オスカー・ワイルドに捧げようというの？

……恋文の代わりに……？

「……おや、こんなところに可憐なひな菊をみつけてしまいました」

すぐ近くで声がして、メイベルは我に返った。

顔を上げると、目の前に、ツイードのジャケットを着こなしたオスカー・ワイルドが立っていた。

　メイベルは、あわてて立ち上がり、少し震える手をワイルドに向かって差し出した。

「ごきげんよう、ミスタ・ワイルド。……オーブリーが、あなたとのお約束があると言っておりました。けれど弟は仕事でどうしても家を出られなくなってしまったので、代わりに私が参りました」

　道中、ずっと考えていた言い訳をした。ワイルドは、差し出された手を取ると、指先にかすかに唇で触れた。メイベルは、傷口に触れられでもしたかのように、ぴくりと手を震わせた。

「いいえ、まさか。不足なはずがありません。未来の大女優ですからね、メイベル・ビアズリーは……」

　微笑んでワイルドが言った。かすかな皮肉がこもっているのをメイベルは敏感に察知したが、こちらも微笑み返した。

「弟君から、何か伝言があるのでしょうか」

　カウチに身を沈めると、ワイルドが尋ねた。メイベルは答えずに、しばらく視線を宙に漂わせていたが、思い切って言った。

「私、読みました。……〈サロメ〉を」

　ワイルドは、膝の上で両手を組んだまま、微動だにせずメイベルをみつめていた。それから、おもむろに言った。

「ほう、そうでしたか。……あれは私家版なので、まださほど世の中に出回っていないはずなのですが、どうやって読んだのでしょう……」

「弟に見せてもらいましたの」

ワイルドの問いかけが終わらぬうちに、メイベルは素早く答えた。

「あなたからいただいたのだと、それはもう喜んでおりました。まるで踊り出しそうなほどに……」

ふふ、と軽く笑って、ワイルドは言った。

「そうですか。彼は『七つのヴェールの踊り』を披露してくれましたか？」

メイベルは、にっこりと笑顔を作って見せた。

「いいえ。『七つのヴェールの踊り』を舞いたくなったのは、私ですわ」

ふむ、とワイルドが鼻を鳴らした。メイベルの受け応えが気に入ったようだった。

「そうか、あなたがね……では訊こう、メイベル。あなたが思わず舞いたくなった『七つのヴェールの踊り』とは、どのようなものですか」

メイベルは返す言葉に詰まってしまった。が、思うままに答えた。

「とても言葉にはできません。けれど……心が沸き立ち、体が自然と動き出す感じかしら。窮屈な靴をすぐにでも脱ぎ捨てて、裸足でステップを踏みたくなるような……見る者を強く引きつけて、次第に圧倒していくような……」

戯曲〈サロメ〉の中に登場する「七つのヴェールの踊り」。

クライマックスに近い場面で、サロメが義理の父たるヘロデ王に請われ、披露する舞。その踊りが自分を満足させるものであれば、どんなものでも褒美に取らせると王は約束する。

——さあ、踊りを見せてくれぬか、サロメ?……なんなりとお前の望むものを求めるがいい。なんなりとお前の望むものをつかわそう、たとえこの国の半ばをと言われようともな。

サロメは王の要望を受け入れて言う。

——奴隷たちを待っております、やがて香料と七つのヴェイルを持ってまいりましょう、そして、このサンダルを脱がせてくれましょう。

朽ちかけたばらの花びらが風に舞い散るような、瑠璃色の小鳥のつがいが互いを求め合って飛び交うような、王とサロメの台詞のやりとり。

このくだりを読んだメイベルの脳裏には、いともあでやかな七色の薄絹のヴェールがふわりと広がり、鼻先にはむせかえるほどの花の香りが漂ってきた。

空想の中で、メイベルは、いつしかサロメになっていた。

サロメの足元に褐色の肌をした奴隷が傅《かしず》き、白百合のような足先から金色のサンダルを抜き取る。そしてみずから身につけていたゆるやかな白いドレスも脱ぎ捨てる。

輝くばかりの白い裸身は、美の女神アフロディテさながら。その裸身に、虹色のヴェールをまとうと、妖しい笛の旋律と鐘の音に合わせて、踊り始める。始めはゆっくりと、徐々に激しく……全身をくねらせ、天を仰ぎ、熱い息を吐きながら……。

空想の中で踊り狂うサロメは、やがて快楽に包まれて絶頂に達する。七つのヴェールをまとった裸身に絡みつくヘロデ王のまなざしに犯されながら。

戯曲〈サロメ〉の中で、この踊りの場面は、たった一行のみ書かれているにすぎない。

サロメ、七つのヴェイルの踊りを踊る。

と、ただそれだけ。それなのに、空想の中のサロメの踊りは、驚くほど鮮やかに、官能的に、ありありと浮かび上がってきた。

サロメの踊りに感極まった王は「なんなりとお前の望むものをつかわそう」と言う。するとサロメは、王の前に跪《ひざまず》いてこう答える。

——私のほしいものとは、なにとぞお命じくださいますよう、今すぐここへ、銀の大皿にのせて……

ヘロデ王は、笑って返す。

——銀の大皿にのせて？　いいとも、銀の皿にな、わけもないこと。かわいいことを言う、そうではないか？……それは一体なんなのだ、サロメ？

サロメは立ち上がり、高らかに言い放つ。

——ヨカナーンの首を。

絶対的な権力者でありながら、預言者を恐れるヘロデ王。その王に向かって、サロメは聖人の首を所望する。狂おしい片恋を成就させるために、恋する男の命を奪うという倒錯。自らの思いを遂げるために、王に聖者殺害という究極のタブーを犯させる。

王は恐れわななきながらも、結局はサロメとの約束を守り、配下にヨカナーンの殺害を命ずる。それはすなわち、「七つのヴェールの踊り」が、一国の王を罪人に落とすほどに魅力的であったということだ。

メイベルは、肩で息をつくと、独り言のようにつぶやいた。

「圧倒的な快楽……」

そして静かに目を伏せた。

ワイルドは、メイベルの伏せたまぶたをみつめながら尋ねた。

「快楽？　その快楽は、誰のものですか？　サロメの？　あるいは、ヘロデの……？」

メイベルは首を横に振った。

「……私自身の」

ワイルドの〈サロメ〉は、読む快楽が行間から溢れ出ていた。けれどメイベルが肌身で感じたのは、踊る快楽だった。

読み進めるうちに、メイベルはサロメに変身した。禁断の恋をし、狂おしい愛憎に心かき乱され、暗い策略を胸のうちに宿して踊った。そしてついに恋する男の「生首」にくちづけをした。その瞬間、悦びは絶頂に達した。

「私は、あなたの書いた〈サロメ〉を、目で読んだのではなく、心で読んだのでもありません。体で読んだ。――そう感じました」

ワイルドは、瞬きを忘れたかのようにメイベルをみつめていた。その瞳には、好奇心の光が点っていた。

自分の率直な感想が稀代の文筆家の胸に届いたのだと、メイベルは勘づいた。その瞬間を逃すまいと、畳み掛けるように問うてみた。

「――戯曲として書いたからには、当然、上演することを考えていらっしゃるのですね、ミスタ・ワイルド?」

ワイルドは、一瞬、夢から覚めたような表情をした。が、「ええ、その通りです」とすぐに答えた。

「しかしながら……ロンドンでの上演は無理なのです。サロメが『七つのヴェールの踊り』を舞うには、この国は偏屈すぎる。おわかりですか、メイベル?」

一昨年の夏にはすでに完成していた〈サロメ〉を、ワイルドはとあるフランス人女優――サラ・ベルナールに違いなかった――に見せた、と告白した。彼女はこの戯曲をたいそう気に入り、ぜひとも演じたい、ということになった。ロンドンでの初演を企画して、懇意にしている劇場主と話を進め、実はリハーサルまでこぎつけていたのだが、突然、当局から「上演禁止」を言い渡された。聖書の登場人物を舞台で演じてはならない、という法律に引っ掛かったのだ。

ロンドンでの〈サロメ〉上演は幻となった。ワイルドは忸怩《じくじ》たる思いで、舞台化を断念した。その代わりに、私家版として、戯曲〈サロメ〉を出版したのである。

　ワイルドはけだるそうにため息をついて、言った。

「正直、私はこの国に絶望している。芸術に対してやたら堅苦しく、杓子定規に判断を下す不自由な国！　私は自分がこの国の国民であることを呪いたいよ。いっそフランスに帰化したいくらいだ」

　フランスは芸術に対しておおらかで、自由に表現ができる。だからこそ自分は〈サロメ〉をパリで書いた。しかもフランス語で――フランスが誇る表現の自由への賛辞を込めて。

「私家版で出版したのも、読者をあえて限定したかったからなのです。この書を手にする人物は、まずフランス語が堪能な必要がある。そして、聖書の中でもタブー視されている『サロメ』の物語をあえて読もうという好奇心を持ち合わせている。さらには、私の書くものに強い興味を持っている……」

　そこまで言って、ワイルドは不敵な笑みを口元に浮かべた。

「私とともに罪人になることを厭わない。そんな読者を私は望んでいるのです」

　ワイルドの言葉を聞くメイベルの脳裡に、オーブリーとの諍いの瞬間が蘇った。

　暗い炎を瞳に燃え上がらせて、オーブリーは、メイベルが胸に抱いていた〈サロメ〉の本を奪い、引き裂いた。

この本に触れるな――とでも言いたげな態度。この物語は自分だけのものだ。そんな心の声が聞こえてくるようだった。

やはり、オーブリーはワイルド本人から〈サロメ〉を贈られていたのだ。

ということは、つまり……。

「自分とともに罪人になる」ことを、ワイルドはオーブリーに望んだのだ。

そして、オーブリーは、それに応えたのだ。あの忌まわしくも蠱惑的な一葉の絵をもって――。

J'AI BAISÉ TA BOUCHE IOKANAAN――お前の口に口づけしたよ、ヨカナーン

オーブリーは、あの絵をすでにワイルドに見せているのだろうか？　――いや、あの諍いの日からオーブリーは家の外へ一歩も出ていない。ワイルドは、まだあれを見ていないはずだ。

あの絵を目にしたら、ワイルドは、いったいどうするだろうか。

驚きのあまり声を失うだろうか。喜びのあまり打ち震えるだろうか。陶酔するあまり、オーブリーを抱きしめて、そして――。

「……ここにいたのか、オスカー。ずいぶん探したよ」

そのとき、ふいに背後で声が上がった。はっとして、メイベルは振り向いた。

そこに佇んでいたのは、ひとりの青年だった。

やわらかに波打つ金色の髪。翼のように秀でた眉、すっきりと高い鼻梁、くれないの花びらにも似た薄いくちびる。

聖セバスチャンのごときその青年の名は、アルフレッド・ダグラスと言った。青い瞳に不似合いなほの暗い炎を揺らめかせて、メイベルをみつめていた。

一八九三年　四月
ロンドン

コヴェント・ガーデンのとある劇場の楽屋で、メイベルは自分の名前が呼び出されるのを待っていた。

オーディションの順番待ちである。しばらくは芝居には出ない、と決めていたのだが、その日、とうとう楽屋へと帰ってきた。

聞いたこともない演出家と脚本家が組んで聞いたこともない演目を上演するという。が、いくつか劇場を回ってすぐに参加できるオーディションの情報を仕入れたところ、それくらいしかなかったのだ。もはや力のある劇場主の後押しもないメイベルは、たとえ台詞のない端役であっても、オーディションを受けるほかには舞台に復帰する方法がなかった。

楽屋では十数名の娘たちが呼び出されるのを待っていた。ほとんどが十代だろう、まだ幼さの残る顔をしている少女もいた。本気で女優になるのを夢見ている者が、この中にどれほどいるだろうか。たいがいの場合、娘たちは貧しい家庭の出身で、少しでも家計の足しになればと端役を求めて、そしてあわよくば金持ちのパトロンに見出されることを期待して、劇場から劇場へと渡り歩いている。

一年以上舞台から遠ざかっていたメイベルが復帰を決意したのは、もはや弟のオーブリーをつきっきりで支援する時期は終わったと感じたからである。

オーブリーは画家としての道を着実に歩み始めていた。そして自信を深めていた。世界が彼の天才に気がつくのは時間の問題のように思われた。

オーブリーがどんどん先に行ってしまう。自分の手の届かない高みへと。

焦りを感じていた。置いてきぼりにされるのは、いやだった。いたたまれない思いで、メイベルは再び劇場回りを始めた。

芝居としばらく距離を置いていたのには、いくつかの理由があった。妻子ある劇場主、ジョン・エヴァンスとのいかがわしい関係に頼りながら、細々と女優業を続けていることに嫌気がさしたのも理由のひとつだった。端役ばかり演じさせられている実状に満足できなかったこともある。劇場も興行主も演出家も、自分の能力を過小評価していることに鬱憤が募っていた。どうすればスポットライトを一身に浴びることができるのか、考え直したかった。

そして、何よりも、オーブリーが画家としての仕事を軌道に乗せるまで支えようと決心したことが大きかった。病弱の弟に、絵を描くことで生き甲斐を見出してほしい。きっと世界があの子の天賦の才を認める日がくる。その日まで、何があっても生き延びてほしい。

そう思いつつも、自分には弟の画才ほどには演技の才能がないのかもしれないと、あきらめに似た気持ちが芽生え始めてもいた。一方で、絶対にあきらめたくないという気持ちもはびこっていた。オーブリーが着々と画家としての道を進み続けているのに対して、メイベルは、あいかわらず「何ものでもない自分」を持て余していた。

しかしながら、たったひとり、女優として花開く希望を託してみたい相手がみつかった。——オスカー・ワイルドである。

最初は単なる憧れだった。けれどいつしか、淡い憧れは強い願望に変わっていった。社会が好奇のまなざしを向けるこの作家——いつもスキャンダルが絶えないこの危険な男を利用して、オーブリーと自分に世の中の関心を振り向けることはできまいか。そんな思いがメイベルの中で徐々に膨れ上がっていった。

不思議な魅力をもった男である。そして、同じくらい毒ももっている。毒気に当てられそうなぎりぎりのところで、メイベルは持ちこたえていた。

そうやすやすと振り向かせることはできないとわかっていた。だから、オーブリーの名を騙って会いもした。どうやったら取り入ることができるのだろうと、静かに、懸命に探っていた。

だが、ワイルドはなかなか固く閉ざした心のドアを開けようとはしなかった。彼がドアを開け放とうとしている相手は、自分ではなく、あくまでもオーブリーのほうなのだということもわかってきた。

そしてオーブリーも、少しずつ少しずつ、あの魔性の男に対して、決して他人には見せようとしなかった秘めたる部分を見せようとしているのを、メイベルはとうに察していた。

楽屋の粗末なベンチに腰掛けていたメイベルは、膝の上に置いていた雑誌の表紙に視線を落とした。

褐色がかった淡いグリーンの表紙には、萌えいづる樹木の枝葉が広がり、根元には大輪の花々が咲き誇っている。どこかしらウィリアム・モリスを彷彿させる、しかしきっちりとした図案。雑誌名〈THE STUDIO〉の文字が躍り、寄稿文の題名と寄稿者の名前がずらりと連なっている。その中に、〈新しい挿絵画家《イラストレーター》：オーブリー・ビアズリージョーゼフ・ペネル〉の一文をみつけ、メイベルは、胸の裡に高波が押し寄せるような気分になった。

ついさっき、劇場に来るまえに立ち寄った書店、「ジョーンズ・アンド・エヴァンズ」で購入した一冊の雑誌。

店主のエヴァンズは、店内に入ってきたメイベルの姿を認めると、顔を輝かせてすぐさま声をかけてきた。

――お嬢さん！　きっと来ると思っていたんだ。ついに出たよ、オーブリー・ビアズリーの作品が掲載された新雑誌が！

オーブリーの姉であるという素性は店主に明かさぬままだった。ほとんど誰にも見出されていない才能をともにみつけた「同志」として、エヴァンズはメイベルに新雑誌「ステューディオ」を見せたのだった。

メイベルは、それをすぐさま買った。そして、興奮気味にオーブリー・ビアズリーを礼賛するエヴァンズから逃げるようにして店を後にしたのだった。

膝の上の雑誌の表紙をしばらくみつめてから、メイベルはそっとページを開いた。激しく胸をときめかせながら〈サロメ〉の表紙をめくったときと同様、指先がかすかに震えている。

オーブリーを紹介する評論「新しい挿絵画家：オーブリー・ビアズリー」は、雑誌の前半に掲載されていた。いかに強烈な新しい才能が現れたかを絶賛する文章よりも、メイベルの目はモノクロームの挿絵に釘付けになった。

あの絵——「お前の口に口づけしたよ、ヨカナーン」が掲載されていた。

初めてオリジナルのペン画を見せられたときの、背筋がぞっとする感覚。それがさらに強く全身を駆け巡った。

聖者の生首にくちづけするサロメの絵は、印刷されていっそうおびただしい妖気を放っていた。メイベルは瞬きするのさえ忘れてそのページを凝視した。

「わあ……なあに、その絵？」

耳もとで声がして、我に返った。すぐ隣に座っていた娘が身を寄せてのぞき込んでいる。メイベルはあわてて雑誌を閉じた。

「あら、つまんない。もっと見せてくれる？」

無邪気な瞳で娘が言った。メイベルは苦笑いを浮かべた。

「いけないわ。……罪よ」

思いがけない言葉がこぼれ出た。娘は不思議そうな顔をした。

楽屋口に男が現れて、手元の帳面を見ながら声をかけた。

「次。……十四番、ミス・メイベル・ビアズリー」

「はい」

応えてメイベルは立ち上がった。そして、台本ではなく「ステューディオ」を胸に抱いて、足早に楽屋を出た。

——罪。

口を衝いて出た自らのひと言が、いつまでも耳の奥でこだましていた。


「ステューディオ」が発売されてまもなく、おびただしい数の電報と手紙がビアズリー家にもたらされた。

ほとんどはヘンリエッタ通りにある「ステューディオ」の編集部から転送されてきた

ものだったが、どうやって調べたのか、出版社や編集者から直接送られてきたもののもあった。すべてオーブリー宛のものである。

どうしてもオーブリー・ビアズリーに会いたいと、いきなり訪問してくる者もあった。その多くは雑誌社の編集者で、仕事の依頼をするために訪れたのだった。ひと目だけでも会いたいと、スミレの小さな花束を持ってやって来た奇妙な男もいた。

予告のない訪問者たちの応対のいっさいを、メイベルが引き受けた。オーブリーは自室にこもるか出かけているかで、彼らと容易には会わなかった。

母の戸惑いは日に日に増していった。ひっきりなしに見知らぬ男がドアをノックするのだから、落ち着きようもない。

「家の中には誰も入れないから大丈夫よ」

メイベルになだめられても、母は不安を隠せないようだった。

「あの子、命を狙われたりしないかしら」

母は、自分がもっとも懸念していることを口走った。

「まさか、そんなことはあり得ないわ。心配しないで」

メイベルは笑ってそう言ったが、実際は、彼女の胸の中も不安の霧でくもっていた。

「ステューディオ」に掲載された「聖者の生首にくちづけするサロメ」の絵をひと目見て、母は気を失いそうになった。彼女の動揺は、まるで息子が殺人を犯した現場に居合わせてしまったかのようだった。絵とともに掲載された美術評論家、ジョーゼフ・ペネルの文章は、世紀末のイギリスに彗星のごとく現れた若き画家を絶賛する言葉で溢れていた。にもかかわらず、母はその評論を読むことができなかった。

オーブリーのほうは、母にも姉にも「ステューディオ」に掲載された自分の作品に対する感想を求めなかったが、終始機嫌がよさそうだった。ここしばらくはなかったことだったが、食事のたびに階下へ下りてきて、母と姉とともに食卓を囲んだ。母は食事のときにもオーブリーと目を合わせられない様子だった。オーブリーは気にするでもなく、出された食事を残さずたいらげた。

ビアズリー家に届けられる電報や手紙は、まずはメイベルが内容を確認してからオーブリーに渡すようにした。最初は中身を見ずにオーブリーに渡していたのだが、そのまま放置していたようで、「どうなりましたか」と矢継ぎ早に電報を送ってくる編集者や、返事を待てずに家まで押しかけてくる者まで現れたので、そうせざるを得なかったのだ。仕事の依頼であれば、引き受けるかどうか、いちいちオーブリーに尋ねたが、オーブリーはまったく受けるつもりはないようだった。

「次の仕事は自分で決めるよ」

そう言ったきりで、相変わらず〈アーサー王の死〉の創作に専念しているのだった。ようやく画家として――ただし王立アカデミー公認の画家ではなく「挿絵画家《イラストレーター》」として――デビューを果たしたオーブリーだったが、その高飛車ともとれる態度には「安売りはしない」という意思が感じられた。そして相当な自信も。

メイベルのほうは、あちこちの劇場を回ってオーディションを受けてみたものの、なかなか決まらずにいた。メイベルは二十一歳だったが、オーディションを受ける娘たちの中ではいつも自分がいちばん年長であることに気がついた。

普通であれば、自分くらいの年頃の女性は、結婚して家庭に入り、子供を育てているのが当たり前だ。こんなふうに、端役を求めてあっちの劇場からこっちの劇場へふらふらしているなど、パトロン目当ての貧乏人の娘のすることだ。

そうわかっていた。わかっていたけれど……。

じりじりと焦りが広がっていた。厭な予感も。

――オーブリーが行ってしまう。

オーブリーの行手で待っているのは、きっとあの男――オスカー・ワイルド。

あの男は、オーブリーをどんどん遠くへ連れ去っていくことだろう。自分がけっして追いつけないほど遠くへ。

四月も終わりに近づいた頃、オーブリー宛の郵便物に混じって、メイベル宛に一通の手紙が届いた。

真っ白で小ぶりの封筒はいかにも優美で、「ミス・メイベル・ビアズリー」と青いペン字の宛名書きも流麗である。裏を返すと、見覚えのないエンブレムの赤い封蠟《シール》が押してある。格式のある封書の佇まいは、差出人の高貴な身分を感じさせるのに十分だった。

――誰だろう。

胸の高鳴りを覚えながら、メイベルは封を切った。二つ折りの便箋を開いて、そこに連なる美しい文字を追いかけ始めてすぐ、メイベルの心臓は止まりそうになった。

親愛なるメイベル・ビアズリーさま
僕を覚えておいででしょうか。「サヴォイ・ホテル」のティールームで、あなたがオスカー・ワイルドとご一緒におられるときにご挨拶いたしました。

手紙の送り主は、アルフレッド・ダグラスだった。

はっきりと覚えている。やわらかな絹糸のようなブロンドの髪、透けるほど白い肌、深紅のばらの花びらのごとく薄くて赤いくちびる、そして澄み渡った湖面にも似た青い瞳。聖セバスチャンもかくありなんと思わせる美貌をたたえた青年。

――ここにいたのか、オスカー。ずいぶん探したよ。

そう言いながらワイルドに近づき、優雅な身のこなしで彼の肩に手をかけた。ワイルドは、まるで肩にとまった小鳥を慈しむように、ほっそりとした指先をくすぐって応えていた。

勧められもしないのにかたわらの椅子にダグラスが腰掛けると、ワイルドは彼をメイベルに紹介した。

――メイベル、こちらは私の友人、アルフレッド・ダグラス。スコットランドの侯爵、クィーンズベリー卿のご子息です。

侯爵と聞いてメイベルは少なからず動揺した。貴族と言葉を交わす機会などほとんどないのだ、どうやって挨拶したらよいのだろうか。

ワイルドは、メイベルの様子を横目でうかがいながら、今度は彼女をダグラスに紹介した。

――ボジー、こちらは、ミス・メイベル・ビアズリー。彼女は女優なんだ。見ての通り魅力的な女性だからね……。

ワイルドはクィーンズベリー卿の子息を「アルフレッド」ではなく「ボジー（坊や）」と呼んだ。その呼び方には親愛の情が溢れていた。ワイルドは、続けて言った。

――ミス・メイベルの弟君は、オーブリー・ビアズリーという類まれな才能の画家だ。その名前を覚えておくといいよ、ボジー。誰より早くオーブリー・ビアズリーという名前を知っていたと、そのうちに自慢できるようになる。その名前を君にもたらしたのはオスカー・ワイルドだということも含めてね……。

ダグラスは刃物のように鋭い視線をメイベルに向けた。目と目が合った瞬間、火花が散った気がした。

ダグラスは、ワイルドに向かっていかにもつまらなそうな声色で言い放った。

――へえ、意外だな。君は若い女性と密会することもあるんだね。

棘のある言葉をぶつけられて、メイベルは体をこわばらせた。ワイルドは口の端に微妙な笑みを浮かべている。

いたたまれない気持ちになって、メイベルは席を立った。

――私、これで失礼します。お目にかかれて光栄でしたわ、サー・ダグラス。

右手を差し出すと、ダグラスはごく軽くそれを握った。引っ込み思案な握手だった。ワイルドがするような手の甲へのキスはなかった。

――オーブリーによろしく。今度こそ約束の場所に来てくださいと、伝えていただけますか？

去りゆくメイベルに、ワイルドはそう告げた。あなたの企みはとっくにお見通しだったのだと言わんばかりに。

ダグラスは、最後の一瞬まで険しいまなざしをこちらにぶつけていた。

それっきり、メイベルがワイルドとふたりきりで会うことはなかった。もちろん、ダグラスとも。

あれから二ヶ月。ダグラスから自分宛に手紙が届くなどと、どうして予想できただろうか。

胸の鼓動を全身で感じながら、メイベルは手紙の続きを読んだ。

あなたの弟君、オーブリー・ビアズリー氏が「ステューディオ」誌上で発表された「お前の口に口づけしたよ、ヨカナーン」を拝見しました。僕の友人、オスカー・ワイルドがフランス語で書いた戯曲〈サロメ〉に捧げたものだと一見してわかるものでした。あなたが〈サロメ〉をお読みになったかどうか、わかりません。もしお読みでなければ、決して読まれませんよう、忠告差し上げるためにもこの手紙をしたためています。

ご存知かとは思いますが、「サロメ」は聖書に登場する禁断の物語です。オスカーはこれを題材にして戯曲に仕立てました。ですからそれは、当然罪深い内容になっているのです。

オスカーはこの戯曲を舞台化してロンドンで上演しようと目論みましたが、実現しませんでした。あまりにも恐ろしい内容で、とうてい一般の人々には受け入れられないものだったからです。

失礼ながら、まだ無名の画家であるビアズリー氏がすでにこの戯曲を読み、それを自分の作品として堂々と公の誌面に発表したことに、僕は驚きを禁じ得ませんでした。オスカーと彼とは、まるで一緒に罪を犯そうとしているかのように、僕には思えてなりません。

僕は、友人としてオスカーに忠告しました。才能もあって将来を嘱望されているビアズリー氏を、いたずらに巻き込んではいけないと。しかし、彼は聞く耳をもっていません。彼はタブーを犯すことをこれっぽっちも恐れてはいないのです。

あなたも薄々お感じになっておられることと思いますが、オスカー・ワイルドは常人ではありません。怪物です。彼の近くに引き寄せられた人々は、巻き込まれ、食い尽くされてしまう運命です。

お目にかかったことはないけれど、僕はビアズリー氏の今後を案じています。まだお若いのに、あのような怪物に巻き込まれて人生をめちゃくちゃにされてはなりません。今後、いっさい接触しないように、あなたから弟君に強くご忠告いただくのが得策です。

僕は、オスカーが近々ビアズリー氏と会う約束を密かにしていることを知りました。四月の最後の土曜日の夜、リージェント・ストリートの「カフェ・ロワイヤル」で。編集者も友人たちも、もちろん僕も誘われていません。ふたりきりで会うようです。そこでいったい何が話し合われるのか……。

画家としてデビューしたばかりのあなたの弟君を、オスカー・ワイルドの毒牙にかけてはならない。それはすなわち、輝かしい未来へとつながっているはずの階段を踏み外し、奈落へ転落することを意味しているから。

ミス・メイベル。はっきりと申し上げます。

オスカー・ワイルド。あの男は犯罪者です。罪人です。

これ以上、弟君を近づけてはなりません。――絶対に。

一八九三年　四月
ロンドン

夕映えの空にいちばん星がかすかに輝いていた。

ロンドンの中心街、ピカデリーにほど近いリージェント・ストリート沿いにある大きな建物の出入り口、回転ドアを開けて、メイベルが中へ入っていった。花飾りのついたつばのある帽子を被り、黒いレースのヴェールで顔を覆っている。つややかな大理石の床のロビーを突っ切っていくと、「カフェ・ロワイヤル」の入り口がある。奥のテーブルに案内されると、ヴェール越しに店内を見回した。

両側の壁は全面が鏡になっていて、実際よりも広く、奥行きを感じさせる。金に彩色した神々の彫刻を配した柱、壮麗な天井画が鏡に映りこんで、さながら万華鏡のようだ。店内はフロックコートを脱いでくつろぐ紳士たちや、何やら熱弁を振るう文士や芸術家らしき若者たちでにぎわっている。彼らに混じって談笑する女性の姿もちらほら見受けられる。

て立ち去った。
フランスふうに真っ白な前掛け《タブリエ》をつけた黒服の給仕《ギャルソン》が注文を取りにきた。メイベルは赤ワインを一杯と前菜の盛り合わせを頼んだ。ギャルソンは、手の中の小さな帳面にすばやく注文を書き込むと、「メルシーボクゥ、マダム」とフランス語でにこやかに言って立ち去った。

この店に入ったのは初めてのことだったが、ワイン商を営むフランス人がオーナーの人気店であると、以前、芝居仲間に聞いたことがある。なるほど、きらびやかな室内の装飾もギャルソンの様子も、パリで人気のカフェをそっくりそのままロンドンに移したかのようだ。

劇場といい、ホテルといい、そしてこのカフェといい、いまのロンドンの流行はパリの影響を多分に受けている。ヴィクトリア女王のお膝元で、道徳を遵守し生活を律して生きることこそがイギリス人のあるべき姿……とは理想論である。人々は社会のきゅうきゅうとした空気に倦《う》み、自堕落で奔放な世界に憧れを募らせている。——パリが醸し出す自由をロンドンにもほしい、そんな世の中の要望にいち早く応えられる者が流行を牛耳るのだ。店であれ、芸術であれ。

膝の上の小さなハンドバッグの口を開け、中に入っている懐中時計に視線を落とす。ちょうど七時だった。顔を上げて、もう一度店内を見回した瞬間、ドアが開いて、ストライプのダブルのジャケットを着込み、その襟もとに緑色のカーネーションの花を挿した大柄な男が入ってきた。

――来た。

オスカー・ワイルドである。そのすぐ後に続いて、病的なほど細身の青年が入ってきた。鋭い斧のような横顔――オーブリー・ビアズリーである。

はっとして、メイベルはヴェールの顔をうつむけた。ふたりは、ちょうどメイベルの座っている席のすぐ後ろの席に案内された。メイベルの背後に、オーブリーが座った。ひやりとしたが、ふたりは彼女に気づくことなく、すぐに談笑し始めた。

恐る恐る顔を上げる。壁の鏡に、オーブリーの後ろ姿と、オーブリーに話しかけるワイルドの顔が映っているのが見えた。あわててうつむき、テーブルの上に雑誌を広げると、熱心に読むふりをした。

一週間まえ、メイベルはアルフレッド・ダグラスから一通の手紙を受け取った。

手紙には、ワイルドとオーブリーが急接近していることへの警告がしたためてあり、ふたりが四月最後の土曜日の夜、カフェ・ロワイヤルで密会することが告げてあった。

たった一度、ちらりと会ったにすぎないメイベルに対して、なぜダグラスがわざわざ手紙を書き送ってきたのか、奇妙に思った。が、何度も読み返すうちに、「ボジー（坊や）」と呼ばれるほど親しい友人であるはずのワイルドを「犯罪者」と彼が蔑《さげす》んで、オーブリーがその毒牙にかからぬようにと警鐘を鳴らすのには、特別な理由があるのだとわかってきた。

ダグラスが警戒しているのは、ワイルドとオーブリーが、誰も立ち入れぬほど親密な関係を結ぶこと。

つまり、ダグラスは、それほどまでにワイルドに執着しているのだ。

まるで妻か愛人のように……。

「それにしても、『ステューディオ』に発表した君の作品は、かなりセンセーショナルだったね。ずいぶん話題になっているようだが……」

しばらくのあいだ、ワイルドとオーブリーはなんということもない雑談をしていたが、ワインが運ばれてきたタイミングで、ワイルドが切り出した。

「ステューディオ」に発表した作品。――ワイルドの〈サロメ〉に触発されて、オーブリーが創作した「お前の口に口づけしたよ、ヨカナーン」のことだ。

ふふ、とオーブリーの笑い声が、かすかに聞こえた。

「僕の作品？　……いいや、違うよ。あれは、あなたが描いたようなものだ」

今度は、ワイルドが低く笑った。

「そうか。確かに、そうとも言えるな。……じゃあ、こう言ってはどうだい？　あれは、私と君とが共同創作した結果、生まれた作品だと……」

「いいね」オーブリーが、満足そうな声で答えた。「悪くない」

ワイルドは、葉巻に火をつけて、煙をくゆらせながら、

「君には、どうやら、見えているようだね。僕が思い描いている『サロメ』の姿が……」

と言った。

「あなたが思い描いているものかどうかわからない。けれど、もう見えているよ」

オーブリーが答えた。

「わかっているさ」すかさず、ワイルドが返した。

「君に見えているものと、僕が見ているものは、きっと同じものに違いない。君が宵の空にみつめている星と、私が暁の空に眺める星とは、同じ星……ということだ」

しばらくのあいだ、ふっつりと言葉が途切れた。ふたりは黙ってみつめ合っているようだった。濃密な空気が背中越しに伝わってくる。メイベルは、呼吸すらも止めて、全身でふたりの気配を感じ取ろうとしていた。

ややあって、ワイルドが口を開いた。

「あの絵を見て、私はすぐに理解したよ。君は、サロメを単なる『運命の女《ファム・ファタル》』としてはとらえていない。なぜなら、君の描いたサロメは、ひどく醜い。男を狂わせるだけの美姫ではない……」

「そうさ」と、オーブリーが口を挟んだ。

「サロメは美姫なんかじゃない。……化け物だよ」

くっくっと、のどを鳴らしてワイルドが笑い出した。

「化け物だと！」

ワイルドは、さもおもしろそうに言った。

「その通りだ。私が書きたかったサロメは、化け物じみた女だ。恋に狂った女ってやつは、私には、ほとんど化け物同様に見える。やはり、君にもそう見えたか。そうか……」

ひとしきり笑ってから、ワイルドは言った。

「どうだい、オーブリー。この私と組んで、世界をひっくり返してみないか？」

そのひと言に、メイベルは胸をどきりとさせた。そっと顔を上げて正面の鏡を見る。ワイルドが、テーブルに身を乗り出すようにしてオーブリーに迫っている。まるで口づけせんばかりの様子に、メイベルの目は釘付けになった。

「〈サロメ〉の英語版を出版する話が持ち上がっているんだ。私はこれを挿絵付きのものにしようと考えている。そして……それを描くのは、オーブリー・ビアズリー。そう、君以外にはいない。私と君とが組めば、最高におもしろい一冊にできるはずだ。それこそ、世界中があっと驚くような……」

ふたりは互いに視線を絡め合っている。メイベルは息をのんだ。

「私以外に『七つのヴェールの踊り』がなんであるのかを知り、かつ、目には見えないあの踊りを見ることができる唯一の芸術家……それが君だ」

その瞬間、メイベルの目の前に、薄絹のヴェールを身にまとったまばゆいほどに白い裸身の女が舞い降りた。

女の体は、しかし、どす黒い血に染まっている。その両腕には、ほの暗い生首をかき抱いている。

陶然とする女の顔。口の端から、つと滴り落ちる涎《よだれ》のひとすじ。狂気と恍惚、絶頂の刹那――。

はっとした。

鏡の中のワイルドが、こちらを見ている。メイベルは、反射的に立ち上がった。

そのまま、ドアの脇にあるキャッシャーへとせわしなく移動した。案内係に「お会計を」と小さな声で告げる。

「テーブルでちょうだいいたします、マダム」と言われたが、

「いえ、ここで。すぐに出ますから」と応えた。

胸から心臓が転がり落ちてしまいそうだった。うつむいたままで、表通りへ出た。

外はすっかり暗くなっていた。週末のリージェント・ストリートは、食事に観劇にと出かける大勢の人々のにぎやかな往来があった。メイベルは、通りの喧騒から逃げるように、地下鉄の駅へと足早に向かった。

と、そのとき。

「お待ちください。ミス・メイベル・ビアズリー」

見知らぬ男が声をかけてきた。

シルクハットと黒いコートを身につけている。一見して、御者《ぎょしゃ》だとわかった。

「さきほどからあなたさまをお待ちしておりました。ご自宅まで馬車にてお送りいたします」

見ず知らずの男からの突然の申し出を、メイベルは訝《いぶか》しく思った。

「どなたの馬車ですか」

メイベルの問いに、

「クィーンズベリー卿の馬車です」

そう答えて、御者は、うやうやしく胸に手を当てた。

――クィーンズベリー卿？

ダグラスに違いなかった。激しく動悸がしたが、メイベルは御者の後についていった。

通り沿いに箱馬車が停まっていた。御者が箱《キャリッジ》のドアを開けた。メイベルは、一瞬、躊躇した。

何かよからぬ企みが、この馬車の座席《シート》に乗っている人物の胸の裡にあることは、とうにわかっていた。

そして自分がそれに引き込まれようとしていることも。

濁流に身を投げる気持ちで、メイベルはキャリッジのステップに足をかけた。すると、優美な白い手がするりと中から伸び出て、メイベルを引き上げ、座席へと迎え入れた。

「星が美しい晩ですね……ミス・メイベル」

耳元で声がした。キャリッジの闇の中でメイベルの到来を待っていたのは、やはりダグラスだった。メイベルは、何も返せずに押し黙ってしまった。

ぴしゃりと鞭を打つ音がして、馬車が動き出した。メイベルはヴェールの下の顔をうつむけたままだった。ややあって、ダグラスが訊いた。

「オスカーと弟君の面談に、あなたも同席されたのですか？」

メイベルは、首を横に振った。そして、正直に言った。

「弟に、同行してほしいとは言われなかったので……それどころか、ミスタ・ワイルドに会いに行くことすら、彼は私には打ち明けませんでした」

「やはりそうでしたか。まあ、オスカーは最初から密会するつもりだったんですよ、ミスタ・ビアズリーと。もっとも、誰にも言わないでこっそり会うから『密会』といわれるわけでしょうけれど……」

ダグラスは、ふん、と鼻で嗤った。

「もちろん、オスカーだって僕に言いませんでしたよ。今夜、どこで誰と会って何を話すか、なんてことはね……今夜、どこに泊まって、誰と何をするかも」

侯爵家の御曹司は、思わせぶりに言った。

「この馬車を賭けたっていい。あなたの弟君は、とっくにあの怪物の毒牙にかかっていますよ」

メイベルは、顔を上げた。

「どういう意味ですか」

ダグラスは、底意地の悪そうな微笑を浮かべた。

「おや、それを僕に言わせるんですか？　淑女に向かって、そんなことはとても……」

ちらりとメイベルの表情を窺ってから、

「つまり、あのふたりは普通ではない関係に陥っている、ということですよ。わかりますか？」

念を押すように、強い口調で言った。

「わかりますね、ミス・メイベル？　ふたりの関係が白日のもとにさらされれば……ああ神よ、ふたりとも牢獄行きだ！」

メイベルは膝の上で両手を固く握りしめた。

車内は甘いばらの香りで満たされていた。罪深い話をするときも、この美青年は甘美な香水を身につけることを忘れないのだ。

「……あなたはなぜ、そんなにもあのふたりのことを気になさっているの？」

メイベルは、思い切って返した。その声は、熱を帯びて震えていた。

「私がオーブリーのことを気にかけるのは当然です。姉なのですから。けれど、あなたにはあのふたりの関係をとやかくおっしゃるどんな理由がおありなの？　ミスタ・ワイルドの毒牙にかかっているのは……あなたなんじゃなくて？」

とたんに冷たい視線がこちらを向いた。刃物のようなまなざし。

突然、ダグラスの手が伸びてメイベルの帽子をつかんだ。

――あっ。

次の瞬間、ヴェールのついた帽子がむしり取られ、床の上に投げつけられた。メイベルは凍りついた。鋭く光るナイフを喉もとに突きつけられる幻影が、ほんの一瞬、ひらめいた。

「ずいぶんなことを言うじゃないか、お嬢さん？　僕を誰だと思ってるんだ、え？」

ダグラスは、メイベルの襟元のレースをつかんで、ぐっと引き寄せた。メイベルは、ひっと喉を鳴らした。ローマ時代の彫像のように、完璧に整った白い顔がすぐ目の前に迫っていた。

「お前の罪深い弟が地獄に落ちるまえに、ひと言助言してやっただけだよ。そんなこともわからないのか、この売女が！」

ダグラスは座席の上にメイベルを押し倒した。メイベルは懸命に叫ぼうとした。

「……や、め……」

右手が口を覆い、左手が細い首にかかっていた。メイベルはもがいた。が、もがけばもがくほど、ダグラスは全身でのしかかってくる。意識が遠のいた。水の底に沈んでいくように、体じゅうから力が抜けていきそうだ。

「誓うか。いますぐ誓うか？　これ以上、お前の弟をオスカーに近づけないと誓うか？　さもなければ……」

ぶつかるようにして、ダグラスの口がメイベルの口をふさいだ。熱い舌が歯の間を割って入ってくる。気味の悪い生き物のような舌を、メイベルは思い切り噛んだ。

「……っ！」

ダグラスが体を離した瞬間、メイベルは叫んだ。

「止めて！　……止めてちょうだい！　止めてえっ！」

馬車が急停止した。転がり出るようにして、メイベルは馬車を降りた。ダグラスは座席にうずくまったまま、ピクリとも動かない。

御者はメイベルを一瞥すると、何も見なかったように前を向き、ぴしゃりと鞭を打った。

ガラガラと音を立てて、馬車は石畳の上を走り去っていった。

ガス灯の傍に呆然と佇んで、メイベルは馬車の箱が遠ざかるのをみつめていた。


その夜、オーブリーはとうとう帰ってこなかった。

メイベルは、ほとんど一睡もできずに夜明けを迎えた。

白い木綿の寝間着を身につけ、自室の窓辺に置いた椅子にもたれて、小鳥のさえずりをぼんやりと聞いていた。

ふたりの男のまなざしが、交互に脳裏に浮かんでは消えた。カフェ・ロワイヤルの鏡の中で、ほんの束の間視線が合わさったオスカー・ワイルドの目。そして、うすぐらい馬車の箱の中で、刃物のように鋭く光ったアルフレッド・ダグラスの目。

どちらも決して獲物を逃さない猛禽類の目であった。そして、かすかな狂気を帯びていた。

それはまるで、あの妖女のまなざしそのもの。

オーブリーが絵の中に描いた「化け物」、サロメの――。

ガチャガチャと、階下でドアの鍵を開ける音がした。メイベルは、青白い顔を上げた。

――帰ってきた。

すぐさま部屋を出て、階段を下りていった。玄関のコート掛けにフロックコートをかけたオーブリーは、血の気の失せた顔をした姉が足音も立てずに現れたのに遭遇して、ぎくりと体を強張らせた。

「……おはよう」

オーブリーが声をかけた。メイベルは応えなかった。それ以上何も言わずに、オーブリーは姉の横をすり抜けて階段を上がっていこうとした。

「……罪よ」

その瞬間、メイベルがつぶやいた。階段の途中で立ち止まると、オーブリーは振り向いた。

「あなたたちのしていることは、罪深いことよ」

オーブリーは、なんともいえぬ複雑な表情を浮かべた。そして、言った。

「……どの罪のことだい?」

メイベルは、オーブリーを見上げた。瞳の奥に暗い炎を宿して、オーブリーは姉を見据えていた。

「わかってるさ。どれほど自分が罪深いことをしているか……けれど、自分が犯している罪が深ければ深いほど、僕の絵の中の登場人物たちは生き生きとしてくるんだ。だからもう、あとには引けないんだよ」

言っていることの恐ろしさとはうらはらに、オーブリーの声は奇妙なほどに落ち着き払っていた。何かをあきらめたような響きすらあった。

その声の静けさに、メイベルの不安はむしろ増幅した。

まっとうな生き方を捨て、罪人として生きてゆく覚悟があるというのだろうか。

——あの男、オスカー・ワイルドとともに？

「……いけない」

メイベルは、心のままにつぶやいた。もうこれ以上、黙ってはいられなかった。

「あの人の……オスカー・ワイルドの言いなりになってはだめ。彼は、あなたを自分の思い通りに踊らせようとしている。……それがあなたにはわからないの？」

オーブリーは、やはり暗い炎が点ったままなざしで姉をみつめていた。そして、やはり諦観したように「わかってるさ」と、もう一度言った。

「だけど、僕はもう、決めたんだ。……あいつと組んで、世界をひっくり返すって」

——この私と組んで、世界をひっくり返してみないか？

自分たちこそがこの世界の覇者。すべてをひっくり返し、蹂躙《じゅうりん》し、めちゃくちゃにして、黴臭《かび》い女王陛下のご治世に唾してやろうじゃないか。

我ら芸術家を鼻つまみ者として扱い、美しく奔放な「自由」に手かせ足かせをつけて、「道徳」という名の牢獄につなぐ。それがこの腐りきった国の芸術家に対する制裁だというなら、やり返すまでだ。

私は、とっくに覚悟している。罪人になることを。なぜなら、あらゆる芸術は不道徳だからだ。

真の芸術家になりたければ——いいかい、オーブリー、君がオーブリー・ビアズリーというその名を世界に轟かせたければ、そして芸術の歴史にその名を永遠に残したければ。

君がやるべきことは、たったひとつ。

地獄に落ちることだ。——この私と一緒に。

「……だから、僕は決めたんだ。地獄に落ちるって」

そう言って、オーブリーはうっすらと笑った。曇りのない微笑だった。

メイベルは、言葉を失った。

——ならぬ、それはならぬ。

戸惑い、うろたえ、叫ぶヘロデ王のセリフが、耳の奥でこだまする——。

——解つてゐる。おれは神々にかけて誓つた。よく解つてゐる。だが、頼む、サロメ、何かほかのものを望め。領土の半ばを望め、それなら、おれは喜んでつかはすぞ。が、あれはならぬ、そのお前のほしいと言つたものだけは。

——私はヨカナーンの首がほしうございます。

——おれの言ふことを聴いてゐないな、お前は聴いてゐないのだな。頼む、おれの言葉を聴いてくれ、サロメ。

——私にヨカナーンの首をくださいまし。

一八九三年　四月
ロンドン

がらんとした薄暗い舞台の上に、メイベルがぽつんと佇んでいる。

客席の明かりは落とされて、舞台の框《かまち》に仕込まれている照明が舞台をあおって照らし出している。

客席のいちばん前に演出家と劇場主のふたりが陣取り、舞台を見上げている。

袖に立つ男が手元の帳面を眺めながら、「次。名前と年齢と出身地を」とそっけない調子で声をかけた。

「メイベル・ビアズリー。十九歳、ロンドン出身です」

年齢と出身地を偽ったが、いつものことだった。

オーケストラピットの椅子に座っていた演奏者が、立ち上がってヴァイオリンを構えた。

その瞬間、「ちょっと待ってください」と言って、メイベルは、スカートの裾をたくし上げ、ブーツの紐を解き始めた。

演出家と劇場主が固唾をのんでその様子を見守る気配が伝わってくる。靴を脱ぎ捨て、ストッキングをするりと足から抜いて、裸足になった。それから、おもむろに舞台の中央に立ち、目を閉じた。

演奏者が奏でるモーツァルトの輪舞曲《ロンド》。その旋律に呼吸を合わせ、大きな鳥がはばたくように、広げた両手を宙に泳がせる。メイベルは、裸足で舞台の床を蹴って、軽やかに踊り始めた。

踊り子が主人公の演劇、その主役を決めるオーディションである。

ロンドンの中心街から少し外れにできたばかりの新興の劇場が、若手の演出家と若手の脚本家を迎えて、音楽付きの演劇を仕掛けようとしていた。名のある女優に声をかけたくとも予算がない、この際は新人をオーディションで発掘して主役に仕立て、売り出そうではないか——というアイデアだった。

あちこちの劇場でオーディションを受けるものの、なかなか起用されずにいたメイベルだったが、オーディション待ちの楽屋で知り合った娘に「ダンス付きの劇」の主役募集について知らされた。まさか〈サロメ〉ではないか、と一瞬思ったが、聞いたこともない演目だった。

それでもなんでも、受けてみることにした。——またとない機会ではないか。主役を張れる、そして踊れる。舞台の上でいまいちばんやってみたかったふたつのことを、同時に実現できるチャンスだ。

人前で踊ったことなど一度もない。ましてや、靴もストッキングも脱いで、裸足になるなんて……見知らぬ男の目の前に素足を曝す行為は、まるで娼婦の所作ではないか。

けれど、舞台に上がったら、必ずそうしようと決めていた。なぜなら、彼女は――「サロメ」は、きっとそうしただろうから。

メイベルのまぶたの裏に像を結んでいる「サロメ」。オスカー・ワイルドが書いた脚本に生まれたサロメである。まばゆいばかりの白い裸身に七色の薄絹のヴェールをまとい、裸足で舞い踊る。

恋する男の生首を腕に掻き抱く、その恍惚の瞬間のためにこそ彼女は踊る。その舞いをみつめるのは義理の父たる王、ヘロデ。そのまなざしに汚されることもいとわない。恋する男のくちびるに口づけする、ただそのためにだけ舞い踊るのだから。

――サロメは美姫なんかじゃない。……化け物だよ。

――その通りだ。私が書きたかったサロメは、化け物じみた女だ。恋に狂った女ってやつは、私には、ほとんど化け物同様に見える。やはり、君にもそう見えたか。どうだい、オーブリー。この私と組んで、世界をひっくり返してみないか？

「――やめッ！」

客席からどなり声が飛んできた。嵐に翻弄される水仙の花のように体を大きくしならせていたメイベルは、うっすらと汗をにじませた顔を客席に向けた。

演出家が立ち上がって、険しい表情で言った。

「君はいったい、何を……誰を演じているんだ？」

メイベルは何も答えなかった。ただ黙って、肩で息をついていた。

「もういい。——次！」

不機嫌そうに演出家がどなった。フリルのついた可憐なドレスを着た年若い娘が袖から飛び出してきて、舞台の中央で突っ立っているメイベルのすぐそばに駆け寄った。

「どきなさいよ」

気の強そうな顔がそう言った。メイベルは、靴とストッキングを拾い上げると、舞台裏の暗がりへと立ち去った。


自宅に帰り着いた頃には、すっかり日が暮れてしまっていた。

ドアを開けると、いいにおいが漂っている。母が夕食の支度を整えているのだろう。コート掛けにはオーブリーのフロックコートが掛かったままだ。ということは、あい変わらず部屋にこもりきりで創作に没頭しているに違いない。

台所をのぞくと、母がせわしなくオーブンの火加減を見ているところだった。

「ただいま、お母さま。私が夕食の支度をするつもりだったのに……遅くなってしまってごめんなさい」

「いいのよ」母はにこやかに言った。

「オーディションはどうだった？」

「台本を読んでみたら、あまり合わない気がしたから……受けるのをやめておいたわ。その代わり、面白そうなお芝居をひとつ、見てきたの」

とっさに嘘をついた。ほんとうは、あてもなく街なかをさまよい、ティーサロンのテーブルで、びりびりに引き裂かれたスミレ色の表紙の〈サロメ〉を、繰り返し繰り返し読み続けた。そうするうちに、すっかり日が暮れてしまったのだった。

またひとつ、母に嘘をついた。いつからか、母に打ち明けられないことが増え、嘘で自分を塗り固めるようになってしまった。けれど、母の前では「やさしくひたむきな娘」という虚像を演じ続けなければならない、それが娘としての自分の務めなのだと、メイベルは心に決めていた。

「さあ、できたわ」母が朗らかに言った。

「オーブリーを呼んできてちょうだい。今日はあの子の好物のキドニーパイよ」

引きも切らずに出版社から仕事の依頼が舞い込むようになり、オーブリーの評判が日に日に高まっていくことを、母はいつの間にか喜ぶようになっていた。息子の才能をまっすぐに信じて疑わないのは、この母であった。同様に、娘もそのうちに大舞台で主役を演じるようになると願い続けているはずだった。

メイベルは重い足取りで階段を上がっていった。今朝、二階の自室から下りてきたときとはまったく違う気持ちだった。

今日、帰ってきたら、きっとこの階段を駆け上がって、オーブリーの部屋に飛び込んでいく。そして、弟に抱きついて、とうとう主役に抜擢されたわよ！　と喜びいっぱいに報告するのだ。そんなふうに想像していたのに——。

ドアをノックすると、「どうぞ、入って」と返事があった。どことなく明るい声だった。

いつも仕事に没頭しているときは返事もしないのに……。奇妙に思いながらドアを開けると、デスクにかじりつくようにして、一心不乱にペンを動かす後ろ姿があった。

「仕事中なのね。お食事、持ってきましょうか？」

メイベルが尋ねると、

「そうだね、頼むよ」

オーブリーが振り向いて答えた。その顔を見て、メイベルはぎょっとした。内側から輝くような澄んだ笑顔だったからだ。

「どうしたの？　僕の顔に何かついてる？」

姉に凝視されて、オーブリーは珍しく無邪気に問うた。そのすなおな様子がかえって気味が悪かった。

「あら、なんだかうれしそうね。何か新しい仕事でも舞い込んだのかしら？　とてもいい仕事なんじゃなくて？」

メイベルが訊き返すと、「その通り！」とオーブリーが答えた。

「驚かないでくれよ。僕は、画家兼翻訳家として仕事を任されたんだ。オスカー・ワイルドの〈サロメ〉英語版のね」

えっ。

メイベルは、返す言葉を失った。

まさか――〈サロメ〉の翻訳を？

英語版出版に際して、ワイルド自らが挿絵をオーブリーに依頼しようと考えていることは、「カフェ・ロワイヤル」でふたりが密談しているのを耳にして知っていた。オスカー・ワイルド作、オーブリー・ビアズリー画。ふたりで組んで、世界をあっと言わせてやろうじゃないか。ワイルドは、オーブリーにそう持ちかけていた。

あのときのただならぬ気配。ふたりのあいだから立ち上る、むせかえるほど妖しく官能的な空気。

ワイルドは、ふたりで「世界を変える」権利と引き換えに、オーブリーを地獄の道連れにしようとしている。それは、ワイルドの親しい友人――いや、おそらく「愛人」と呼んだほうがふさわしい――のアルフレッド・ダグラスがメイベルに教えた通りなのだ。

ダグラスは、ワイルドが自分ではなくオーブリーを創造の伴侶に選ぼうとしていることを妬んでいる。なるほど、ダグラスは美貌では誰にも負けないだろう。しかし、芸術的才能はオーブリーの足下にも及ばないだろう。

ワイルドをオーブリーに奪われてしまう。その危機感から、ダグラスはメイベルを焚きつけたのだ。お前の可愛い弟はあの怪物に食われてしまう、そうなったらもはや後戻りできない、なんとしても止めろ――と。

　しかし、いま、メイベルの目の前にいるオーブリーは、これがほんとうにオーブリーなのかと――鬱々として、皮肉屋で、いつも暗いまなざしをたたえている弟なのかと、目を疑うほど輝いていた。

「それはまた……どういう風の吹き回しなの？　あなたは画家としてデビューしたばかりなのに、いつから翻訳家に転向したのかしら」

　心の裡に立ち上るつむじ風を感じさせまいと、メイベルはわざと冷たい調子でそう言ってみた。

　オーブリーは、メイベルの様子を気にするでもなく、

「だから言っただろう。挿絵も描くんだ。でも、英訳が先だよ」

　いかにもうれしそうに言った。

「英訳が出来上がったら、挿絵の打ち合わせと取材を兼ねて、オスカーと一緒にパリへ行くんだ」

「え……パリへ？」

　メイベルは、驚きを隠せなかった。

「パリへ旅行するっていうの？　ミスタ・ワイルドと……ふたりで？」

「ああ、そうだよ」

あたりまえのことだと言わんばかりの表情で、オーブリーが応えた。

「五月になったら、シャン＝ド＝マルスの展覧会《サロン》で新進気鋭のフランス人画家たちの作品が見られるらしいんだ。何か参考になることもあるだろうからって、オスカーに誘われたんだよ」

メイベルは、ふたたび言葉を失ってしまった。

とうとう、そのときがきた。——オーブリーが連れ去られてしまう運命のときが。

たとえ「行くな」と懇願したところで、オーブリーはもはや聞く耳をもっていないだろう。それ以前に、どうして「行くな」と言うことができるだろうか。

オーブリーは二十歳、立派な大人なのだ。画家として自立しつつもある。誰とどこに行って何をしようと、姉にとやかく言われる筋合いはない。

けれど——。

パリへの逃避行、それを境にオーブリーはきっと地獄に堕ちる。弟が「怪物」の餌食になるのをみすみす見逃してしまっていいはずがない。

——行ってはだめ。そう言わなければ……！

ところが、メイベルが止めるよりさきに、オーブリーが続けて言った。

「いま翻訳をどんどん進めているんだけど、とても不思議なんだよ。訳していくうちに、絵が浮かび上がってくるんだ。僕とオスカーのサロメが……」

　ふふ、と笑い声をこぼして、手もとの便箋を指先でつついた。

「もう三分の一くらい訳したよ。傑作だね、この物語は。僕が訳した英語の文章に、僕の描いたサロメが寄り添って……」

　きらりと目を光らせて、オーブリーはメイベルを見た。

「僕ら、ひとつになるんだ。永遠に」

　メイベルは、とっさに目を逸らした。もうこれ以上、オーブリーの顔を見ていたくなかった。

　満ち足りた顔。まるで恋焦がれる相手と一夜を共にし、ついに思いを遂げた女のようだ。罪深い悦楽にあふれたその顔――。


　サヴォイ・ホテル一階の奥まった場所、テムズ川に面したティーサロンの片隅で、いましも咲きほころびそうな白ばらにも似た気高い貴公子が、メイベルの到来を待っている。

　案内係に導かれて、ドレスの裾をさばきながらメイベルが近づいていくと、うつむいていた顔がこちらを見た。クィーンズベリー卿の子息、アルフレッド・ダグラスである。

「ごきげんよう、ミスタ・ダグラス」

　帽子についた黒いヴェールの中で微笑むと、メイベルは右手を差し出した。ダグラスは立ち上がって、初めて会ったときと同じように、いかにも触れたくなさそうに彼女の手を握った。

「ごきげんよう。……また会えるとは夢にも思っていませんでしたよ、ミス・メイベル」

「ええ、ほんとうに」とメイベルは、努めて静かな声で応えた。

「私のほうこそ、来てくださるとは思いませんでしたわ」

クィーンズベリー家の馬車での出来事が、ふいに蘇る。箱《キャリッジ》の暗がりの中でダグラスの顔がほの明るい白ばらのように浮かんでいた。実際、ばらの香りが漂っていた。その香りを、その日もダグラスはまとっていた。

顔を背けそうになる衝動に抗って、メイベルはダグラスに向き合った。そして、言った。

「ご存知かしら。——私の弟が、〈サロメ〉の英訳を手掛けていることを」

とたんに白ばらの顔が強ばった。それを認めて、メイベルは間髪容れずに続けた。

「ミスタ・ワイルドがご依頼なさったそうですわ。なんでも、来年、英語版〈サロメ〉を出版予定で、その挿絵をオーブリーに頼みたいと。……それはわかります。なぜって、オーブリーはとてつもない才能をもった画家ですから。新しい才能に常に目を光らせていらっしゃるミスタ・ワイルドが見逃すはずはありません。そう、挿絵をあの子に依頼なさるのは当然のことです。けれど、驚いたのは、英訳までご依頼になったこと……」

「……嘘だ」

震える声で、ダグラスがつぶやいた。

「そんなのは嘘っぱちだ。彼が自分で翻訳するならともかく、自分の書いたものを画家ふぜいに任せるなんて。しかも、翻訳経験のない素人に……そんなこと、あるはずがない！」

バン、と思い切りテーブルを叩いた。その勢いで卓上のティーカップが飛び上がり、中の紅茶がこぼれ出た。

周囲の顔がいっせいにこちらを向いた。が、メイベルは落ち着き払っていた。

「ええ、そうですわ、おっしゃる通り。あの子は、翻訳に関してはまったくの素人です。たとえ子供の頃からフランス文学をたしなみ、難なくフランス語の読み書きができたとしても、侯爵家の御曹司に比するべくもありません……」

ダグラスは、いらいらして、しきりに親指の爪をかんでいる。おおみっともないこと、貴公子らしからぬ態度だわと、メイベルは胸の裡で嘲《あざわら》った。

「ときにミスタ・ダグラス。あなたはフランス語をよくなさいまして？」

メイベルの質問に、「あたりまえだ」とダグラスは吐き捨てるように返した。

「僕らの世界ではフランス語の習得は基本だ。君たちとは違うんだ」

「そう、当然ですわね。けれど……」

メイベルは感情のない声で応えた。

「でしたら、なぜミスタ・ワイルドはあなたに〈サロメ〉の翻訳をご依頼なさらなかったのかしら？」

ダグラスは親指をかむのをやめた。指先には血がにじんでいた。憎悪の炎が燃え上がる瞳で、彼は問い質した。

「……どういう意味だ？」

メイベルは冷たい微笑を口もとに浮かべた。

「さあ……どういう意味かしら。あなたの大切な方は、あなたではなく、私の弟にご執心……ということじゃないのかしら」

ダグラスは、刃物のようなまなざしでメイベルを刺してきた。臆さずに、メイベルは続けた。

「オーブリーは、それは熱心に翻訳をしているわ。そりゃあそうよ、あのオスカー・ワイルドに翻訳を頼まれるなんて、めったにないチャンスですもの。それに、ワイルドはあの子にこうも言ったそうよ。——翻訳が出来上がったら、一緒にパリに行こう。ふたりっきりで……」

「嘘をつくな！」

今度は大声でダグラスが叫んだ。ふたたび周囲の顔がいっせいにふたりのほうを向いた。

メイベルは、気にせずに畳み掛けた。

「嘘なものですか。訊いてごらんなさい、あなたのオスカーに。〈サロメ〉の挿絵を、そして翻訳を手掛けるのはいったい誰なのか。どうしてあなたじゃないのか、尋ねてみればいいわ」

次の瞬間、血のにじんだ指先が素早く伸びてメイベルの帽子をつかんだ。瞬く間にそれはむしり取られ、床に投げつけられた。メイベルはたじろぎもせずに、貴公子らしからぬ野蛮な行為を受け止めた。

おお……と周囲から驚きの声が漏れた。テールコートを着た初老の紳士が近づいてきて、素早く帽子を拾い、メイベルの手に渡した。彼はダグラスのほうを振り向くと、怒気を含んだ声で言った。

「公衆の面前でご婦人を辱《はずかし》めるとは……いったいどんな教育を受けたんだ、君は」

ダグラスは唇をかんだ。紳士が立ち去ると、彼は、その後ろ姿に向かって「死に損ないが！」と言い捨てた。そして、メイベルにもう一度向き合って、訊いた。

「目的はなんだ？　金か？」

メイベルは、帽子を頭に載せ直した。ヴェールを顔の周りにかたちよく広げてから、

「なんのこと？」と訊き返した。

「だから、僕をここへ呼び出して、オスカーとお前の弟の罪深い関係をわざわざ教えたのはなぜだ？　僕をゆすろうっていうんじゃないのか？」

メイベルは腹の底から寒々しい笑いが込み上げてくるのを感じた。どこまで頭が弱い

んだろうか、この美しい白ばらは。

「まさか……」メイベルは、かすかに嗤った。

「私は、私の弟に彼が果たすべき仕事に専念してもらいたいだけよ。あの子は生まれついての画家。だから思う存分〈サロメ〉を描けばいい。翻訳を手掛けるのは……」

青い瞳をぴたりと見定めて、メイベルは言った。

「……あなたこそがふさわしいわ」

オスカー・ワイルド——あの怪物と一緒に地獄への道連れになるのは、ダグラス、あなたこそがふさわしいわ。

声なき声で語りかけた。

その瞬間、青い瞳に灯った冷たい炎がかすかに揺れるのを、メイベルは確かに見た。

一八九三年　五月
ロンドン

芙蓉の花の模様があしらわれた濃紺のカーテンを開けると、窓の向こうには霧雨が降っていた。

六月がまもなくくるというのに、肌寒い日が多い。その日はことのほか寒く、まるで秋が始まるかのようだった。早朝から起きて食事の支度をしていた母は、オーブリーの体に障ってはいけないからと、暖炉に火を熾《おこ》していた。

居間の窓辺に佇んで、表通りが白むのを眺めながら、メイベルは、ちょうど一年まえ、パリにいたことを思い出していた。

美しいパリ。夏が到来する喜びに満ち溢れて輝いていた。この街にはあの輝きのかけらもない。四季を通して煤煙と霧でかすんでいる、それがロンドンという街なのだ。

「いいこと？　無理をしてはいけませんよ。パリにいるあいだは、せめて体を休めてちょうだいね。ここよりは気候もいいんでしょう？　陽の当たる場所で、のんびりとするのがいいわ」

　母の声が聞こえてくる。玄関ホールでは、古ぼけた旅行鞄を提げた厚手のコート姿のオーブリーがいましも出発するところだった。

「冬のコートを着ていくの？　パリでは暑いでしょうに……」

　少し笑ってメイベルが訊いた。オーブリーは暗い目をして何も答えなかった。

「いってらっしゃい。向こうに着いたら、すぐに手紙をちょうだいね」

　両頰に息子のキスを受けて、母が心細げに言った。

「わかったよ」

　オーブリーは、旅立ちにふさわしからぬ沈んだ声で返した。それから、メイベルに向かって言った。

「じゃあ頼んだよ、姉さん。……今日じゅうに届けておくれよ」

　メイベルはうなずいた。

「ええ、必ず」

　メイベルは、母とともに玄関ポーチに出て、ひとりパリへと旅立つ弟を見送った。

　去年は、母に見送られて、オーブリーとふたり、自分もパリへ発ったのだ。

　初めて訪れた芸術の都。凱旋門から続く大通りを縁取る街路樹、豊かに繁る葉をちらちらと日差しに輝かせるマロニエ。花咲き乱れるチュイルリー公園、リュクサンブールの緑陰。ルーブル美術館の壁一面に掛かった名画の数々。

そして、劇場。どの劇場も観客でいっぱいで息苦しく、舞台を照らす幾百のライトにめまいがしそうだった。スポットライトを一身に浴びて立つサラ・ベルナール、そのまばゆさ。

ああ――いつの日か自分も、あのスポットライトの下に立ちたい。あの光を浴びて、動き、セリフを口にし、舞い踊ってみたい。

今度この街に帰ってくるときは、舞台の上に帰ってくるときだ。

そんなふうに心に誓った。

オーブリーもまた、画家になって認められてからパリへ帰ってくるのだと、密かに決心していたのかもしれない。――とすれば、それが現実になったのだ。

〈サロメ〉の挿絵を描き始めるまえに、取材のためにオーブリーはパリへ行くことにしていた。オスカー・ワイルドとともに。

ところが、ほんの三日まえにワイルドから電報が届いた。喜びに顔を輝かせて、オーブリーはメイベルの目の前でそれを開いた。が、たちまちランプの灯を吹き消したように彼の顔から輝きが消えた。

オーブリーは電報をくしゃくしゃに丸めて床に叩きつけた。荒々しい足取りで自室に入ると、壊さんばかりの勢いでドアを閉めた。

丸められた紙には絶望の文字が並べられていた。

――所用あってパリへ行けなくなった。いい取材になることを祈る。

食事もとらずに丸二日間部屋に籠城したのち、幽霊のようにげっそりとして、オーブリーは階下に下りてきた。母とメイベルの顔を見ると、力なく告げた。

──パリへ行ってくる。……僕ひとりで。

そして、頼みたいことがある──とメイベルに言った。

当初、ワイルドとともにパリに行くつもりにしていたオーブリーは、旅先で〈サロメ〉の英訳をワイルドに見せるつもりでいたらしい。完成した翻訳原稿の束が入った紙挟み《バインダー》を、メイベルは弟に手渡された。

──それを、オスカーに届けてくれないか。

几帳面な文字が書き込まれた原稿をみつめて、メイベルは、わかったわ、と短く応えた。

母は、オーブリーがひとりでパリへ行くことに不安を隠し切れない様子だった。メイベルは母を懸命になだめた。

──ミスタ・ワイルドの本のために手掛ける今度の仕事は、あの子の一生を決定づけるものになるはずよ。そのためにパリでの取材はかかせないの。……何も言わずに行かせてあげて。

旅行鞄を提げた後ろ姿が遠ざかっていく。うつろな影が霧雨にかすんで見えなくなるまで、メイベルはポーチに佇んで見送った。

オーブリーが旅立って三日後。

ロンドンの王立アカデミーの裏手の路地、ヴィーゴ通りに面した煉瓦造りの建物の前にメイベルは佇んでいた。片手には、バインダーを携えている。

ドア横の鉄柵に付けられているプレートに「ボドリー・ヘッド出版社」と書いてあるのを確認してから、ドアをノックした。

小間使いの少年が出てきた。名前を告げると、すぐにドアを開けてくれ、応接室に通された。椅子に座る間もなく、隣室のドアが開いて、口ひげとあごひげを蓄えた細身の紳士が現れた。

「ようこそ、ミス・ビアズリー。お越しをお待ちしていました」

メイベルの右手を取って、軽やかに握手をした。

「初めまして、ミスタ・レイン。お目にかかれてうれしく存じます」

メイベルはにこやかに応じた。

知的な風貌の紳士、ジョン・レインは、ボドリー・ヘッド出版社の創業者のひとりで、いままでにはなかった新しいタイプの本を世に出そうと、意欲的に挑戦している出版人である。

彼の挑戦がどれほど大胆か——オスカー・ワイルドの〈サロメ〉の英語版を挿絵付きで世に送り出そうとしていることを鑑みれば、すぐにわかるというものだ。

〈サロメ〉の挿絵と英訳とを、オーブリーはワイルドから直接依頼されたのだが、その出版をジョン・レインが引き受けたのだということを、嬉々としてメイベルに教えた。「挿絵付き英語版サロメ」は、単なる計画ではなく、オーブリーが挿絵と英訳を仕上げさえすれば、来年早々には現実になる——ということも、オーブリーを俄然やる気にさせているのだとメイベルは理解した。

「挿絵付き英語版サロメ」を完璧に仕上げるために——そして、ワイルドとともにこの一作で世界をあっと言わせるために、ワイルドが〈サロメ〉を書き上げたパリへ挿絵の取材に行くことはオーブリーにとって不可欠だった。たとえひとりで行くことになろうとも。

ワイルドとふたりのパリ旅行がなくなり、ひどく落胆したが、それでもどうにか立ち直って出発したのも、〈サロメ〉に懸ける強い思いがあったからこそだろう。

しかも、予定通り、出発まえに英訳をきっちりと仕上げた。予定と異なっていたのは、それをパリでワイルドに手渡すのではなく、メイベルに託していったことだ。

メイベルは英訳された〈サロメ〉を一読した。それからすぐに、「パリへ出かけている弟の代理で、お目にかかって話がしたい」と電報を打った。オスカー・ワイルドに、ではなく、ジョン・レインに。

ひょっとすると、ジョン・レインはまともな人物ではないかもしれない、とメイベルは危ぶんでいた。

〈サロメ〉は、ひと言でまとめるならば「聖人殺害」を巡る戯曲である。ロンドンでの上演は未然に阻まれてしまったと、ワイルドがぼやいていた。究極にタブーと言える内容であることはいうまでもない。フランス語の私家版として出版されたのも内容的に問題があるからなのだ。

それを英訳して、わざわざ挿絵までつけて出版する決心をしたレイン。まともな人間ならば拾わないはずの火中の栗に、この男は手を出したのだ。

「弟は、三日まえ、パリに発ちました。〈サロメ〉の挿絵を描き始めるまえに、どうしても取材をしておきたいということで……。出発まえに弟から伝言をことづかっておりましたので、お伝えしに参りました」

長椅子に浅く腰掛けて、メイベルが言った。レインは、ゆったりと肘掛け椅子に座って、メイベルに向き合った。

「そうですか、わざわざパリへ……。つまりそれは、弟君がこのたびの企画を心底喜んでおられる……と理解してよろしいのでしょうか」

「もちろんですわ」

微笑んで、メイベルが応えた。

「あの子は画家としてはまだ駆け出しですもの。にもかかわらず、あのオスカー・ワイルドの本の挿絵をご依頼いただけるなんて、夢のような話です。家族としても誇らしいですわ。心からお礼申し上げます」

「いやいや、お礼を申し上げなければならないのは私のほうですよ、ミス・ビアズリー」

相好を崩して、レインが言った。

「『ステューディオ』に載ったオーブリー・ビアズリーの『サロメ』の絵。……いやはや、衝撃でした。これはすごい画家が出てきたと……」

驚きのあまり雑誌を持つ手が震えるほどだった、とレインは正直に告白した。

――何だこれは？　いったいどういう絵なんだ？　聖人の首を手にして、まるで宙に浮いているみたいじゃないか。なんという無茶な……残酷で美しい絵なんだ！

「あれを見て、大急ぎでオスカー・ワイルドに電報を打ったんです。『見たか？　知っているか？　何者なんだ、オーブリー・ビアズリーとは？』……ああ、あの衝撃を思い出すだけで震えてしまいそうだ」

興奮したレインは、電報を打つだけでは気が済まず、「ステューディオ」を手に、ワイルドのところへすっ飛んでいった。そして、〈サロメ〉の英訳版を出版しよう、この画家の挿絵付きで――と申し入れた。ほかの出版人がこのふたりの異才を組ませようと気づくまえに、なんとしても自分が出版の権利を押さえなければ。

あわてるレインとは正反対に、ワイルドは落ち着き払っていた。〈サロメ〉の作者は、悠然と構えて、レインに向かって言った。

――なんだ、君はいまごろ気がついたのかい？　私はとっくにそう決めていたよ。

〈サロメ〉は挿絵付きで出すべきだ、そしてそれを描くのはオーブリー・ビアズリー以外には考えられない、とね。

彼は私の親しい友人だ。私から依頼しよう。サロメの「七つのヴェールの踊り」は、君以外には描けないはずだと。

なに、断るはずはないさ、絶対に。この私が頼みさえすれば。私と彼は、特別な仲なんだからね……。

「まったく、オスカーは手が早いんだ。才能に恵まれた若くて魅力的な男を見過ごすことはない……」

口走ってしまってから、「おっと、これは失礼」と苦笑した。

「とにかく、オスカーはとっくにあなたの弟君の才能を見出していたんですよ。そして、彼の予言通り、ビアズリー君は挿絵の仕事を快諾してくれた。そればかりか、英訳まで引き受けてくれるということになった……」

黙ってレインの話を聞いていたメイベルだったが、「ずいぶん、おかしな話ですわね」と口を開いた。

「挿絵のご依頼はともかく、なぜ英訳を？　ミスタ・ワイルドがご自分で訳されればいいものでしょうに……」

今度は、レインのほうが口を閉ざしてしまった。メイベルは、気まずそうな表情がレインの顔に浮かぶのをみつめて言った。

「たしかに、弟は子供の頃からフランス文学に親しんできました。フランス語の読み書きもいたします。けれど、ご立派な文学者の戯曲を仕事として翻訳できるとは思いません。お門違いも甚だしいですわ。それなのに……なぜ、あの子が英訳を引き受けるなどということになるのでしょうか？」

「それは……その……」

レインが口ごもった。メイベルは、眉ひとつ動かさずに、レインを見据えて言い放った。

「ミスタ・ワイルドは――何かと引き換えに弟を翻訳家に抜擢したのですか？」

そうだ。――あの男は、「挿絵」と「翻訳」、両方の餌をぶら下げて、オーブリーを惹きつけたに違いない。

それがあの男の常套手段なのだ。狙いを定めた獲物の気を引くために、たっぷりと餌をまく。難攻不落の相手ならば、いちだんと魅力的な仕掛けを準備せざるを得ない。

どうにかしてオーブリーを籠絡する。そのためには挿絵の依頼だけでは足りない。

「オスカー・ワイルド原作本の英訳」という特別な撒き餌を用意したのだ。

レインはワイルドの思惑を知っていたのだろう。そしてそうすることを許したのだろう。なぜなら彼は、オスカー・ワイルドとオーブリー・ビアズリー、このふたりの奇才を組み合わせることに〈サロメ〉出版の命運を懸けているのだ。

ふたりがのっぴきならない関係になり、がんじがらめになればなるほど、驚くべき化学反応が生まれることだろう。——そうなることを望んでいるのだ。

とすれば、紳士然としたこの男だとてやはりまともではない。

同罪だ。稀代の文学者をきどった地獄の使者、オスカー・ワイルドと。

「何をおっしゃっているのですか、ミス・ビアズリー。あなたの弟君をいったい何と引き換えにするというのです？」

レインは、額にうっすら汗をにじませて言い返した。

「そうですわね」メイベルは感情のない声で応えた。

「もしもそんなことを考えていらっしゃるのなら、とんでもないことですわ。あの子は……オーブリー・ビアズリーは、あなたがたが想像していらっしゃるようなすなおで従順な青年ではありませんもの。英訳のご依頼は、確かにミスタ・ワイルドからいただいたようですが——弟はお断りしたようです」

レインは、せわしなく目を瞬かせた。

「断った？　……ほんとうですか？　先週、オスカーに会ったときには『オーブリーが引き受けてくれた』と言っていましたが……」

「ええ、その通りです」

メイベルは涼しい声で返した。

「お引き受けしたようですわ。〈サロメ〉の挿絵を」

「……翻訳ではなく？」

レインが念を押すように訊いた。

「あら、まだ聞いていらっしゃいませんの？　弟が言うには、ミスタ・ワイルドは、結局、昵懇《じっこん》にされている別のご友人に翻訳を依頼することに決めたらしいと……。まあ、当然ですわね。そのほうがいいと思いますわ。なぜって……」

冷たい微笑を浮かべて、メイベルは言葉を続けた。

「オーブリー・ビアズリーは、翻訳家ふぜいなどではありません。――画家ですから」

レインは、止めていた息を放った。そして言った。

「確かにそうです。オーブリー・ビアズリーは画家だ。しかも、めったに巡り会えないほどの才能をもった画家だ。私だとて、彼には絵を描く以外の仕事をしてほしくなんぞない。オスカーが別の友人に翻訳を頼むのであれば、そのほうがいいでしょう。私はとにかく、オーブリー君には、あの絵……『お前の口に口づけしたよ、ヨカナーン』……あの世界観に連なる挿絵を期待するばかりです。強烈なものをね」

「ええ、もちろんですわ」メイベルが言った。

「あの子には、あなたのお望み通り、強烈な一撃を準備してもらいましょう、ミスタ・レイン」

――世界をひっくり返すほどの。

レインに送られて、メイベルは玄関ホールへと歩み出た。握手を交わしてから、レインがおもむろに言った。

「ところで、ミス・ビアズリー。あなたが最後まで開かなかったそのバインダーには、ひょっとして……弟君が描いた〈サロメ〉の絵の習作が入っていたりしないのでしょうね？」

メイベルは、思わせぶりな微笑を浮かべた。そして、答えた。

「ええ。ここに入っているのは台本です」

「台本？」

メイベルは、紙挟み《バインダー》を両手に抱くと、「そうです。台本」ともう一度言った。

「近々、私が演じる芝居の台本です。……私、女優ですのよ。ご存じないでしょうけれど」

「ボドリー・ヘッド」を後にしたメイベルは、ひとつ目の角を曲がったところに停まっているいかにも地味な黒塗りの馬車に近づいていった。

車体《キャリッジ》の窓に白ばらが一本挿してある。メイベルはばらの花を抜き取った。それを合図にキャリッジのドアが音もなく開いた。ステップに足をかけると、中から優美な細い手が伸び、メイベルの手を取って引き上げた。

赤いビロード張りの座席で待っていたのは、アルフレッド・ダグラスだった。

「三十分とかからなかったようだな……話はできたのか」

いかにも関心のなさそうな声でダグラスが言った。ボドリー・ヘッド出版社に向かうとき、この馬車がいまと同じ位置に停車しているのをメイベルはみつけていた。ずっと待っていたくせに、気位の高い貴族の御曹司はこうしていかにもつまらなそうな表情を作るのだ。

「ええ。お茶もいただかずに失礼してきたわ。あなたがお待ちのようだったから」

メイベルはうすら笑いの顔で言った。

「で、どうだったんだ」

ダグラスは憮然とした面持ちを崩さずに訊いた。貴公子の目の際の皮膚が神経質そうにかすかに痙攣《けいれん》するのを認めながら、メイベルは答えた。

「オスカー・ワイルドほどの文学者が自著の翻訳を頼む相手は、オーブリー・ビアズリーでなく、もっとふさわしい人がいるはずだと、ミスタ・レインにお伝えしたわ。――弟も翻訳の仕事はお断りしたようですと……」

「ほんとうか?」

メイベルの言葉が終わらないうちに、ダグラスが念を押した。

「ほんとうよ」メイベルが返した。

「ほんの十分まえに話してきたことですもの、嘘じゃないわ」

ダグラスは、小さく舌打ちした。

「そのことじゃない。あんたの弟が翻訳の仕事を断った、ということさ。ほんとうに、彼は断ったのか？　オスカーに、直接……引き受けないと言ったのか？」

　メイベルは、黙ってダグラスを見据えた。それから、かすかに嗤って、「その逆よ」と言った。

「オーブリーは、嬉々として翻訳をしたわ。パリへ旅立つまえに、仕上げていった……」

「オスカーに渡したのか！？」

ダグラスの大声がメイベルの言葉を遮った。メイベルはたじろぎもせずに、

「……ここにあるわ」

　そう言って、脇に置いていたバインダーを取り出した。紐を解くと、癖のある文字がびっしりと書き込まれた紙の束が現れた。

　いちばん上の紙には、「SALOME」――いとも優美な飾り文字が書いてある。ダグラスは息を止めてそれに見入った。

　手を伸ばして紙の束に触れようとしたとき、メイベルはバインダーを閉じた。手早く紐を結わえると、しっかりと胸に抱いて言った。

「我が弟ながら驚きの仕上がりよ。オスカー・ワイルドの紡ぎ出す言葉の魔力を存分に活かした訳になっている。あの子がここまで完璧に翻訳を成し遂げるなんて、正直、想像もしなかったわ」

　ダグラスの不安げな瞳をちらりと見遣って、

「あなたのオスカーは、やはり見る目がある、ということかしら」

そうつぶやいた。

白ばらの顔が憤怒の形相に変わった。その瞬間、メイベルはキャリッジのドアを開けて、外へ飛び出した。

「――渡せ！　それを、僕に！」

窓から身を乗り出して、ダグラスが叫んだ。

「ええ、お渡しするわ。『条件』が満たされればね」

メイベルは、バインダーを胸に抱いたまま、涼しげな顔で返した。

「このまえ、サヴォイ・ホテルのティーサロンで、あなたに示した『条件』はふたつ。……ひとつめは、オスカー・ワイルドに〈サロメ〉の翻訳はあなたが手掛けると約束を取りつける。そんなにむずかしいことじゃないでしょう？　オスカーはあなたに夢中でしょうから」

返す言葉もないのか、ダグラスが奥歯を噛んでいるのがわかる。体内でどす黒い嗤いが沸き立つのを感じながら、メイベルは続けて言った。

「そして、もうひとつの条件。――忘れていないでしょうね？」

ダグラスは舌打ちした。そして、いまいましそうに答えた。

「ああ。覚えているとも。……その件はこれから話をつけるところだ」

メイベルは顔をほころばせた。

「できれば、あなたが翻訳に着手するまえに、『もうひとつの条件』を実現してちょうだいね。さもなければこの原稿は渡せないわ。……つまり、オーブリー・ビアズリーの手掛けた完璧な英訳を参考にすることができなくってよ」

ダグラスは、いまいましげにメイベルを見据えて、

「――あんたは、悪魔だな」

吐き捨てるように言った。メイベルは小気味よさそうに笑い声を立てた。

「なんとでもおっしゃって。では、ごきげんよう、侯爵家のご子息さま」

白ばらの顔がキャリッジの陰の中に消えた。ピシリと御者が鞭を打った。黒い馬車が遠ざかって行くのに背を向けて、メイベルは反対の方向へと歩き出した。


六月に入っても、まだ肌寒い日が続いていた。

食堂の暖炉では赤々と薪が燃えている。朝からずっと火を絶やさぬようにと母が番をしながら、そこに鍋をかけてラム肉の煮込みを作っていた。ひと月ぶりに帰ってくる息子のために、母は心づくしの準備をしていた。

テーブルに皿を並べていたメイベルは、玄関のドアが閉まる音を耳にして顔を上げた。

――帰ってきた。

「おかえりなさい、オーブリー！」

玄関ホールへ行くと、オーブリーがコートを脱いでいるところだった。メイベルは駆

け寄って弟に抱きついた。オーブリーの体からはかすかに葉巻と酒の匂いが漂っていた。どこか寂しげな匂いだった。

「ただいま、姉さん」オーブリーは弱々しく微笑んだ。「元気そうだね」

「ええ、こっちは何事もなかったわ。あなたは？」

「手紙で知らせた通りさ。毎日、展覧会を見て……ピュヴィス・ド・シャヴァンヌや、彼の紹介で色々な芸術家にも会った。楽しかったよ」

言葉とは裏腹に覇気がない。青ざめた顔はいまにも倒れてしまいそうに見えた。

わかっている。——なぜ、そうなのか。

オスカー・ワイルドから、ただの一度も連絡がなかったのだ。

ひとりでパリへ渡ってからも、オーブリーはかすかに期待を繋いでいたのだろう。ひょっとして、あの男があとから追いかけてきてくれるかもしれないと。そして何より、自分の翻訳した〈サロメ〉をどう思ったか、気が気ではなかっただろう。——その原稿は、姉からワイルドへとっくに手渡されているはずなのだから。

パリに渡ってすぐのオーブリーからメイベルに電報が届いた。ワイルドに原稿を渡してくれたかと、ひと言だけ。電報に記されていた投宿先へ、メイベルは、電報でなく、あえて手紙を送った。——ミスタ・ワイルドは多忙で直接会えなかったので関係者に手渡した、と。その関係者が誰なのか、はっきりと書かなかった。

それに対するオーブリーからの返事はなかった。メイベルの手紙が届いたのか、それともパリを出発するまでに受け取れなかったのか、わからない。が、オーブリーの憔悴し切った顔を見ると、いずれにしても落胆したままでロンドンに帰ってきたのだとわかった。

「ああ、私のオーブリー。おかえりなさい、待っていたわ」

ひさしぶりに戻って来た息子を抱き締めて、母は涙ぐんでいた。まるで戦場から無傷で帰還したのを喜んでいるように。オーブリーは、青白い顔で、黙って母の抱擁を受けていた。

食卓を囲んで三人揃って夕食を共にした。母はしきりにパリの様子を聞きたがった。正確にいえば、パリでオーブリーが何をやっていたのかを知りたがって、あれこれ質問攻めにした。どこで誰に会ったのか、どんな展覧会を見たのか、何を食べたのか、よく眠れたか、体調はどうだったか——喀血はなかったか。

オーブリーは不機嫌そうに「まあね」とか「別に」などともぞもぞ言うばかりで、はっきり答えない。しまいには母も質問するのをやめて黙り込んだ。ひさしぶりに家族が揃った食卓には重苦しい空気が立ち込めた。

片付けのために母が席を立ったすきに、オーブリーがメイベルに向かって言った。

「話があるんだ。僕の部屋にちょっと来てくれないか」

低くくぐもった声にかすかな怒気がこめられているのを、メイベルは感じ取った。

「——ええ。よくってよ」

オーブリーがさきに、メイベルがそのあとから、階段を上がっていった。

オーブリーの自室には、壁沿いに紐が張り巡らされ、〈アーサー王の死〉の下絵が何枚か、描きかけのままクリップで下げられていた。もう一年近くも描き続けているのにまだ終わりが見えない。最初の頃に描いたものと最近のものでは、作風が変わっているのは明らかだった。より緻密に、大胆に、華麗に、オーブリー・ビアズリーの絵は進化しているのだった。

メイベルがドアを閉めると、すぐにオーブリーが言った。

「オスカーに〈サロメ〉の英訳原稿を渡してくれたのか？」

――きた。

嵐の予感がした。が、落ち着き払ってメイベルは答えた。

「ええ、渡したわ。……ただ、ミスタ・ワイルドは忙しくて、どうしても会ってくださらなくて……彼の親しい人に託したのよ。必ず渡してくださいって。そのことは、あなたがパリにいるあいだに手紙で知らせた通りよ」

「――手紙？」

オーブリーがくぼんだ眼孔の目を光らせた。

「なんで手紙だったんだ？　すぐに知りたいからパリから電報を送ったんじゃないか。電報で返事をくれればいいだろう？」

「電報じゃ書き切れなかったのよ」メイベルが言い返した。

「それに、ミスタ・ワイルドからのお返事を待っていたの。あの原稿を受け取ったと。それを聞いてから、あなたに知らせたほうがいいと思って……」

「――言い訳をするな！」

オーブリーが怒鳴った。メイベルはびくりと体を震わせた。

「僕が……僕がどんな気持ちで、ひとりぼっちで……パリで過ごしたと思う？　……どこにいても、何をしていても……彼の影が僕につきまとった。サロメのまぼろしが僕を苛んだ。……気が狂いそうなほどに！」

オスカー・ワイルドが〈サロメ〉を書き始めたというグラン・カフェを訪れ、アブサンを何杯も飲み、眠れぬ夜を過ごした。ワイルドが〈サロメ〉を書き上げたというブルヴァール・デ・キャプシーヌのホテルの一室にこもり、何度も何度も手淫した。

――オスカー、ああ、オスカー！

どうしてここにいないんだ？　どうして僕を抱いてくれないんだ？

あの夜のように、あの朝のように――地獄まで一緒に行こうと約束した、あの日のように……。

オーブリーの独白が、鋭い矢になってメイベルを貫いた。

一気に血の気が引いていく。体じゅうが空洞になって、心臓の音がおそろしいほど響き渡る。

「……目を醒ましなさい、オーブリー」

震える声でメイベルは語りかけた。逃げてはだめ——逃げては絶対にだめ。そんな言葉ががらんどうの体の中でこだまする。いったい、誰の声なのだろう？

「いいこと、よくお聞きなさい。——ワイルドは、あなたではなく、アルフレッド・ダグラスに〈サロメ〉の英訳を依頼したわ。彼の愛する白ばらの貴公子にね」

英訳版〈サロメ〉——オスカー・ワイルド原作、アルフレッド・ダグラス訳、オーブリー・ビアズリー画。

出版人のジョン・レインもこの組み合わせを認めた。よって、オーブリー・ビアズリーの仕事は〈サロメ〉の挿絵を描くこと。それに専念してほしい。ほんの二日まえに、留守中のオーブリーの代理人として、メイベルに最終的な依頼が通達された。

弟君に伝えられよ。帰国次第、仕事に取りかかってほしい。作画の参考に必要とあれば、ダグラスが英訳した原稿をすぐにも渡そう——。

オーブリーの顔がみるみる青ざめていく。次の瞬間、がくりと頽《くずお》れた。激しく咳き込み、青い蔦の模様の絨毯の上に真っ赤な鮮血がほとばしった。

「——オーブリー!?」

メイベルが叫んだ。オーブリーは咳き込み、何度も血を吐いた。

見たこともないほどの大量の血が絨毯を濡らす。メイベルは、床の上で丸くなったオーブリーに取りすがった。体が細かく痙攣している。血塗れた口に耳をつけてみた。

——呼吸をしていない。

仰向けにすると、メイベルはオーブリーの口に自分の口を合わせた。思い切り吸い込む。口の中が血の味でいっぱいになった。絨毯の上に血を吐き出して、また口を合わせる。また吐き出す。何度も、何度も。

オーブリーが、ふうっと大きく息をした。

——ああ、オーブリー！

メイベルは、オーブリーの首を掻き抱いた。血と涙でどろどろに汚れた顔を、弟の顔にひたと寄せる。

そして、もう一度、口と口を合わせた。熱い舌で、たっぷりと、オーブリーの口の中の血を拭った。

血の味は濃く、甘美だった。——この上もないほどに。

一八九四年　四月
ロンドン

もう何度目だろうか、赤いビロードの幕《カーテン》が、舞台の下手から上手へと、ゆっくりと開いた。

舞台の袖の闇の中、肩で息を整えていたメイベルが、薄衣のドレスの裾を翻し、舞台の中央へと躍り出る。とたんに、会場を埋め尽くした観客が総立ちになって拍手で迎えた。

――ブラヴォー！　ブラヴォー！

――メイベル・ビアズリー！　メイベル！　ブラヴォー！

喝采が潮騒のように押し寄せてくる。メイベルは両手を胸に当て、片膝をついて深々と頭を垂れた。スポットライトが、この世界中で自分ひとりだけを照らし出す太陽のように頭上高く輝いている。

舞台の中心で喝采を一身に浴びるその刹那。――夢じゃない。これは、夢のような現実だ。ついに自分はこの場所に立ったのだ。

ロンドンの中心部にある伝統ある劇場、「グレイス・パレス」で、昨秋、シェークスピア原作の演劇〈アントニーとクレオパトラ〉の上演が始まった。この興行が大成功し、七ヶ月経ってもなお入場券の入手が困難だった。流行と娯楽を愛するロンドン市民のあいだでは「もうグレイスの〈クレオパトラ〉をご覧になりましたか？」という言葉が挨拶代わりに交わされているほどだった。

興行の成功は、クレオパトラにスポットが当てられて現代風に練り直された脚本が功を奏したことと、主人公のクレオパトラ役に大抜擢されたまったく無名の新人女優、メイベル・ビアズリーの若さと妖艶さを兼ね備えた演技が高く評価されたことにあった。

去年の夏、メイベルは、オーディションもないのに、グレイス・パレスのドアを突然ノックした。一通の紹介状を携えて。紹介状にはこの劇場の有力な支援者のサインがあった。——アルフレッド・ダグラスのサインが。

クィーンズベリー侯爵家の紋章入りのレターパッドに書かれた紹介状は、絶大な効果を発揮した。メイベルは、あっさりと〈アントニーとクレオパトラ〉の主役の座を射止めた。演技審査はあったもののかたちだけだった。主役に決まっていた中堅女優は、クレオパトラを演じるにはやはり年増すぎるという理由で一方的に降ろされてしまった。

そして、ついに、メイベル・ビアズリーは、ロンドン演劇界に彗星のごとく現れた期待の新人女優として、脚光を浴びることになったのだ。

「いやあ、すばらしかった。今日の舞台はまた一段と演技に磨きがかかっていたよ」

花束で埋め尽くされた楽屋で化粧を落としているメイベルのもとへ「グレイス・パレス」支配人のアンソニー・ウィトキンが訪れた。

メイベルは、鏡の中でウィトキンに冷たく笑いかけ、「ありがとう」とちっとも気持ちのこもっていない礼を口にした。

「もうこれ以上花束は必要ないだろうけれど……特別な方から特別な花束が届いたよ、さあ」

そう言って、ウィトキンは両腕に抱いていた緋色の蘭の花束を差し出した。赤ん坊ほどもあろうかという大きな花束だった。

「あら、見事な蘭ね。どなたからかしら……」

花束を受け取って、赤ん坊の顔を覗き込むように花弁に顔を近づけたメイベルは、花の谷間に一通の純白の封書が隠れているのをみつけた。暗い血の色をした封蠟《シール》には、見覚えのある紋章――クィーンズベリー侯爵家の紋章がくっきりと浮かんでいる。

「侯爵はずいぶんご執心のようだね。ここのところ、三日にあげずに来られているよ。特別席《バルコニー》で、それは熱心にオペラグラスで君を追いかけておられる……」

ウィトキンは薄衣をまとったメイベルの体にねっとりとした視線を注いだ。メイベルは、花のあいだから封書を取り出して、一度は抱きかかえた蘭の花束をもと通りに支配人の腕の中へ返した。

「この花束、どうぞお持ち帰りになって。あなたの奥様に、私からということで差し上げてくださる？」

おや、とウィトキンは肩をすくめた。

「つれないね。君に思いを寄せておられるお方は、かのクィーンズベリー侯、ジョン・ダグラス卿だというのに？」

「ええ、もちろん、わかっているわよ」

メイベルは、さして興味がなさそうに返した。

「そのお高くとまった顔が、たまらないんだよな……」

ウィトキンが、にやけた声で言った。

「君を推薦してきたのは、侯爵のご子息、アルフレッド・ダグラス卿だったよな。あのときは、正直、驚いたよ。アルフレッド卿から無名の女優を紹介されるとは、ついぞ想像しなかった。……そして今度は、父君のジョン・ダグラス侯爵ときた。父子を手玉に取るとはね。まったく、君って女は……」

ウィトキンは、花束をばさりと足元に落として、メイベルを背中から抱きしめた。薄衣の上を脂ぎった両手が這い、乳房をまさぐる。メイベルは体をよじって、ウィトキンの両腕を振り払った。

「出て行って。いますぐに」

毛羽立った声でメイベルは言った。

「さもなければ侯爵家に伝えるわよ。グレイス・パレスをこの調子で守《も》り立てていきたいのなら即刻支配人の首をすげ替えたほうがいいってね」

ウィトキンは舌打ちをして離れた。出入り口のドアノブに手をかけて、振り向くと、鏡の中で彼をにらみつけるメイベルに向かって言った。

「……性悪女が！」

メイベルは、ふん、と鼻で嗤った。

「次からは入るまえにノックをしてちょうだい。それが紳士のマナーというものよ」

ウィトキンは、苦々しい表情を浮かべると、派手な音を立ててドアを閉め、鏡の中から消え去った。


メイベルを乗せた馬車が、シティの混み合う大通りをゆっくりと進んでゆく。

いつもは、舞台がはねたあと、劇場専用の馬車でまっすぐに自宅へ送り届けてもらうのだが、その日、メイベルは御者に頼んで寄り道をしてもらった。

クイーン・ストリートで馬車を降りると、とある店舗のショーウィンドウへと近づいていった。「ジョーンズ・アンド・エヴァンズ書店」と書かれた看板の下のショーウィンドウは、黒いマスクをつけて不吉な笑みを浮かべる女の絵が表紙に描かれた黄色い本《イエロー・ブック》で埋め尽くされていた。

朽ちかけたひまわり畑を眺めるようにして、しばしウィンドウ越しにみつめていたメイベルは、ドアを開け、人気のない店内へと入っていった。

埃っぽい本棚のあいだ、店の奥に構えられたデスクの上で黄色い本を広げていた男の顔がこちらを向いた。たっぷりとした絹のドレスの裾をさばきながら、メイベルはその顔に向かって歩いていった。

「ごきげんよう。……私を覚えていらっしゃいますか？　ミスタ・エヴァンズ」

店主のエヴァンズは、「こりゃ驚いたな」と、鼻眼鏡を外して目をこすった。

「まさか、またここへ来てくれるとはね！　ミス・メイベル・ビアズリー」

「あら」メイベルは笑いかけた。「私の名前をご存知ですの？」

「そりゃあ、知ってるさ。〈アントニーとクレオパトラ〉、三回観にいったんだから。まさか、いま大人気のクレオパトラが、うちにときどき来ていた引っ込み思案なあのお嬢さんだったとは、思いもよらなかったがね」

そう答えて、エヴァンズは、さも愉快そうに笑った。

「それどころか、あなたは、あのオーブリー・ビアズリーの姉さんだったんだな。どうりで、まだ彼が無名だった頃、私が彼の絵をここのショーウィンドウに飾っていたのをずいぶんと熱心に見入っていたわけだ。いや、ほんとうに驚かされたよ。たいした演技力だ。あなたがあの画家の身内だったとはね……」

「だますつもりはありませんでした。ただ、身内だと名乗ったらあなたの本音を聞き出せないと思ったので……無名の画家の絵をご自分の店のショーウィンドウに貼り出すなんて、ふつうならやらないことですもの。あなたが本気で弟の才能を信じているのかどうか知りたかったんです」

メイベルは正直に言った。エヴァンズは「そうだろうとも」と同意した。

「あのときの私の予言が正しかったと、もはや証明されたよ。オーブリー・ビアズリーの才能を……いや、『天才』を、誰だって認めざるを得ないだろう、あれほどまでに衝撃的な作品を生み出してしまったんだから……」

オーブリーの天才があでやかに表れた衝撃作。――英語版〈サロメ〉のことである。

英語版〈サロメ〉が出版されたのは、つい二ヶ月まえの二月だった。昨年の夏、パリ視察から帰ってきたオーブリーは、出版人ジョン・レインと正式に契約を結び、〈サロメ〉挿画に着手した。

ワイルドの依頼を受けて〈サロメ〉英訳を手掛けたにもかかわらず、結局、オーブリーの訳文は不採用となり、アルフレッド・ダグラスの訳が採用された。それを読んで、オーブリーはどれほど落胆したことだろう。自分が訳したのと同じ言い回しが散見されると知り、ワイルドが自分の翻訳原稿をダグラスに渡したのだとオーブリーは勝手に理解した。――オーブリーの訳を預かったメイベルが、まさかワイルドではなくダグラスにそれを渡したなどとは、微塵も想像できなかっただろう。

オーブリーは、しばらくのあいだ、呪いのかけられた人形のようにベッドにうずくまって起き上がることすらできなかった。パリから帰ってきた直後に大きな喀血があり、命はとりとめたものの、いまやオーブリーの隣には死神が四六時中座っていて、彼の手をしっかりと握りしめている。このまま天国へ連れ去られるのではないかと、母は始終はらはらして、涙ながらに神に祈りを捧げるばかりだった。

メイベルは静観していたが、あるとき、ノックもせずにオーブリーの部屋へ踏み入って、毛布にくるまって転がっている枯れ木のような体に向かって言い放った。

――いいかげんに目を覚まして！　もうあの人はあなたのもとへは戻らない、その現実をまっすぐに見てちょうだい！

枯れ木はぴくりとも動かなかった。メイベルは続けて言った。

――だったら、〈サロメ〉の絵は描かずに契約破棄なさい。〈サロメ〉の表紙には、あのふたりの名前が並んで載るでしょうね。オスカー・ワイルド作、アルフレッド・ダグラス訳。そう刻まれて歴史に残ることでしょう。永遠に！

あなたの名前なんかどこにも残りはしない。そうよ。あなたは、誰にも知られることなく死んでいくんだわ。

枯れ木が勢いよく立ち上がった。オーブリーは、メイベルの両肩をつかんでベッドに引き倒した。

姉の体にのしかかり、噛みつきそうなほど顔を近づけて、オーブリーは言った。

――見ているがいい。ダグラスの名前を〈サロメ〉から消してやる。オスカーは、きっと、僕のペンで殺してやる……。

その日を境に、何かに取り憑かれたかのように、オーブリーは絵筆を揮《ふる》い始めたのだった。

そうして完成した十六枚の絵——。

青みがかった緑色の布張りの表紙の中央には、金色の孔雀の羽にも似た植物の紋章が刻印され、妖しい世界へと読者を誘う。胸を昂《たかぶ》らせ、表紙を開くと、目次を記した扉絵が現れる。邪悪な笑みを浮かべた両性具有の悪魔をみつめれば、たちまち呪いがかけられてしまいそうだ。息詰まる緊張感が、本の入り口に強烈な磁場を作っている。

物語の進行とともに、次々に現れる黒一色のペン画。兵士は鎧《よろい》を身に着けず、一糸まとわぬ裸体をさらす。淫欲のにおいを漂わせた王妃へロディアの傍らには、不自然に下半身を膨らませる胎児のような容姿の男。異様な登場人物たちが、禁断の物語のただならぬ結末を暗示する。

女主人公サロメは、ある絵では日本の着物のような衣装を身にまとい、また別の絵では従者に化粧を施されて陶然としている。サロメは十六点中十点の絵に登場しているが、どれも異なった顔立ちと衣装で、同一人物とは思えないほどだ。しかし、彼女から立ち上る「月のような」純潔がやがて狂おしい恋にかき乱されていく、その恐ろしくも美しい変容が、彼女を場面場面で異なった女に仕立て上げていくのだとわかる。

やがて迎えるクライマックスでは、聖人の首を抱きながら宙に浮かぶ妖女サロメが描かれている。ワイルドのフランス語私家版〈サロメ〉を初めて読んだオーブリーの中に、突如として浮かび上がったサロメ像がこれだった。「ステューディオ」で発表されるや、「驚くべき才能が現れた」と一部の出版人や芸術家たちを熱狂させた一枚である。それをさらに細やかに、ことさらグロテスクに、妖艶に進化させていた。

——これは……いったい、なんなの？

〈サロメ〉の挿画をひと目見たメイベルは、驚きのあまり声も出せなかった。

現代的で東洋的な衣服を身に着けたサロメ、作中とは関係のない登場人物、グロテスクな容姿、強烈なエロス、愛憎、奔放、逸脱。それは、挿画の常識をやすやすと超えていた。一枚一枚は、便箋ほどの大きさの紙に描かれた黒一色のペン画である。それなのに、なんと圧倒的な迫力なのだろうか。

「去年、『ステューディオ』で『お前の口に口づけしたよ、ヨカナーン』が発表されたときも思ったが、誰も見たことがないような絵を描く、というのは、よくも悪くも普通ではないよ」

初めて英語版〈サロメ〉を見たときの衝撃が呼び覚まされたのか、エヴァンズは、かすかに熱を帯びた目になった。

オーブリー・ビアズリーは、超えてはならない一線を軽々と超えて未体験の美の領域に踏み込んだ。それは、長い目で見れば、今後の美術史の流れを変えることになるかもしれない。大げさではなく、その可能性は高い——とエヴァンズは断言した。

「正直に言えば……ちょっと空恐ろしいくらいだったよ。君の弟は天才どころか、とんでもない『怪物』じゃないのかと……」

「怪物」のひと言に、メイベルは思わずごくりと唾を飲み込んだ。その瞬間、喀血したオーブリーの口を吸ったときに味わった血の味が口中にうっすらと蘇った。

――サロメは美姫なんかじゃない。……化け物だよ。

オスカー・ワイルドに向かってオーブリーが放った言葉。あの言葉通りに、オーブリーは邪悪な女主人公をこの世に送り出し、ついにはワイルドを食らってしまったのだ。

――完全に。

人気作家・ワイルドが、「聖人殺害」という禁断のテーマを取り上げた問題作である。それだけでも〈サロメ〉にはじゅうぶんな話題性があった。しかし、この一作をほんとうに大化けさせたのはオーブリー・ビアズリーの挿画であった。

ワイルドのほかの著作同様、文字だけの本であれば、読まずにすませようと、人々は手に取ることを敬遠したかもしれない。しかし、ところどころに鋭く差し込まれている鋭利なナイフのごとき絵の魅力は抗うのが難しいほどである。その淫靡さゆえ、邪悪さゆえ、目を逸らせなくなってしまうのだ。

誰の心にも潜んでいる罪深きものへの興味、怖いもの見たさ。人間の原初的な感覚に、オーブリーのナイフはまっすぐに切り込んでくる。彼の〈サロメ〉をひと目でも見てしまったら、もう逃げられなかった。

〈サロメ〉は爆発的に売れた。出版人、ジョン・レインの読みは、ある意味では当たり、ある意味では外れた。つまり、絵入りの本にすれば必ず売れる、という企画は当たったが、オスカー・ワイルドとオーブリー・ビアズリー、このふたりの天才を掛け合わせればとてつもない化学反応を起こす、という点では、必ずしもそうではなかった。作家と画家のあいだには、確かにはなはだしい火花こそ散ったが、美しい融合などなかった。レインが手掛けた芸術的実験は、新人画家の絵が流行作家の文章を凌駕する、という、誰も予測しなかった結果をもたらした。

そして——発売から二ヶ月経ったいま、ロンドンの芸術界をにぎわせている表現者《アーティスト》とは、オスカー・ワイルドではなく、すなわち、オーブリー・ビアズリーを指していた。

「とにかく、世界は知ったわけだ。あのオスカー・ワイルドを蹴散らすほどの強烈な個性をもった若い画家が存在するということをね。……結局、ワイルドは〈サロメ〉をオーブリーの宣伝のために提供してやったようなもんだ。皮肉なことだが」

エヴァンズは、そう言って低く笑った。

「あなたも……『あのオーブリー・ビアズリーの姉』ってことでいっそう人気に拍車がかかっているようじゃないか。たいしたもんだね、君たちは。あのオスカー・ワイルドを踏み台にしてのし上がったというわけだ」

「お言葉ですけど、私は関係ないわ。——ご高名な作家先生とはお目にかかったこともありませんから」

メイベルはすらりと言い返した。

「とにかく、今日は、あなたにお願いがあってここへ寄らせていただきましたのよ、ミスタ・エヴァンズ。弟から言付かったことがありますの」

ほう、とエヴァンズが身を乗り出した。

「そりゃまた、なんだろう？　売れっ子になってから、あいつ、とんと姿を見せなくなったんだよ。つれないな、と思っていたんだ」

「あなたにお預けしているオーブリーの絵。お返しいただけますか」

ぴしゃりとメイベルが言った。

画家としてデビューする以前、オーブリーは本と引き換えにエヴァンズに自作を預けていた。店頭に展示してもらい、出版社も紹介してもらったが、世間がオーブリーの作品を知るようになったいま、エヴァンズは役割を終えたのだ。――そう判断したのは、オーブリーではなく、メイベルだった。

しかし、メイベルは、作品の引き上げを希望しているのはあくまでもオーブリー本人であるかのようにエヴァンズに伝えた。

「一点残らずとは申しません。どれでもお好きなものを、一点限り、差し上げますわ。お世話になったお礼に」

エヴァンズは、不意をつかれたような表情を浮かべてメイベルをみつめた。それから、おもむろに、背後にある書棚の引き出しを開け、バインダーに挟まれたハトロン紙の包みを取り出した。

「ほら、これだ」エヴァンズはつぶやくように言った。「預かったときから、一枚たりとも売ったりしていないよ。――持って帰りたまえ」

「ですから、一点、お選びになって」メイベルが重ねて言うと、

「選べないよ。だから選ばない」エヴァンズが返した。

「それに、私がこの中から一点だけ抜いてしまったら、完璧なコレクションではなくなってしまう。このバインダーごとまとめて買いたいというコレクターが、そのうち現れるだろう。そのときまで、売り急がずに、大切に保管しておきたまえ。いいね？」

メイベルは黙ってエヴァンズをみつめ返した。それから、デスクの上に置かれたバインダーを取り上げて、両腕に抱えた。

「……ありがとうございます、ミスタ・エヴァンズ」

メイベルはもう一度書店主の目を見て言った。

「あなたは、確かにオーブリーを最初に見出してくださった方ですわ」

エヴァンズの口もとに微笑が灯った。

「いつの日かそのバインダーの中身にもう一度巡り会わんことを。……願わくば、サウス・ケンジントン博物館でね」

「ジョーンズ・アンド・エヴァンズ」を後にした馬車は、ピムリコ地区ケンブリッジ通りの古い教会の向かい側で停まった。

バインダーを胸に抱き、馬車から降り立ったメイベルは、こぢんまりとした瀟洒なタウンハウスへと入っていった。

「グレイス・パレス」での興行が当たって、メイベルの出演料が跳ね上がり、思わぬ大金が舞い込んだ。それを元手に、メイベルはこの家を買った。そして、今年になってから、オーブリーとふたりで暮らし始めた。

母とオーブリーとともに暮らしていた以前のつましい家は、オーブリーの仕事が増えるに従って手狭になってきた。オーブリーは口を開けばアトリエがほしいと言う。ふたりして独立するいいチャンスだと思ったメイベルは、母を説得し、「スープが冷めない距離」ということを条件に、また、オーブリーにアトリエを持たせるということを名目にして、実家から徒歩十分ほどのケンブリッジ通りにあるこの物件の購入を決めたのだった。

ドアを開けると、グリル・チキンのにおいが漂ってきた。母が夕食をもってきたのだと即座にわかる。実家のキッチンの壁にはカレンダーが貼り出されていて、〈アントニーとクレオパトラ〉の夜の部《ソワレ》がない日には、こうして母は子供たちのために料理を運んでくるのだ。

二階に構えたアトリエのドアが開く音がして、階段の上にオーブリーが現れた。「おかえり、姉さん」と歌うように口ずさみながら駆け下りてくる。思いきりメイベルを抱き締めて両頬にキスをする。

　オーブリーの腕に抱かれると、メイベルの体は勝手に反応して、ろうそくの芯に炎が灯されたようにじんわりと熱くなる。抱擁を受けるたび、この瞬間のために今日いちにちがあったのだと思わずにはいられない。

「遅かったんだね。母さんがチキンを焼いて持ってきてくれたから、先に食べてしまったよ」

　オーブリーが言った。メイベルは「ちょっと、寄り道してきたのよ」と微笑した。そして、バインダーを差し出した。

「ほら、これ。覚えている？」

　オーブリーは、ふいに不思議そうな顔になって、

「エヴァンズ書店に預けてあったバインダーかい？」

と訊いた。メイベルはうなずいた。

「いつだったか、あなたの作品をショーウィンドウに展示していたとき、見にいったのよ。あなたの姉だとは明かさずに、ミスタ・エヴァンズと話し込んだんだけど……」

　ショーウィンドウに飾ってある絵に興味があると知るや、バインダーを取り出し、無名の画家から預かっている作品を次々に見せてくれた、とメイベルは、エヴァンズとのいきさつを語った。

「あなたが美術監督《アートディレクター》に就任した雑誌『イエロー・ブック』の記念すべき第一号を買いにいったの。そうしたら、ミスタ・エヴァンズは、私が何者か、すでにわかっていて……このバインダーを持って帰りなさいって、持たせてくださったのよ。いつかきっといいコレクターが現れるから、それまでは売り急いじゃだめだ、と言って……」

自分から作品の返却を迫ったということ以外、メイベルはエヴァンズとのやり取りをオーブリーに伝えた。オーブリーは黙って聞いていたが、

「これは全部、彼にあげたつもりだったのにな」

不本意そうにつぶやいた。メイベルは胸をどきりと鳴らした。

「ミスタ・エヴァンズがバインダーを手渡しながら、こう言っていたわ。……この作品と再会するのはサウス・ケンジントン博物館でありますように、って。あなたの作品は自分の書店なんかで埋もれていてはいけないんだって、思ってくださったのよ。ありがたいことじゃなくて？」

オーブリーは無言でバインダーを受け取った。メイベルは続けて言った。

「無名時代のあなたの作品がほかの本と一緒に陳列されていた、あの書店のショーウィンドウ……『イエロー・ブック』で埋め尽くされていたわ」

黄色の表紙に描かれた、黒いマスクをつけて邪悪な笑みを浮かべる女の顔、顔、顔。夏の終わりのひまわり畑のようなショーウィンドウを眺めた瞬間に、メイベルは、オーブリーの成功をエヴァンズがいかに喜んでいるのかを認めたのだった。

〈挿画付きサロメ〉が発売された直後の今年の二月、出版人ジョン・レインは、即座にオーブリーを次の仕事へと誘った。今度は誰かの原作に挿絵を添える仕事ではない。新しい芸術雑誌の刊行を決め、そのアートディレクターにオーブリーを抜擢したのだ。

オーブリーの仕事は、表紙の絵および誌上に掲載されるすべての挿画を手掛けるだけでなく、全体のイメージ作り、内容、構成、そして雑誌のタイトルまでを担当するという総合的なものだった。当然、報酬も〈サロメ〉のときとはくらべものにならない額が提示された。「ビアズリーありき」で始められるこの大仕事を、オーブリーが引き受けないはずはなかった。

新雑誌は「イエロー・ブック」と名付けられた。

「イエロー・ブック」の第一号の見本をオーブリーから見せられたとき、メイベルは、フランス人作家、ジョリス＝カルル・ユイスマンスの著作〈さかしま〉がオーブリーの念頭にあったのではないかと、すぐに気がついた。

〈さかしま〉の主人公は、耽美的で退廃的な隠遁生活を送る貴族、フロレッサス・デ・ゼッサント。作中、デ・ゼッサントが偏愛するもののひとつとして、かのギュスターヴ・モローがサロメを描いた水彩画〈出現〉が登場する。

黄色い装丁のこの本を、オーブリーは熟読していた。――オスカー・ワイルドも。

ワイルドの出世作となった〈ドリアン・グレイの肖像〉の中で、主人公の美青年、ドリアンが、とある小説本――内容的に〈さかしま〉であると文学通ならばすぐにわかる

——に夢中になる場面がある。この書物の題名ははっきりと書かれておらず、「黄色い本《イエロー・ブック》」と表現されていた。

完成した雑誌「イエロー・ブック」は文字通り黄色い本だった。黒いマスクをつけて笑いかける女をみつめるうちに、メイベルは、心の裡にできていた瘡蓋《かさぶた》を剝がされるような気持ちの悪さを覚えた。

——オスカーは、きっと、僕のペンで殺してやる……。

その思い通りに、〈サロメ〉においてワイルドは抹殺された。ほかならぬオーブリーに。

オーブリーは〈サロメ〉の挿画の何点かにワイルドの姿を忍び込ませた。絵の中で、ワイルドは、太って醜い月にされ、いやらしい目つきのヘロデにされ、ヘロディア登場を口上する頭の悪そうな道化にされた。

オーブリーの絵をワイルドがまったく気に入らず、また、自分の戯画が挿入されたことに憤っていると、メイベルの楽屋を訪ねたジョン・レインが教えてくれた。

困ったことになりましたわね、と言いつつ、メイベルはほくそ笑んだ。オーブリーはペン一本でワイルドの息の根を止めた。——なんという望ましい結末を迎えたことだろう！

〈サロメ〉を巡る一件で、オーブリーとワイルド、ふたりの関係は完全に終わった。そうメイベルは確信していた。——それなのに。

ろうか？

オーブリーは、あの男への思いを絶ち難く、いまだに胸の奥でつなぎ続けているのだろうか？

オーブリーは、メイベルがエヴァンズのもとから引き上げてきたバインダーを開きもせずに、自室のベッドの脇に立てかけて、それっきり放置した。自分の昔の絵になど、これっぽっちも関心はないのだと言わんばかりに。

その夜、オーブリーが眠りについてから、メイベルは、自室の机の前に座った。ほの明るいランプが手元を照らす。便箋にペンを走らせて、手紙をしたため始めた。

親愛なるジョン・ダグラス・クィーンズベリー侯爵さま

いつも豪華な美しいお花を楽屋へお届けいただき、感謝申し上げます。そして、私がクレオパトラを演じている舞台を、何度となくご覧いただいていますこと、うれしく存じます。

ぜひ一度、楽屋へご来駕いただけませんでしょうか。あなたさまと、ふたりきりでお話ししたいことがございます。しかしながら、一刻も早くお耳に入れたい由々しきことですので、お目にかかるまえに、まずは本状にてお知らせいたします。

あなたさまのお美しいご子息さまで私の友人、アルフレッド・ダグラスさまには、グレイス・パレスをご紹介いただいた恩義がございます。容姿端麗な上に文学もよくなされ、将来を嘱望されておられるお方ゆえ、ご子息さまの不適切なご交遊を、私はたいそう心配しております。

アルフレッドさまが翻訳を手掛けられた戯曲〈サロメ〉を、クィーンズベリー侯爵さま、あなたさまはすでにお読みでしょうか。

そして、ご存じでしょうか。作者、オスカー・ワイルドと、あなたさまの大切なご子息さまの、神をも恐れぬ関係を——。

一八九五年　四月七日
ロンドン

居間の暖炉の上で時を刻む金色の置き時計が、午前十一時を指していた。

窓辺に佇んでいたメイベルは、レースのカーテンのあいだからケンブリッジ通りを眺めた。やはり、迎えの馬車は影もかたちもない。

――おかしいわ。いつもの時間をもう一時間も過ぎたのに……。

グレイス・パレスで上演中の〈アントニーとクレオパトラ〉は、長期公演が続いていた。一年半に及ぶロング・ランのあいだ、メイベルは、休演日以外は一度も休まずに出演し続け、「メイベルのクレオパトラ」の看板を不動のものとした。もはや、スポットライトを浴びるのも、カーテンコールで舞台の中心に立つのも、日常的なことだった。楽屋を埋め尽くす花束も、恋文も、多額な報酬も、すべてがあたりまえのことになっていた。

が、さすがに少し長くやりすぎたのだろうか、ここのところ客足が衰えてきたとわかっていた。客席の反応も鈍くなっている。あくびをする客、いねむりする客を、演技中にみつけてしまう。たちまち不愉快な気分が立ち上る。

是が非でもスポットライトを浴びたい、主役を演じたいと念じ続けていた頃に、自分の中で燃えていた情熱が次第に遠ざかっていくのを感じていた。その代わりに焦燥ばかりが胸に募った。

一方、オーブリーは、ここのところ大きな発作もなく、順調に仕事をこなしていた。「イエロー・ブック」発刊から一年が過ぎた。新たな創意工夫に満ちた雑誌は売上げ部数を伸ばし、高い評価を得ていた。オーブリーが手掛ける絵の数々は、〈サロメ〉ほどの衝撃はないものの、ますます邪悪な美しさに彩られ、読者の好奇心を煽った。

オーブリーの絵を形容する常套句の数々――「不謹慎な」「不健全な」「奇怪な」「退廃的な」「見たことのない」――は、すべて賛辞の裏返しなのだと、もはや世間が認めていた。

エヴァンズが言った通り、オーブリー・ビアズリーの登場は今後の美術史の流れを変えることになるかもしれない。その可能性は現実味を帯びていた。

芸術家としての名声を不動のものにしたオーブリーは、オスカー・ワイルドとの関係も完全に断ち切った。――メイベルは、そう確信していた。

なぜならば、ワイルドは、いま、法廷闘争の真っ最中だからだ。

今年の初め、ワイルドは、ダグラスとともにアルジェリアへ逃避行としゃれこんだ。

自作の芝居が続けて二本上演される予定もあり、ワイルドも相変わらず世間を賑わせていた。

しかし、南国で伸び伸びと羽を伸ばしてきたワイルドとダグラスがロンドンへ帰って来るのを待ち受けていた人物がいた。――ダグラスの父、ジョン・ダグラス。クィーンズベリー侯爵である。

二月二十八日、ワイルドの行きつけの会員制クラブ「アルビマール」の受付に、クィーンズベリー侯爵からの封書が届いていた。封筒の中には侯爵の名刺が入っていた。「男色家を気取るオスカー・ワイルドへ」との侮蔑の言葉とともに。

ワイルドはこれをダグラスに相談した。父と不仲だったダグラスは激怒し、名誉毀損で侯爵を訴えるべきだとワイルドに迫ったらしい。ワイルドは、このまま侮辱されていては自分の今後が危うくなると案じ、侯爵に対して誹毀罪《ひきざい》の告訴に踏み切った。侯爵は、これを受けて立った。

息子を悪徳の世界に誘ったワイルドと公の場で闘うことを侯爵に強く勧めたのは、メイベルであった。

メイベルは、自分に接近してきた侯爵に対して、ワイルドとダグラスの関係を仄《ほの》めかした。そして、侯爵をワイルドにけしかけるタイミングを注意深く測ってきた。

すべてはオーブリーのためだった。オーブリーの中でくすぶり続けているワイルドへの思いを断ち切らせ、ワイルドの息の根を完全に止めてやりたかった。そのために、メイベルは侯爵の気を引き、息子を守りたいという父親の本能を動かしたのだ。

四月三日、法廷での闘いが始まった。稀代の人気作家とスコットランドの侯爵の一騎打は、連日大きく報道され、世間の耳目は集まった。論点は、オスカー・ワイルドが男色家かどうか、その一点のみである。侯爵は豊富な資金を使って探偵を雇い、賞金をかけてワイルドが男色に耽っていた証拠をこれでもかというほど集めていた。「自分は断じて男色家ではない」とワイルドが主張すればするほど、それをかき消す証拠が次々と提出され、法廷は騒然となった。

ワイルドが侯爵を告訴してから法廷闘争が始まるまで、メイベルとオーブリーのあいだでこの話題に触れることはなかった。大きなニュースになっていたから、耳に入っていないはずはなかったが、オーブリーはまるでそしらぬ顔をしていた。メイベルは、ほっと胸を撫で下ろした。

オーブリーは、いまや絶大な人気を誇る「イエロー・ブック」の看板画家でありアートディレクターなのである。おかしなスキャンダルに巻き込まれてはたまらないとの危機意識が働いているのだろう。

――あの子の中には、もうあの男の影はないんだわ。

ようやく安心して眠れる夜を迎えることができた。メイベルは、夢も見ずに深く眠った。それが、昨夜のことだった。

そして――。

自宅の居間の窓辺に佇んで、劇場からの迎えの馬車が到着するのを待ちわびていたメイベルは、通りの向こうから、見慣れたツイードのフロックコートが足早に近付いてくるのを認めて、はっとした。

オーブリーだった。急ぎの入稿があるからと、今朝早く家を出て編集部へ出かけていったはずだ。……忘れ物でも取りに帰ってきたのだろうか？

メイベルは、急いで玄関ホールへ出ていき、ドアを開けてオーブリーを出迎えた。

「おかえりなさい。……どうしたの？　忘れ物でも……」

話しかけて、息をのんだ。

オーブリーの顔は大理石の彫像のように真っ白だった。いまにも倒れそうに、全身で苦しそうに呼吸をしている。震える両手がメイベルの肩をつかんだ。指が肌に食い込むほど強く。

「……解雇された。……僕……僕は、『イエロー・ブック』から追放されたんだ……」

――え？

波打ち際に立たされたかのように、足下からさあっと血の気が引いていくのを感じた。カチカチ、カチカチと奇妙な音がする。オーブリーの歯が鳴っている。恐ろしいほど震えて、歯が嚙み合わないのだ。

ばさりと足下に何かが落ちた。新聞だった。大きく躍る文字がメイベルの視界に飛び込んできた。

オスカー・ワイルド　逮捕される「イエロー・ブック」を小脇に抱えて

四月五日、ロンドン市内のホテルから出てきたワイルドは、重大猥褻罪で逮捕された。そのとき、彼が小脇に抱えていたのは黄色い表紙の本だった。それが「イエロー・ブック」であったという確証はなかった。それでも、それは「イエロー・ブック」になってしまったのだ。

メイベルを迎えにくるはずの馬車は、永遠に来なかった。オーブリー同様、メイベルもまた、オスカー・ワイルドに連座して、舞台の上から消し去られたのだった。

一八九八年　三月十六日
マントン　フランス

海辺の町に嵐が近づいていた。

真夜中の空高く上っているはずの月はない。空も海も、湿った闇に支配されている。ひとしきり強くなってきた夜風が鎧戸をかたかたと揺らす窓に背を向けて、メイベルは、書き物机の前に座り、一心不乱にペンを動かしていた。

傍のベッドでは、オーブリーが朽ちた倒木のような体を横たえている。二日まえに激しい喀血《かっけつ》があり、それから水も飲めなくなってしまった。目を閉じたまま、浅い息をつないでいる。それでも昨夜までは呼びかければうっすらとまぶたを開け、濁った目を宙に泳がせていたが、今日は何度呼びかけても、もはやまぶたを開く力もないようだった。

夕方に医師の往診があった。今夜が山場です、と医師は母とメイベルに短く告げた。

神のご加護を――と。

もう何十時間も息子に付き添って、その手を握り続けていた母の嗚咽がいつしか止まっていた。きっと疲れ果てて眠りに落ちたのだろう。母のかすかな寝息と、弟の浅い息を背中に感じながら、メイベルは白い便箋を青いインクの文字で埋め尽くしていった。

ふいにノックの音がした。メイベルは顔を上げ、立ち上がると、急いでドアへと歩いていった。

ドアの下の隙間から封筒が差し込まれていた。裏側に「エリック・クリエール」と署名がある。その場ですぐに封を切った。

親愛なるメイベル
明日の朝早くマントンを発つ。私の劇場、ブフ・デュ・ノールの舞台を、一夜限り君に貸し出すという約束は、「そのとき」がきたら果たしたいと思っている。

あれから熟考したが、君の提案は実に興味深く、小気味好い。この大それた秘密を、君と私、ふたりだけで共有していると思うとぞくぞくする。君と愛を交わしたあの夜の感覚がそっくりそのまま蘇るようだ。

また連絡をとり合おう。君がパリに来る「そのとき」には、劇場の近くの部屋をとり、ばらの花でベッドを埋め尽くして待っているよ。

エリック・クリエール

「……姉さん……メイベル……ねえさん……」

背後でか細い声がした。振り向くと、オーブリーが、メイベルに向かって枯れ枝のような手を弱々しく差し出している。メイベルはすぐさま弟のもとへ取って返した。

「ここにいるわよ、オーブリー」

メイベルは震える声で応えた。

「どこにもいかないわ。お母さまもここにいる。私たちはずっとあなたと一緒よ」

オーブリーはくぼんだ眼孔の中の目をメイベルに向けた。焦点が合っていない。死にゆく人の目だ、とメイベルは直感した。

「ほ……ほしいんだ、僕は……ほしい……」

オーブリーの手をしっかりと両手で握って、メイベルは囁いた。

「なんだってあなたの望みをかなえてあげるわ。何がほしいの？　教えて」

浅い呼吸のあいだに、途切れ途切れ、かすれた声が聞こえてきた。

「今すぐ、ここへ……銀の大皿に……のせて……」

はっとした。

――〈サロメ〉の一節だ。

体の奥底から、どす黒い感情が込み上げてきた。死の間際になってなお、オーブリーを支配しているのは……あの男への尽きせぬ思いなのか？

苦い涙が溢れ出た。頬を濡らしながら、メイベルは、天井を仰いだ。

こんなにも……こんなにも、私はあなたにすべてを捧げてきたのに。

あなたの心は、結局——あの男に持っていかれてしまうの？

あの男は、あなたのすべてを奪った。最初はその才能であなたをたぶらかし、あなたの心を独り占めした。男色の咎《とが》で有罪になったときには、あなたまでが彼との関係を疑われて、せっかく手にした「イエロー・ブック」の仕事を失った。そして、私も劇場を追われるはめになった。男色家の餌食になったいかがわしい弟をもつ女優は表舞台に上がるな——と。

けれど、あの男が投獄されたときには、彼とあなたを完全に引き離すチャンスだと思ったわ。あなたにはどうにか新しい仕事もみつかって、ようやくあなたが自由になったと信じることができた。それなのに、ああ、いっそう重い病の鎖にあなたが繋がれてしまうなんて……。

鎖に繋がれる苦しみまで、あの男と共有すると言うの？　死の瞬間まで、あなたの心は彼とともにあると言うの？

この私ではなく——。

「ええ、いいですとも。……わけもないこと」

流れ落ちる涙を拭おうともせず、メイベルはくぐもった声で囁いた。

「銀の皿にのせて……何をあなたはほしいと言うの？　言ってちょうだい。なんでもいいから、必ずそれをあげるわ。……それはいったいなんなの、オーブリー？」

オーブリーは、目を見開いた。濁った池のような瞳に、一瞬、清浄な風が吹いた。そのまなざしは、目に見えない何かを追いかけていた。

……首を。

メイベルの耳に、画家の最後の言葉が届いた。

鎧戸を揺らしていた風が、ふいにやんだ。オーブリーは、青白いまぶたを閉じた。

二十五年半、どうにか動き続けたオーブリー・ビアズリーの時計は、それっきり、時を刻むのを止めてしまった。

エピローグ

二〇××年　十一月末
ブフ・デュ・ノール劇場　パリ

薄暗い劇場の客席で、甲斐祐也は、ちょうど真ん中あたりのシートに腰を下ろした。と同時に、見計らったように舞台の明かりが点った。

舞台の上に、ひとり、佇んでいるのは、黒いパンツスーツ姿のブロンドの女性。オスカー・ワイルド研究者のジェーン・マクノイアである。

「ちょうど、このあたりでみつかったということです」

こつこつとヒールの音を響かせて、ジェーンは舞台の上手の袖へと歩み寄った。その場にしゃがむと、床の一部を指先でなぞりながら説明した。

「ここに板が新しくはめこまれていますが……劇団のスタッフが舞台装置をばらすとき

に古い板がずれてしまったので、直そうと思って取り外したんだそうです。そうしたら、床下に埃を被った便箋大の紙挟み《バインダー》があるのをみつけて……おそらく二十世紀初頭の頃に、このバインダーが、なんらかの理由で床下に隠されたか……あるいは放置されたのではないかと思われます」

「……それが、未発表の〈サロメ〉だったというわけか……」

甲斐は低く唸った。脳裡には、白い便箋に青いインクで書かれた「物語」が浮かんでいた。

二ヶ月まえ、ロンドンのホテル「ザ・サヴォイ」のティーサロンで、ジェーンに見せられたそれは、薄汚れた厚めの紙の表紙がつけられており、やはり青いインクの手書き文字で「SALOME」と書かれていた。

その表紙をめくると、そこに現れたのは、オーブリー・ビアズリーの絵、〈サロメ〉のクライマックス・シーンだった。一八九四年に発表されてのち、無名の挿絵画家だったビアズリーをいきなり表舞台に押し上げた衝撃の一作である。その後、時代や国境を超えて、さまざまな雑誌や画集に転載され、十九世紀末の退廃的・耽美的なイメージをもっともよく体現した傑作として、世紀末の天才画家・ビアズリーの名を不動のものにした決定的な作品だ。

甲斐が見たところ、その絵は印刷されたものだった。「コロタイプ」と呼ばれる印刷技法で、十九世紀末から二十世紀初頭にかけてよく使われていた技法である。描かれているのは、甲斐が十歳のときに祖父の画室に広げてあった画集の中にみつけて以来、何度も繰り返し見てきたあの絵――「最高潮《クライマックス》」。

暗い池の中から浮かび上がるようにして、宙に舞い上がる妖女サロメ。燃え立つような黒髪と、天女の羽衣のごとき軽やかな帯が空中にたゆたう。いとおしそうに、彼女が両手で掲げ、いましもくちづけようとしているのは、男の生首。サロメが恋してしまった預言者、ヨカナーンの首――。

ところが、この「ヨカナーンの首」が、オリジナルとは異なっていた。よく見ると、首の部分だけが印刷の上に肉筆で加筆されていたのだ。

魂を吸い取られたかのようにみすぼらしく頬がこけた男の顔は、サロメが一目惚れした美しい預言者の顔ではない。頭に包帯を巻かれた、見たこともない、けれどどこか見覚えのある顔――。

あのとき、ジェーンは言った。――これが、ほんとうの〈サロメ〉だとしたら「事件」だと。甲斐は、驚きを隠しきれなかった。

――ほんとうの〈サロメ〉？　……いったい、どういうことだ？

そして、絵の下からは、黄ばんだ白い便箋に青いインクで書かれた「物語」が現れた。そう、「戯曲」ではなく「物語」が。

甲斐は、その場で物語を読み始め、いつしかどっぷりとその世界に入り込んでいった。目の前にジェーンがいることも、そこが「サヴォイ」のティーサロンであることも、いまが二十一世紀であることも、何もかもすっかり忘れて。

物語の主人公は、ビアズリーの姉、メイベル。彼女の目線でストーリーが進行する。主たる登場人物は、ほとんどが実在の人物である。メイベル・ビアズリーが十九世紀末のロンドンで女優をしていたことも、弟と少し異常なほどに仲がよかったことも、マントンで弟の最期を看取ったことも事実だ。

しかし――。

「……あの『物語』の結末を、あなたはどう思ったのかしら？」

ジェーンの声が、がらんとした客席に木霊《こだま》のように響き渡った。

「物語」のごく短い最終章を脳裡で追いかけていた甲斐は、我に返って顔を上げた。

一条のスポットライトが、舞台の上に佇むジェーンを照らし出していた。強いコントラストが、彼女の顔に濃い影を作っている。

甲斐は、目を細めて光を一身に浴びるジェーンをみつめた。彼女もまた、甲斐をみつめ返していた。

影の中に沈んだ白い顔が悠然と微笑んだ。冷たく白い月のような微笑であった。

まるで死んだ女そっくりの、どう見ても、屍をあさり歩く女のような――。

一九〇〇年　十一月三十日
ブフ・デュ・ノール劇場　パリ

薄暗い劇場内に歩み入り、がらんとした客席の中央に腰を下ろして、オスカー・ワイルドはうつろなまなざしを幕の降りた舞台に放っていた。

外では木枯らしが吹きすさび、いましも氷雨が降り出しそうな夜である。

三年前にロンドンを追われるように出て、ヨーロッパ各地を放浪し、パリへ戻って来たワイルドは、セーヌ左岸にある「オテル・ダルザス」に長逗留中だった。

男色の咎で投獄され、約二年の刑期を終えて出てきたワイルドを待ち構えていたのは、世間の厳しい批判と冷たい視線だった。妻は夫を見放して、ふたりの子供とともに彼のもとを去った。愛人だったアルフレッド・ダグラスとは、釈放後もしばらく腐れ縁が続いたものの、収監中に生まれた溝を埋めるのは容易いことではなかった。そして、あのオーブリー・ビアズリーも、転地先で帰らぬ人となったと、風の噂に聞こえてきた。

もはや、すべての人々が自分から遠く離れてしまった。……自分自身さえも。

書くべきものはすべて書いてしまった――と、ワイルドの心は諦観に支配されていた。――そう、何もかもおしまいなのだ。ここが監獄の中であろうと外であろうと、自分にはもう書くことは何も残ってはいない。

私は、人生とはいったいどういうものなのか、まだじゅうぶんに知らないうちに書き始めた。そして人生の意味を知ったいま、もはや書くべきものはなくなったのだ。

私は、私の仕事を終えた。私の人生の残り時間はあとわずかだ。我が人生が幕を閉じたときにこそ、私の作品は生を得るのだ。

幸いにも、私は自分の魂を監獄で見出した。魂について知らないうちに書いたものも、魂の導きによって書いたものも、いつか人々の目に触れるようになるだろう――。

この夏の終わり頃から持病の中耳炎が悪化し、ベッドに伏せる日々が続いていた。絶えず耳の中から溢れ出す膿を止めるために頭は包帯で巻かれ、体からはすえた臭いが漂っていた。イギリスの友人たちから届けられる小切手で細々と食いつないではいたものの、宿代はもう一年以上も滞納していた。日に一度、食事のために出かける場末のカフェで、店の片隅に座っている薄汚い男があのオスカー・ワイルドだと知る者はいなかった。――いたとしても、知らんぷりをされるのがおちだった。
二、三日まえから発熱し、意識が朦朧《もうろう》とし始めた。あわただしく部屋を出たり入ったりする足音が、幽霊たちがロンドを踊っているかのように、頭の中でぐるぐる回っていた。ベッドから抜け出して部屋の中をさまよっているような気がした。ドアの近くに佇んで、人々があわてているのが見える。ベッドの上には、すっぽりと頭のない体が横たわっている。黒い血だまりの中に。

——あれは自分の体ではないか？　とすれば、私は、さっきまであの体にくっついていた「首」なのか？

私は「首」になって、この部屋の中を自由自在に飛び回っているのだろうか——。

ふと、揺り起こされて意識が戻った。宿の主人が無表情に何かを差し出した。——一通の封書、差出人のない手紙を。

ワイルドは、自分の手でその封書を開けた。中から、一枚の便箋が現れた。

親愛なるオスカー・ワイルド

〈サロメ〉一幕　上演

十一月三十日　夜八時より　一夜限り　ブフ・デュ・ノールにて

謹んでご招待いたします

青いインクで書かれていたのは、夢にまで見た舞台への招待状だった。

〈サロメ〉——ロンドンでは上演を拒否され、四年まえにパリで上演されたものの、収監中だったワイルドは観ることがかなわなかった。自分が生きているあいだに観ることはないだろう、そう思ってあきらめていた舞台への、思いがけない招待状が届いたのだ。

——おお……神よ！

人生の最後に奇跡が舞い降りた……！

その夜、ワイルドに付き添っていたのは、わずかにひとり、宿の女将だけだった。彼女が何かの用事で部屋を出ていった直後、ワイルドは、鉛のように重い体を起こして、ベッドから抜け出した。

汗で湿った寝間着を脱ぎ捨てて、皺だらけのシャツと、毛羽立ったテーラードジャケットを着込んだ。薄汚れたフロックコートを羽織り、包帯の頭にシルクハットを載せて、オテル・ダルザスを出た。

ふらついた足取りで小路を進み、客待ちをしていた辻馬車までたどりつくと、息も絶え絶えに御者に告げた。

——ブフ・デュ・ノールまで行ってください、金はありません。けれど……行かねばならないのです。

包帯を巻いた男のただならぬ様子に同情を覚えたのか、御者はすぐに馬車を走らせてくれた。そうして、木枯らしの吹きすさぶ中、ワイルドは、ブフ・デュ・ノールまでたどり着いたのだった。

人気のない劇場の中は冷え切っていた。ワイルドの額には汗がにじみ、全身が細かく震えていた。

いま、自分がどこにいるのか、わからない。ここはいったいどこなんだ？　ロンドンなのか、パリなのか。ホテルの湿ったベッドの中なのか、それとも、レディング監獄の鉄格子の内側なのか。生きているのか、死んでいるのかさえも、もう、よくわからなかった。

ふっと舞台に明かりが点った。中央に、ひとりの女の後ろ姿が浮かび上がった。一糸まとわぬ白い裸身。全身がきらめいているのは、錦糸で繋いだ色とりどりのまばゆい宝石をまとっているからだ。

彼女の両腕が、ゆっくりと、白鳥がはばたきを始めるように宙に浮かび上がる。薄絹のヴェールが絡まった両腕が上下するたびに、虹のように光り輝く。

どこからか聞こえてくる妙なる笛の音。裸足のくるぶしが、一歩、二歩、動くたびに涼やかに鳴り響く鈴の音。ゆっくりと、静かに、次第に激しく、宝石をまとった裸身が回転し、舞い踊る。

ワイルドは、体を震わせながらその舞に見入った。彼の目からはとめどなく涙が溢れて落ちた。舞台の上の舞姫は、妖しく微笑み、まっすぐにワイルドをみつめている。たったひとりの観客、彼女の餌食を。

――誰だ、君は？

ワイルドは、声に出さずに舞姫に語りかけた。

──ああ、私は君を知っている。君は……君は、あの画家の姉さんだ……そうだろう?

名前は……そうだ、君の名前は……。

「……サロメ!」

声の限りに、ワイルドは叫んだ。

「来い、サロメ! ……ここへ、褒美をつかわすぞ。ああ! 私は、舞姫にはいくらでも褒美をやるのだ。何がほしいんだ? 言え……」

舞姫は、踊るのをやめて立ち尽くした。海の底の静寂が、舞台の上に広がった。

途切れ途切れに息をつなぐワイルドを、舞姫は夜の海のような瞳でみつめた。ややあって、彼女は言葉を放った。

「……あなたの首を」

ワイルドは、かすんだ目を見開いた。

鈴の音を鳴らし、しゃらしゃらと宝石を揺らして、白い裸身が近づいてくる。美しく、邪悪な微笑みを浮かべたその顔が一気に押し寄せる。

獲物に食らいつく女豹の口がワイルドの口をふさいだ。その刹那、ワイルドの心臓は激しく痙攣し、最後の鼓動を打った。

照明が落ち、幕が下りる。舞台は闇と静寂に包まれた。

解説

中野京子

原田マハさんの、モネをはじめとした印象派に関する著作からは、絵画芸術への純粋な愛ばかりでなく、お人柄をうかがわせる優しさ、そして人間の善意への信頼が伝わってきて、心地よい読書タイムとしみじみした読後感を味わわせてもらってきた。

その著者が、世紀末イギリスの産んだグロテスクで奇態な大輪の花ともいうべきオスカー・ワイルドとオーブリー・ビアズリーを取り上げる……いったいどんなふうになるのだろう、と『サロメ』発刊後すぐ興味津々で読んだ記憶がある。

今回、文庫解説を引き受けるにあたって再読し、新たに全文書き下ろすつもりだったが、本書の単行本発刊後まもなく「週刊文春」に寄稿した短評は、初読の興奮のままに書いた新鮮さ（自画自賛？）があると思うので、以下に再掲することにした。


——原田マハさんが新境地を切り開き、したたるような妖しいエロスの世界をくり広げる。

世紀末ヨーロッパで一世を風靡した作家オスカー・ワイルド、彼の戯曲『サロメ』に悪魔的挿画の数々を提供した夭折の画家オーブリー・ビアズリー、姉で女優のメイベル・ビアズリー。この三人の関係が、史実という大樹に絡みつく蔓草のようなフィクションに彩られる。

発端は現代のロンドン。ワイルド研究家がビアズリー研究家に、新発見の「サロメ」の絵を見せる。それは有名なクライマックスシーン、つまりサロメが預言者ヨハネの首に接吻する瞬間を描いた、紛れもないビアズリー真筆であったが、しかしその生首の顔はヨハネではなかった。

では一体誰なのか？

ぞくぞくするような謎を提示した後、物語は十九世紀末のロンドンへと遡る。メイベルの目を通して読者は、ヴィクトリア朝時代の息苦しい政治文化状況、ワイルドのエキセントリックな言動、ビアズリーの成功と挫折、そして結核による早すぎる死を、追体験してゆく。

だが何より息詰まる思いをさせられるのは、メイベル自身が――ワイルドとビアズリーという二人の天才に翻弄されているかに見えながら――本人も気づかぬうち、何やら化けものめいた存在へと変容するその過程である。

上質のミステリであり、心理劇でもある本作はまた、メイベルの口を借りたビアズリー讃歌でもある。曰く、「美しい絵を上手に描く、というのではまったくなかった。もっと痛いような、苦しいような、狂おしいような」。「なんという闇。なんという光。なんという力。――なんという圧倒的な世界」。「画室に満ち溢れる狂気と豊穣に、メイベルは静かに首を絞められる思いがした」。
大久保明子さんによる素晴らしい装丁も、書店で原田さんの艶めかしい世界へ強く誘うに違いない。

（「週刊文春 2017.2.23 号掲載」）

本書の核となる挿画は、上述したように「クライマックス」だが、その直前のシーンは「踊り手の褒美」。処刑人の毛むくじゃらの腕が地下からにゅっと伸びて首を載せた盾を差し出し、サロメが流れる血に指をひたすシーンだ。この絵も有名作で、たまたま二〇一七年開催の「怖い絵」展（筆者が特別監修）で展示することができた。己の意のままにならない男を斬首させ、その生首に接吻して恍惚を得るという常軌を逸した王女の行為、その極端にいびつな愛の形は、予想以上に来場者、とりわけ若い女性たちの関心を呼び、絵をプリントした布製バッグやマグカップは売り切れになったし、SNSなどでの発信もきわめて多かった。サロメもビアズリーも知らなかった人たちまでも虜にしたようだった。
原田さんは登場人物にこう語らせている。「ビアズリーの存在なくしては、〈サロメ〉はあれほどまでに話題にならなかった」。

まさしくそのとおりで、ビアズリーの猟奇的且つ耽美的な画風は異国の現代人にとってもなお新しく、胸をざわめかせることは、「怖い絵」展で証明済みと言えよう。

ビアズリーもワイルドも、不運なことに二十世紀の幕開けを見ることはできなかった（前者は一八九八年、二十五歳で、後者は一九〇〇年、四十六歳で死去）。せめてあと七、八年長生きできていたら、同時代のもう一人の天才リヒャルト・シュトラウスのドイツ語版傑作オペラ『サロメ』を観ることができたであろうに。そして原田さんのこの小説でも、何らかの形でシュトラウスが彼らと直接絡んだかもしれないのにと、（オペラファンとしては）それだけが残念だ。

とはいえ、エドワード・バーン＝ジョーンズ、サラ・ベルナール、アルフレッド・ダグラス卿（ワイルドの同性の恋人）など、有名人も登場して色を添えている。史実とノンフィクションの絶妙な組み合わせ、そのあわいに自由にはばたく想像の翼が原田作品の大きな魅力であることは、誰も異存はあるまい。

本作でも、実際のメイベルはこうだったのではないか、と信じさせてしまう力技にうならされる。男を狂わせ破滅させるファムファタールは、男の固定観念にある妖艶な美女ばかりとは限らず、献身的な姉の外見をまといながら、いつしかサロメになってゆく、というアリジゴクのような怖さがある。

最近の原田さんはますます領域を広げ、日本絵画とカラヴァッジョを組み合わせた力作『風神雷神』なども発表されている。これからも私たちを大いに楽しませてくれるだろう。新作が待ち遠しい。

（作家・独文学者）

主な参考文献

『ビアズリー伝』スタンリー・ワイントラウブ著　高儀進訳　中公文庫　一九八九年

『世紀末の光と闇の魔術師　オーブリー・ビアズリー』海野弘解説・監修　パイ インターナショナル　二〇一三年

『ビアズリー怪奇幻想名品集』冨田章著　東京美術　二〇一四年

『アール・ヌーヴォーの世界4　黒の曲線　ビアズリーとロンドン』荒俣宏ほか著　学研　一九八七年

『ベスト・オブ・ビアズリー』ケネス・クラーク著　河村錠一郎訳　白水社　一九九二年

『オスカー・ワイルド「犯罪者」にして芸術家』宮﨑かすみ著　中公新書　二〇一三年

『サロメ』オスカー・ワイルド著　福田恆存訳　岩波文庫　一九五九年

『ドリアン・グレイの肖像』オスカー・ワイルド著　福田恆存訳　新潮文庫　一九六二年

『サロメ・ウィンダミア卿夫人の扇』オスカー・ワイルド著　西村孝次訳　新潮文庫　一九五三年

『幸福な王子』オスカー・ワイルド著　西村孝次訳　新潮文庫　一九六八年

『獄中記』オスカー・ワイルド著　田部重治訳　角川ソフィア文庫　一九九八年

『さかしま』J・K・ユイスマンス著　澁澤龍彥訳　河出文庫　二〇〇二年

『「サロメ」の変容　翻訳・舞台』井村君江著　新書館　一九九〇年

『エロスの美術と物語　魔性の女と宿命の女』利倉隆著　美術出版社　二〇〇一年

『写真で見るヴィクトリア朝ロンドンの都市と生活』アレックス・ワーナー、トニー・ウィリアムズ共著　松尾恭子訳　原書房　二〇一三年
『欲望について』ウィリアム・B・アーヴァイン著　竹内和世訳　白揚社　二〇〇七年
『ビアズリーと日本』展覧会カタログ　宇都宮美術館　会期二〇一五年十二月六日―二〇一六年一月三十一日

協力（敬称略）

冨田　章
河村錠一郎
井村君江
高橋瑞木（ロンドン）
Hans Ito（パリ、ロンドン）
宇都宮美術館
L'Hotel（パリ）
The Savoy（ロンドン）
Hotel Café Royal（ロンドン）

文春文庫

サロメ

定価はカバーに
表示してあります

2020年5月10日　第1刷
2024年1月15日　第8刷

著　者　原《はら》田《だ》マハ

発行者　大沼貴之
発行所　株式会社 文藝春秋

東京都千代田区紀尾井町3-23　〒102-8008
TEL 03・3265・1211(代)
文藝春秋ホームページ　http://www.bunshun.co.jp

落丁、乱丁本は、お手数ですが小社製作部宛お送り下さい。送料小社負担でお取替致します。

印刷・TOPPAN　製本・加藤製本
Printed in Japan
ISBN978-4-16-791486-8

（　）内は解説者。品切の節はご容赦下さい。

馳　星周
光あれ
原発がなければ成り立たない、未来を描けない地方都市で、男は生まれ育ち、家庭を持った。窒息しそうな日々を揺れ惑った挙げ句に、男が見極めた人生の真の姿とは。（東　えりか）
は-25-7

馳　星周
復活祭
八〇年代バブルに絶頂と転落を味わった男たちが、ITバブルに復活を賭ける。しかし、かつて裏切った女たちの復讐劇も進行していた。このコンゲームを勝ち抜くのは誰か？（吉野　仁）
は-25-8

馳　星周
アンタッチャブル
ドジを踏んで左遷された宮澤と、頭がおかしくなったと噂される公安の"アンタッチャブル"椿。迷コンビが北朝鮮工作員のテロ計画を追う！　著者新境地のコメディ・ノワール。（村上貴史）
は-25-9

原田マハ
キネマの神様
四十歳を前に突然会社を辞め無職になった娘と、借金が発覚したギャンブル依存のダメな父。ふたりに奇跡が舞い降りた！　壊れかけた家族を映画が救う、感動の物語。（片桐はいり）
は-40-1

原田マハ
太陽の棘《とげ》
終戦後の沖縄。米軍の若き軍医・エドは、沖縄の画家たちが集団で暮らすニシムイ美術村を見つけ、美術を愛するもの同士として交流を深めるが…。実話をもとにした感動作。（佐藤　優）
は-40-2

原田マハ
美しき愚かものたちのタブロー
美術館創設という夢を実現するため、絵を一心に買い集めた男がいた。しかし、戦争が起き、絵画は数奇な運命を辿り……。"松方コレクション"流転の歴史を描く傑作長編。（馬渕明子）
は-40-6

濱　嘉之
警視庁公安部・青山望
完全黙秘
財務大臣が刺殺された。犯人は完黙し身元不明のまま。捜査する青山望は政治家と暴力団・芸能界の闇に突き当たる。元公安マンが圧倒的なリアリティで描くインテリジェンス警察小説。
は-41-1

（　）内は解説者。品切の節はご容赦下さい。

濱　嘉之
警視庁公安部・片野坂彰
紅旗の陰謀
コロナ禍の中、家畜泥棒のベトナム人が斬殺された。警視庁公安部付・片野坂彰率いるチームの捜査により、中国の国家ぐるみの〝食の簒奪〟が明らかに。書き下ろし公安シリーズ第三弾！
は-41-43

羽田圭介
スクラップ・アンド・ビルド
「死にたか」と漏らす八十七歳の祖父の手助けを決意した健斗の意外な行動とは!?　人生を再構築中の青年は、祖父との共生を通して次第に変化してゆく。第153回芥川賞受賞作。
は-48-2

原　宏一
廃墟ラブ
閉店屋五郎2
中古備品を回収・販売するため、廃業する店を訪ねて、ひとり娘と東奔西走する五郎。出会った三人のワケアリ女に惚れて、助けて、袖にされ……。ほっこり小説、決定版！　（青木千恵）
は-52-2

蜂須賀敬明
横浜大戦争
保土ケ谷の神、中の神、金沢の神――ある日、横浜の中心を決めるため、神々の戦いが始まる。はたして勝者は？　ハマに大旋風を巻き起こす超弩級エンタテイメント！　未体験ゾーンへ！
は-54-2

蜂須賀敬明
横浜大戦争　明治編
「ハマ」を興奮の渦に巻き込んだ土地神たちが帰ってきた！　今回は横浜の土地神たちが明治時代にタイムスリップ。前代未聞の大ボリュームで贈る特別付録「神々名鑑と掌編」も必読！
は-54-3

早坂　吝《やぶさか》
ドローン探偵と世界の終わりの館
ドローン遣いの名探偵、飛鷹六騎が挑むのは奇妙な連続殺人。廃墟ヴァルハラで繰り広げられる命がけの知恵比べとは？　定石破りの天才が贈る、意表を突く傑作ミステリ。　（細谷正充）
は-56-1

東野圭吾
レイクサイド
中学受験合宿のため湖畔の別荘に集った四組の家族。夫の愛人が殺され妻が犯行を告白、死体を湖に沈め事件を葬り去ろうとするが……。人間の狂気を描いた傑作ミステリー。　（千街晶之）
ひ-13-5

（　）内は解説者。品切の節はご容赦下さい。

東野圭吾
手紙
兄は強盗殺人の罪で服役中。弟のもとには月に一度、獄中から手紙が届く。だが、弟が幸せを掴もうとするたび苛酷な運命が立ち塞がる。爆発的ヒットを記録したベストセラー。（井上夢人）
ひ-13-6

姫野カオルコ
彼女は頭が悪いから
東大生集団猥褻事件で被害者の美咲が東大生の将来をダメにした〝勘違い女〟と非難されてしまう。現代人の内なる差別意識に切り込んだ社会派小説の新境地！　柴田錬三郎賞選考委員絶賛。
ひ-14-4

東山彰良
僕が殺した人と僕を殺した人
一九八四年台湾。四人の少年は友情を育んでいた。三十年後、人生の歯車は彼らを大きく変える。読売文学賞、織田作之助賞、渡辺淳一文学賞受賞の青春ミステリ。（小川洋子）
ひ-27-2

東山彰良
小さな場所
台北の猥雑な街、紋身街。食堂の息子、景健武は、狡猾で強欲なだらしない大人たちに囲まれて、大人への階段をのぼっていく……。切なく心に沁み入る傑作連作短編集。（澤田瞳子）
ひ-27-3

平山夢明
デブを捨てに
「うで」と「デブ」どっちがいい？　最悪の状況、最低の選択。究極の選択から始まる表題作をはじめ〈泥沼〉の極限で咲く美しき〝クズの花〟〈最悪劇場〉四編。（杉江松恋）
ひ-29-1

平山夢明
ヤギより上、猿より下
淫売宿にヤギの甘汁とオランウータンのポポロがやってきた。彼女たちの活躍で姐さんたちが恐慌を来す表題作ほか全四編。〈最悪劇場〉第二弾。（宇田川拓也）
ひ-29-2

百田尚樹
幻庵《げんなん》（全三冊）
「史上最強の名人になる」囲碁に大望を抱いた服部立徹、幼名・吉之助は、後に「幻庵」と呼ばれ、囲碁史にその名を刻む風雲児だった。天才たちの熱き激闘の幕が上がる！（趙　治勲）
ひ-30-1

（　）内は解説者。品切の節はご容赦下さい。

藤田宜永
愛の領分
仕立屋の淳蔵はかつての親友夫婦に招かれ、昔追われるように去った故郷を三十五年ぶりに訪れて佳世と出会う。二人は年齢差を超えて惹かれ合うのだが……。直木賞受賞作。（渡辺淳一）
ふ-14-6

藤田宜永
奈緒と私の楽園
良き友人の前妻と、セックスを愉しむ愛人がいるバツイチ、五十歳の塩原。だが母親の行方を探す二十九歳の奈緒と出会い、急速に惹かれていく。禁断の性愛を描く問題作。（村山由佳）
ふ-14-13

藤原伊織
てのひらの闇
二十年前に起きたテレビCM事故が、二人の男の運命を変えた。男は、もう一人の男の自死の謎を解くべく孤独な戦いに身を投じる……。傑作長篇ハードボイルド。（逢坂　剛）
ふ-16-2

藤原伊織
シリウスの道（上下）
広告代理店に勤める辰村には秘密があった。その過去が二十五年後の今、何者かに察知された。十八億円の広告コンペの内幕を主軸に展開するビジネス・ハードボイルド。（北上次郎）
ふ-16-3

藤原伊織
テロリストのパラソル
爆弾テロ事件の容疑者となったバーテンダーが、過去と対峙しながら事件の真相に迫る。乱歩賞&直木賞をダブル受賞した不朽の名作。逢坂剛・黒川博行両氏による追悼対談を特別収録。

ふ-16-7

古川日出男
ベルカ、吠えないのか？
日本軍が撤収した後、キスカ島にとり残された四頭の軍用犬。彼らを始祖として交配と混血を繰り返し繁殖した無数のイヌが、あらゆる境界を越え、〝戦争の世紀＝二十世紀〟を駆け抜ける。

ふ-25-2

福澤徹三
侠飯《おとこめし》
就職活動中の大学生が暮らす1Kのマンションに転がり込んできたヤクザは、妙に「食」にウルサイ男だった！　まったく異質なふたつが交差して生まれた、新感覚の任侠グルメ小説。

ふ-35-2

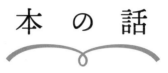